시란 무엇인가

시란 무엇인가

시란 무엇인가

경험의 시학

유종호

민음사

책 머리에

헤엄을 배우려는 이가 제일 먼저 해야 할 것은 물 속으로 들어가 몸을 놀리는 일이다. 물 밖에서 아무리 이치를 궁리하고 설명을 들어보았자 쓸모가 없다. 마찬가지로 될수록 많은 시를 꼼꼼하게 읽는 것이 시 이해의 첩경이다. 많이 읽다보면 자연스레 문리(文理)가 트이고 좋은 시와 그렇지 못한 것에 대한 분별도 생겨나게 마련이다. 특별한 사유가 없는 한 우리는 즐겁지 않은 일을 오랫동안 계속하지 않는다. 따라서 시 읽기를 계속한다는 것은 벌써 시를 즐기는 것이며 어느 모로는 이해하는 것이라 할 수 있다. 그렇지만 대상의 선택을 위시하여 즐김과 이해에 있어서도 여러 수준과 층위가 있게 마련이다.

시를 〈읽는〉 것이 아니라 풍문이나 타자의 암시에 눌리어 시를 〈읽히는〉 수동적인 독자들이 의외로 많다. 문학경험은 다른 예술경험과 마찬가지로 이 세상 행복체험의 하나인데 우리 사이에서 그 높이와 깊이는 위엄을 갖추지 못하고 있는 것으로 보인다. 〈읽히는〉 피동적인 독자에서 스스로의 판단기준을 갖춘 〈읽는〉 독자로 올라서는 것이 곧 독자의 성숙이다. 주체적인 시 독자의 길을 구체적인 작품체험을 근간으로 해서 모색해 보자는 것이 이 책의 취지이다. 써내려가는 과정에 특히 몇몇 사항을 줄곧 유념하고 있었다.

대체로 20세기에 씌어진 우리 현대시에 의거하여 시의 이모저모를 검토하려고 하였다. 김소월에서 청록파에 이르는 이르는 바 해방전파의 작품을 많이 원용하였는데 이것은 의도적인 것이었다. 대체로 젊은 독자들은 최근 시편이나 이에 대한 비평적 담론에 편향되게 노출될 공산이 크다. 해방전파의 〈고전〉에 대한 관심과 검토는 시를 시사(詩史)적인 맥락에서 음미하도록 허용해 준다. 낱낱의 작품을 검토하면서 간략한 대로 시인의 특징을 언급한 것은 시의 역사라는 보다 큰 맥락 속에서 시를 읽자는 취지에서다.

문학은 크게 보아 삶의 경험을 다룬다. 삶체험은 문학 이해에 중요하지만 가장 중요한 것은 문학경험이다. 간혹 사사로운 경험을 얘기한 것은 문학경험의 구체를 엿보기 위해서이지 볼썽 사나운 자기 노출을 위해서가 아니다. 시에 대한 접근에는 여러 차원이 있지만 언어적 세목에 대한 자상한 음미가 필수적이고 기본적이다. 시의 의미가 산문적 전언이나 진술로 환원 또는 대체될 수 없다는 생각은 특정 비평 유파의 발견이나 특허적 발명이 아니다. 옛적부터 시를 즐기고 애호한 사람들이 간파했던 국면이다. 언어적 세목에 대한 음미나 검토로 시의 의미가 탕진되고 그 이해가 완성되는 것은 아니다. 그러나 언어적 세목에 대한 고려나 음미 없이 시의 향수는 불가능하다. 이 책에서 언어적 세목에 중점을 두었다면 그것은 배타적 접근의 소산이 아니다. 시의 기층 부위에 대한 충실을 도모하기 위해서이다. 비판도 거부도 그 다음의 일이다. 기초적 해독력이 부실한 터수에 규격화된 부정적 비평 관용구를 마구 휘두르는 것은 늠름해 보일지는 모르지만 정당화될 수 없는 문화 폭력의 하나이다.

문학이라는 근대적 개념의 말이 통용되기 이전 저쪽에서는 시라는 말이 주로 쓰여 왔다. 서사시나 극시 등을 망라하여 시라 했기 때문에 요즘의 문학이란 말과 거의 동의어가 된다. 그렇지만 우리 사이에서 시라 할 때 그것은 흔히 짤막한 서정시를 가리킨다. 하나의 변두리 형식이었던 서정시가 주요 장르로 부상한 것은 저쪽에서는 근대 낭만주의에서다. 서정시는 주관성과 내면성의 표현 영역이다. 가령 자연에의 경도나 비세속적인 것에 대한 몰입을 정신의 깊이와 섬세함을 통해서 보여준다. 초월의 정념을 통해서 사회와 사회적 소음을 극복하려는 충동을 가지고 있다. 그러한 면에서는 사회적 소동과 소음에 기초한 근대소설과는 대조적인 위치에 있다. 언뜻 보아 몰사회적이고 몰역사적인 일면 때문에 고유 서정시가 폄하되고, 비판되는 경우도 흔하다. 그렇지만 서정시만이 드러낼 수 있는 내면경험의 영역을 우리는 홀대할 수 없다. 〈마르크스가 횔덜린을 읽고 난 연후에야 비로소 사회주의가 그 국민적 사명을 감당할 수 있을 것〉이라고 토마스 만은 「괴테와 톨스토이」에서 말하고 있다. 인문주의 전통과 그리스 정신의 중요성이라는 맥락에서 토로한 말이지만 맥락에서 떼어놓더라도 참으로 시사하는 바 많은 의미심장한 발언이다. 횔덜린을 서정시로 바꾸어 놓으면 그 뜻은 더 깊어진다고 할 수 있다.

시란 무엇인가란 물음에 대한 직설적인 답안은 적어놓지 않았다. 시를 이해하고 즐기는 과정을 시사해 놓고 있을 뿐이다. 시를 즐길 수 있게 된 독자들이 저마다의 방식으로 그 답안을 작성할 수 있을 것이다. 주체적인 독자들은 자기 몫의 정의나 결론을 타자에게 위임하거나 양도하지 않을 것이다.

이 책은 착상에서 표제에 이르기까지 《현대문학》 주간 최동호 교수의 권유와 격려로 이루어졌다. 그렇지 않았다면 쓸 엄두를 내지 못하였을 것이다. 이 자리를 빌려 고마움을 전한다. 책의 한 장(章)이면서도 각각 하나의 독립된 글로 구상된 것이기 때문에 기본적인 생각이 되풀이 강조되는 경우가 있는 것은 어쩔 수 없었다. 우선 제1텍스트로 선보이고 앞으로 수정 보완을 기하려 한다. 부록으로 3편의 글을 붙여놓았다. 본문과 연속성이 있다고 생각되었기 때문이다. 시인 선정에 특별한 뜻은 없다. 몇몇 출판사에서 기획한 시인 전집에 우연히 해설을 쓰게 된 것이 계기가 되었다. 윤동주에 관한 글은 올해 2월 16일 연세대학교에서 있었던 〈윤동주시인 50주기 추모행사〉에서 한 강연을 옮긴 것이다.

늘 그랬듯이 이번에도 내 〈마실방〉 민음사의 신세를 졌다. 주인장을 비롯하여 그곳에서 일하는 나그네들에게 두루 고맙기 짝이 없다. 짧아서 보름 길면 한 달 간다는 독감을 한축 치르고 나니 봄이 온 데 간 데 없었다.

1995년 5월

柳宗鎬

시란 무엇인가

차례

주체적 독자를 위하여

글자 한 자의 빠춤이나 더함이
전세계의 파멸을 의미할 수 있다.
——『탈무드』

　동양에 있어서도 서양에 있어서도 시는 인문적 전통의 중심부에 자리잡고 있었다. 그리하여 오랫동안 인문교육의 대상이자 그 훈련의 방편이 되어왔다. 이것은 타당하고도 자연스러운 일이었다. 인간을 언어동물로 정의한 헬레니즘의 인간 이해를 수긍하는 한 우리는 그 타당성에 공감하지 않을 수 없다. 동양 전통에서 그리고 특히 조선조 이래 우리 전통에서 유력한 삶의 향도의 하나가 되어온 공자어록에는 〈시를 공부하지 않고서는 말할 게 없다(不學詩면 無以言)〉[1]란 대목이 보인다. 시를 배움이 곧 말배움임을 뜻하면서 시가 말의 모든 것을 갖추고 있음을 시사하는 대목이다. 시간적·공간적으로 아득하게 상거하고 있는 19세기 영국의 매슈 아널드가 〈시는 인간의 가장 완벽한 발언〉[2]이라고 말했을 때 그의 취지는 공자의 그것과 다르지 않다. 시를 알지 못하고서는 말을 안다고 할 수 없다는 것을 시사하고 있는 것이다.

---

1) 『論語』「季氏篇」.
2) Matthew Arnold, "Wordsworth," in *Portable Matthew Arnold*(Viking Press, 1955).

시 300편을 두고 〈생각에 사특함이 없다(思無邪)〉라고 요약한 것은 너무나 유명한 일이지만 〈온유하고 돈독함은 시가 가르치는 바(溫柔敦厚詩教也)〉[3]라 한 것도 시의 도덕적 감화력을 시사한 것으로서 넓은 의미의 정서교육적 효용을 인정한 셈이다. 서양에 있어서도 문학이 인문교육의 중심이 된 것은 그 인간 형성력을 인정하였기 때문이다. 여기서의 도덕적 감화력이나 인간 형성력이 좁은 의미의 교육성이나 설교투와 거리가 먼 것임은 말할 것도 없다. 곧잘 고리타분한 도덕주의를 연상케 하는 공자가 다시 〈관저(『시경』 첫번째 시편)는 즐거우면서도 음탕하지 아니하고 슬프면서도 과도히 애통하지 않다(子曰關雎樂而不淫哀而不傷)〉[4]고 말하고 있는 것은 분명하게 시읽기가 즐거움과 연결되어 있음을 드러내고 있다. 시는 언어의 정수이기 때문에 시의 이해는 언어의 이해이며 나아가서 언어동물의 이해이기도 하다. 뿐만 아니라 시가 즐거움과 가르침을 동시에 준다는 점에서도 동서의 인문전통이 대체적인 합의를 보여주고 있다는 것 또한 흥미 있다. 저쪽의 시가 문학의 뜻을 가지고 있다고 해서 이 사실이 변경되는 것은 아니다.

이러한 중요성에도 불구하고 우리 사이에서 시가 널리 수용되고 향수되어 있는 것 같지는 않다. 또 본래의 높이와 깊이에서 향수되는 성싶지도 않다. 시를 보는 안목이 인품의 반영이기도 했다는 것은 이제 아득한 옛일이 되어버렸다. 글자 한 자의 차이에서 세계가 명멸한다고 느꼈던 옛사람의 엄격성은 이제 우리의 것이 아니다. 도처에서 기율이 사라지고 뛰어난 것에 대한 경의가 사라지는 것과 무관하지 않다. 맑고 높은 것이 여러 가지 이름으로 홀대되고, 안이하고 속된 것이 숭상되고 있는 것과 무관하지 않다.

---

3) 『禮記』「經解」.
4) 『論語』「八佾篇」.

시적 감수성의 훈련과 세련이 엄밀한 의미에서의 고전(古典)을 통해서 이루어지지 않음도 중요한 요인이라고 생각한다. 시의 위엄을 보여주는 동양 고전과도 서양 고전과도 우리는 격리되어 있다. 한문과 격리된 우리 세대는 동양 시의 절창을 경험하지 못했으며 번역으로 훼손된 서양 고전에서 〈시〉는 증발해 버린 것이나 진배없다. 우리의 많지 않은 근대시의 유산마저도 옥석을 가리어 향수하는 일에 소홀하였다. 우리 교육현장의 문제점은 식자들의 공통적인 개탄 대상이 되어 있지만 문학교육의 현장도 예외는 아니다. 〈가르치는 사람이 우선 교육받아야 한다〉는 급진주의의 명제는 문학교육의 분야에서도 절실하다. 좋은 것과 그렇지 못한 것을 가리는 분별의 안목은 비평의 덕목이며 그 도야는 문학교육의 핵심이 되어야 하지만 그 실제는 수상쩍기만 하다. 한편 향수능력과 무관하게 전개되는 발생학의 천착이 〈연구〉의 대종을 이루고 있으며 그것은 연구자의 실적 증명은 될지 모르지만 시의 향수와 이해에는 별다른 기여를 하지 못하고 있다. 시인이 많고 좋은 시도 많이 나오는 것이 사실이지만 시가 많다는 것은 시 앞에서 두려움과 외경을 느끼지 못하는 현상의 반영이라는 추측도 가능하다. 전통 앞에서 두려움을 느끼지 못하고서 시 전통에 기여하지는 못할 것이다.

주체적 독자의 소멸

작품에 대한 안목도 사람의 가치관이 대체로 그렇듯이 명시적 혹은 묵시적 암시와 영향의 소산이다. 이 점 교과서나 사화집(詞華集)의 영향력은 압도적이다. 교사나 비평가의 영향이 여기에 곁들일 것임은 너무나 명백하다. 비평가의 영향력은 작품에 대한 한 시대 취향이나 안목을 얼마만큼 변경시켰는가에 의해서 가늠된다. 가령 엘리엇 같은 이는 20세기 초반에 영시 독자들의 안목과 취향을 결정적으로 변경시킨 것으로 인정되고 있다. 그는 시인이자 비평가로서 그 일을 담당했다고 할 수 있다. 문학교육이 하는 일의 하나는 적정한 향수능력과 감식력의 배양이다. 그리고 그것은 궁극적으로는 주체적으로 취사선택할 수 있으며 또 필요에 따라서는 스스로의 취사선택에 대해서 설명할 수 있는 능력의 개발이기도 하다.

우리 문학교육의 실패는 주체적 판단능력을 가진 주체적 독자의 부재에서 현저하게 드러난다. 특히 시의 경우 좋아하는 작품, 그 가운데서 가장 당기는 대목을 들게 하면 판단 주체의 참모습은 드러나게 마련이다. 대개의 경우 널리 인용되거나 영향력 있는 비평가가 지목한 작품을 드는 것이 보통이다. 정답과 오답을 사선지 선택형으로 훈련받은 사람들의 서글픈 생태이겠지만 〈정답〉이 무엇일까를 궁리하는 흔적은 많아도 순박하게 자기 감수성의 동향을 술회하는 경우는 드물다. 자신없이 암시와 시사를 찾으려 든다. 자신의 감수성은 뒷전으로 돌려놓고 대세와 풍문과 눈치에 의존하려 든다.

게다가 자신없는 감수성이 사로잡혀 있는 시에 대한 미신이 허다하다. 쉬운 시와 어려운 시가 있고 어려운 시가 깊이 있으며 따라서 괜찮은 시라는 생각도 널리 퍼져 있다. 쉬운 동요나 동시에도 괜찮은 것과 그렇지 못한 것이 있고 그것을 아는 것이야말로 작품의 이해라는 생각은 못하는 것이다. 시가 어떤 〈사상〉을 가지고 있어야 한다며 서정시에 과도한 요구를 하는 것도 문제이다. 깊은 사상을 가지고 있는 시가 많이 있고 그리하여 높은 자리를 차지하고 있는 명시들이 수두룩하다. 그러나 산문으로 번역되는 〈사상〉과 무관하게 울림 좋은 명시도 많은 것이다. 두보의 「춘망(春望)」이나 워즈워스의 「수선화」 혹은 서정주의 「풀리는 한강가에서」에 어떤 생각이 없는 것은 아니다. 그러나 그 생각은 우리가 흔히 〈사상〉이라는 경칭으로 부르는 묵직한 생각의 덩어리는 아니다. 20행의 서정시에서 3막짜리 비극에서와 같은 사상적 충격을 요구한다는 것은 처음부터 무리라 하지 않을 수 없다.

그러므로 시를 시로서 대하자는 것은 노래를 노래로 대하자는 것처럼 온당한 일이다. 그것이 싫다면 그만이다. 그러나 시나 노래는 옛날부터 있어온 인류의 낙이요 소홀치 않은 발명품이다. 레비 스트로스는 〈음악이 인간의 수수께끼〉라는 취지의 말을 하고 있지만 음악의 기초의 하나는 노래요 노래말이다. 주체적 독자가 되기 위해서는 시에 관한 잡다한 미신과 풍문을 떨쳐버리고 될수록 많은 그리고 괜찮은 작품을 대해 보고 그 앞에서 겸손해지는 것이 필요하다. 그때 우리는 세상에서 애기하는 어려운 시가 그렇게 어려운 것이 아니라는 것을 알게 될 것이다. 또 언뜻 쉬워 보이는 작품이 만만치 않다는 것을 알게 될 것이다. 그리하여 많은 독시 경험을 통해서 좋은 시와 그렇지 못한 시, 혹은 시 아닌 시를 구별할 수 있을 것이다. 그러므로 많이 읽는 것이 우선 첩경이다. 그리고 물론 괜찮은 시를 접하는 것이 중요할 것이다.

시를 읽자

문과 대학생을 상대로 설문조사를 한 적이 있다. 작품을 나누어 주고 우선 뜻을 묻고 이어서 간단한 논평을 가하게 한 것이다. 작

자 이름을 가렸고 일부러 해금시인의 작품을 선택하였다. 중·고
등학교 시절에 접했을 가능성을 배제하여 작품과의 첫 만남이 되
도록 하기 위해서였다. 그중의 하나가 동시 흐름의 정지용 작품
이다.

> 오빠가 가시고 난 방안에
> 숯불이 박꽃처럼 새워간다.
>
> 산모루 돌아가는 차, 목이 쉬여
> 이밤사 말고 비가 오시랴나?
>
> 망토 자락을 여미며 여미며
> 검은 유리만 내여다 보시겠지!
>
> 오빠가 가시고 나신 방안에
> 時計소리 서마 서마 무서워.

——「무서운 時計」전문

어린 소녀가 화자로 되어 있는 동시 흐름의 단시이다. 〈새워간
다〉는 우선 〈새우다〉로 읽을 수 있을 것이다. 한숨도 자지 않고
온 밤을 밝힌다는 뜻이 될 것이다. 그런데 박꽃은 희다. 숯불이
하얗게 밤을 새운다는 것은 시각(時刻)으로 보아 이치에 맞지 않
는다. 그렇다면 〈새워간다〉는 불이 사그라져 재가 된다는 것을 뜻
하는 〈사위다〉의 변형일 것이다. 〈사위어가다〉가 〈새워가다〉로 된
것일 터이다. 여기서 맞춤법상으로 잘못 쓰인 것이 아닐까 하는
것은 문제가 되지 않는다. 〈숯불이 박꽃처럼 사위어간다〉고 하는

쪽이 나으란 법도 없다. 〈밤을 밝힌다〉는 뜻으로 읽건 〈사그라져 재가 된다〉는 뜻으로 읽건 혹은 두 뜻의 복합으로 읽건 둘째 줄을 박꽃과 연결시켜서 생각한 응답은 극히 적었다.

〈산모루 돌아가는 차〉는 기차일 것이다. 산모루는 산마루 혹은 멧등이랄 수도 있겠고 산모퉁이를 뜻할 수 있을 것이다. 문맥으로 보아 산모퉁이로 읽는 것이 무난할 것이다. 〈목이 쉬여〉는 기적 소리가 여느 때와는 달리 들리고 있음을 시사한다. 〈목이 쉰다〉의 원뜻은 말할 것도 없이 목소리가 맑지 못하고 거칠어진 것을 뜻한다. 이 대목은 4행째의 〈이밤사 말고 비가 오시랴나?〉와 연결시킬 때 그 뜻이 분명해진다. 비 오기 전 저기압이 되면 기적 소리가 더 가깝게 들린다. 평소엔 들리지 않던 기적 소리가 들리는 경우도 있다. 〈이밤사〉의 〈사〉는 김동리의 「찔레꽃」 첫머리에 나오는 〈올해사 말고 보리 풍년은 유달리도 들었다〉는 대목의 〈사〉와 같은 것이다(1940년대 후반에 시어로서 유행했던 이 조사의 구사를 근대시에서 최초로 시도한 것이 아마도 정지용이리라는 것을 필자는 지적한 적이 있다).[5]

어깨 위로 둘러 걸쳐 입도록 한 소매 없는 외투인 〈망토〉가 나오는 것으로 보아 이 작품의 제작시기가 1920년대 혹은 1930년대일 것이라는 추측도 가능할 것이다. 신파의 등장인물이 입었던 외투이다. 드러내놓지 않은 오빠에 대한 동기간의 정이 잘 드러나 있다. 마지막 줄 〈時計소리 서마 서마 무서워〉의 〈서마 서마〉는 아마도 정지용 자신이 만들어낸 조어가 아닌가 생각된다. 「종달새」라는, 역시 동시 흐름의 작품에서 그는 종달새 소리를 〈지리 지리 지리리〉란 의성어로 표현한 적이 있다.

---

5) 졸저, 『문학이란 무엇인가』(민음사, 1989).

삼동내──얼었다 나온 나를
종달새 지리 지리 지리리……

왜 저리 놀려 대누.

어머니없이 자란 나를
종달새 지리 지리 지리리……

왜 저리 놀려 대누.

해바른 봄날 한종일 두고
모래톱에서 나홀로 놀자.

이러한 의성음은 그의 발명이자 창작이다. 〈서마 서마〉가 설마 시계 소리의 의성음은 아닐 것이다. 어린 소녀의 얼마쯤 두렵고 외로운 심정을 나타내는 말일 것이다. 낯설거나 어색한 것과 연관된 〈서먹서먹하다〉란 말을 유추적으로 변형시킨 것일 거라는 추측도 가능하다. 신상이나 집안에 변화가 일어났을 때 일상의 낯익은 것이 갑자기 낯설어지면서 불안이나 고독감을 더해준다는 것은 우리들 공통의 유년 기억의 하나일 것이다. 평소 심상하게 들리던 시계 소리 같은 것도 갑자기 낯설게 들리는 것이다. 심상하던 것이 생소해지면서 어떤 두려움을 느끼게 되는 것이다.

이와 같은 작품의 소재 처리를 제대로 파악한 반응은 없다시피 했다. 오늘의 청소년이 자연과 격리된 생활을 함으로써 흰 박꽃을 알지 못하며 저기압 때 소리가 멀리까지 간다는 것을 알지 못하는 경험의 특수성과 연관되는 사안일 것이다. 또 숯불이 사위어 흰 빛이 된다는 것을 알지 못하며 소음공해의 소용돌이 속에서 시계 소리가 일으키는 미묘한 마음결의 변화에 무연한 생활환경과도 관련되는 문제일 것이다. 그러나 그것뿐일까? 그렇지 않을 것이다. 문과 대학생조차 우리의 문학작품과 격리되어 있다는 사정과도 관련될 것이다. 마음속의 알 수 없는 설렘이 사랑이요 그리움임을 알게 되는 것은 대개 문학경험을 통해서이다. 아니 문학경험을 통해 이 세상에 사랑과 그리움이 있다는 것을 알게 되고 그것을 스스로 마련해 내는 것이라고 말할 수조차 있다. 문학경험은 현실경험을 앞당기게 하는 것이다. 자연이나 전원경험과 격리된 청소년도 문학경험을 통해 사위어진 숯불이나 박꽃의 흰 빛쯤은 넉넉히 알 수 있을 것이다.

> 흰 옷자락 아슴아슴
> 사라지는 저녁답
> 썩은 초가 지붕에
> 하얗게 일어서
> 가난한 살림살이
> 자근자근 속삭이며
> 박꽃 아가씨야
> 박꽃 아가씨야
> 짧은 저녁답을
> 말 없이 울자
>
> ──「박꽃」 전문

　많지 않은 한글 근대시의 전부를 읽는다 하더라도 4주일밖에 걸리지 않을 정도로 우리의 문학유산은 양쪽으로 빈약하다(순한문으로 된 것은 별도이다). 그런데 근대시의 고전의 하나인 『청록집』조차 문과 대학생이 접한 경우가 희소하다. 이것이 우리들의 문학교육의 현실이다. 중·고등학교에서는 물론 대학 수준에서도 그러하다. 교과서에 수록된 옛 시조 몇십 편과 현대시 몇십 편을 감흥도 없이 읽는 것으로 시교육은 끝나버린다. 『청록집』을 통해 위에 인용한 박목월의 「박꽃」만 읽었어도 그 꽃의 흰 빛쯤은 알아두었을 것이다(옛적에 시가 기억술의 한 방편으로 활용되었다는 것을 상기해 보는 것이 유익하다).

아주 쉽다고 가볍게 보는 제 나라 동시조차 변변히 해독하지 못하는 터전에서 조금 복잡한 시를 이해하지 못하리라는 것은 자명하다. 또 그러한 독서능력마저 갖추지 못한 터수에 문화배경도 다르고 말도 생소한 외국시를 배우고 엘리엇이나 보들레르에 관한 기말논문을 써내는 것은 자기기만의 극치이다. 그 우스꽝스러운 자기기만에 대한 통렬한 자의식을 거친 문학적 각성이 전반적인 수준에서 일어나지 않는 한 외국문학 교육도 예외적인 소수를 제외한다면 공허한 노력으로 그쳐버리고 말 것이다.

「무서운 시계」의 이해가 문맥의 기본적 이해로 완결되는 것은 아니다. 〈여미며 여미며〉〈서마 서마〉와 같은 되풀이의 음률적 효과, 군더더기 없이 압축된 간결성, 2행과 3·4행, 그리고 마지막 행의 비유나 착상의 창의성도 감득해야 한다. 모두 우리 시에서 처음으로 시도된 사소하고 조그만 대로 시인의 발명이라는 것을 아는 것이 필요하다. 그리고 오빠 간 뒤의 화자 심경에 대한 정서적 공감이 필요하다. 빼어난 명시(名詩)라 할 수는 없다 하더라도 아무나 쓸 수 있는 범상한 시도 아닌 것이다. 우리나라 동시의 일반적 수준을 고려할 때 뛰어난 것이라고 할 수 있을 것이다. 쉬운 것 같으면서도 범상하지 않은 예로서 오장환의 「붉은 산」을 읽어보기로 하자.

> 가도 가도 붉은 산이다.
> 가도 가도 고향뿐이다.
> 이따금 솔나무 숲이 있으나
> 그것은
> 내 나이같이 어리구나.
> 가도 가도 붉은 산이다.
> 가도 가도 고향뿐이다.

　시를 읽을 때 사사로운 개인적 경험에 근거한 연상이나 기억에 의지하여 과도한 반응을 보이는 것이 온당한 태도라 할 수는 없다. 문맥 속에서의 언어조직에 충실을 도모하는 것이 기본적으로 요구되는 태도이다. 그러나 독자도 사회역사적 맥락 속에서 형성되고 조건지어진 존재이지 진공 속의 자동기계는 아니다. 그러한 한에 있어서 그의 과거 경험도 시에 대한 반응에 있어 일정한 작용을 하게 마련이다. 위에 인용한 시는 조국의 산야를 온통 붉은 산으로 체험했던 세대에게 각별한 호소력을 지니게 마련이다. 단조한 대로 한 시기의 우리 산야에 대한 충실한 그림이 되어주고 있다. 고향은 붉은 산 투성이의 황량함을 지니고 있다. 그런데 어디를 가나 고향의 모습이 연속될 뿐 변화가 없다. 〈가도 가도 고향뿐이다〉란 구절이 나타내고 있는 것은 이렇게 조국 산천이 고향 풍경의 연속이요 되풀이에 지나지 않는다는 사실의 지적이다. 이따금 보이는 소나무숲이 아주 어린 유목(幼木)이거나 왜소한 나무로 이루어진 것에 대해서 화자는 안타까운 마음을 금치 못한다. 그 안타까움이 〈내 나이같이 어리구나〉와 같은 진하지 않은 한탄

조로 튀어나온다.

붉은 산 일색의 산하가 안겨주던 황량한 절망감을 체험하지 못한 젊은 세대에게는 별 감흥이 없는 소품쯤으로 여겨질 것이리라. 그러나 가령 김동인의 단편 「붉은 산」을 읽어본 독자라면 이 소품이 한 시절 우리 산하의 참모습이었다며 화자의 한심해하는 어조를 감득했을 것이다. 이러한 산하를 등지고 많은 동포들이 만주로 이주해 갔으며 또 이러한 터전에서 1950년의 전쟁이 진행되었다는 사실에 무심하지 못할 것이다. 설문응답자의 다수가 〈가도 가도 고향뿐이다〉란 시행을 앞의 시행과 연결시켜 설명하지를 못하고 있었다. 아마 너무 쉬운 시여서 〈정답〉찾기가 더 어려웠던 것인지도 모른다. 시의 해석이 하나로 귀결될 수는 없는 것이지만 설득력 있는 의미연관을 제시한 경우는 극히 희소하였다. 그 다음 제시한 작품은 역시 해금시편이면서 상대적으로 복잡한 구조를 지닌 것이었다.

꼼꼼하게 읽자

옮겨다 심은 종려나무 밑에
비뚜루 선 장명등,
카페 프란스에 가자.

이놈은 루바쉬카
또 한놈은 보헤미안 넥타이
삐쩍 마른 놈이 앞장을 섰다.

5

밤비는 뱀눈처럼 가는데
페이브멘트에 흐늙이는 불빛
카페 프란스에 가자.

이 놈의 머리는 비뚜른 능금
또 한놈의 심장은 벌레먹은 장미
제비처럼 젖은 놈이 뛰어 간다.

「오오 패로(鸚鵡) 서방! 굿 이브닝!」

「굿 이브닝」(이 친구 어떠하시오?)

鬱金香 아가씨는 이 밤에도
更紗 커튼 밑에서 조시는구려!

나는 子爵의 아들도 아무것도 아니란다.
남달리 손이 희여서 슬프구나!

나는 나라도 집도 없단다
大理石 테이블에 닿는 내 뺨이 슬프구나!

오오, 異國種강아지야
내발을 빨어다오
내발을 빨어다오

——「카페 프란스」 전문

시를 이해함에 있어 작품이 내포하고 있는 인유(引喩)의 요소를 감득하는 것은 극히 중요하다. 선행 작품에 빚지고 있지 않은 작품이란 없다시피 하기 때문이다. 최근 상호텍스트성 혹은 다가적(多價的) 언술이란 이름으로 변주 확대되어 토의되고 있는 것의 핵심은 이 인유의 문제이다. 인용부호 없이 인용되어 중첩된 울림을 갖는 인유는 그것이 간결하고 짤막할 때 쉽게 인지하기가 어렵다. 그러나 작자의 의식 여부와 관계없이 인유는 선행 작품과의 대조를 통해서 작품에 밀도를 더해주고 고도의 암시성을 부여한다.

반드시 인유가 아니더라도 특정 의상이나 동작이 겉보기와 달리 고도의 암시성을 획득하는 수가 있다. 시작품을 꼼꼼히 읽는다는 것은 이러한 고도의 암시성에 민감해지고 충실해진다는 것을 뜻한다. 또 옛 작품인 경우엔 당대에 대한 시사를 읽어내는 것도 특별히 중요하다. 1926년에 발표되어 당시의 젊은이들에게 애송되었던 「카페 프란스」는 시대에 대한 참조를 요구하는 작품이다. 서양 쪽 외래어가 빈번히 나오는데 얼마쯤 이례적이며 정지용의 초기 작품임을 시사한다. 서정시의 화자가 반드시 시인 자신과 일치하는 것은 아니다. 그러나 이 작품의 무대가 일본이고 작품이 시인의 일본 경험에 기초하고 있는 것은 분명해 보인다.[6]

전반부의 어조에는 까불이 장난기가 엿보인다. 15행 근처에서 어조의 변화가 일어나고 17행에서부터 슬픔의 감정이 앞으로 드러난다. 굳이 정의해 보자면 장난기가 완전히 배제되지 않은 비애감이 지배한다고 할 수 있다. 도입부에는 카페 프란스의 간결한 묘사가 보인다. 장명등이란 밤새 켜두는 등을 가리킨다(본래 우리 쪽에서는 처마 끝이나 마당 기둥에 매달아두었다). 이어서 카페로 가는

---

6) 같은 무렵 시인은 「鴨川」 등 일본 교토를 무대로 한 시를 쓰고 있다. 실제 당시 교토에 〈프란스〉란 이름의 카페가 있었다고 말하는 일본인이 있다.

세 사람을 보여준다. 〈이놈〉이 입은 루바쉬카는 블라우스 비슷한 러시아 남자의 상의이다. 역시 1920년대에 발표된 일본시인 나카노 시게하루(中野重治)의 「동경제국대학생」이란 시에 〈안경/하오리/루바쉬카/단추 직경이 한치나 되는 외투가 있다〉는 대목이 보인다. 사회주의 사상이 풍미하기 시작한 이 시절에 루바쉬카가 학생들 사이에서 유행한 것으로 보인다. 〈보헤미안 넥타이〉〈삐쩍 마른 몸〉 등 동행 청년들이 모두 가벼운 차림인 양 보인다.

불빛에 비치는 밤비를 〈밤비는 뱀눈처럼 가는데〉라고 한 것은 이미지스트로서의 일면을 지닌 정지용의 면목을 드러내고 있다. 당시로서는 참신한 직유라고 해야 할 것이다. 〈흐늙이는 불빛〉의 〈흐늙이는〉은 다소 모호하나 〈흐느적거리다〉의 뜻인 〈흐늑거리다〉라면 가볍게 흔들린다는 뜻으로 읽어야 할 것 같다. 거기에 〈흐느끼다〉의 뜻이 첨가되어 있다고 보면 될 것이다. 〈비뚜른 능금〉〈벌레먹은 장미〉〈제비처럼 젖은 몸〉은 서두에 나온 세 사람에게 각각 연결되는 이미지이다. 나라 잃은 젊은이들의 자조적인 자화상으로 읽으면 더욱 그럴싸해 보인다. 〈벌레먹은 장미〉가 윌리엄 블레이크의 「병든 장미」를 딛고 서 있다는 것은 말할 것도 없다.[7]

오 장미여, 그대는 병들었도다!
밤중에 나는
보이지 않는 벌레가
울부짖는 폭풍 속에서
새빨간 기쁨
그대의 침상을 찾아냈도다

---

7) 정지용은 블레이크의 번역시 5편을 남겨놓고 있기도 하다.

　　그리하여 어두운 몰래 사랑이
　　그대의 생명을 망치는도다.

　〈병든 장미〉라 하지 않고 〈벌레먹은 장미〉라고 한 것에도 우리 말에 충실하려고 한 시인의 지향이 엿보인다. 〈벌레먹은 장미〉의 심장을 지닌 청년이 사랑을 앓는 이라는 시사가 있든 없든 세 청년이 씩씩하고 늠름한 젊은이들이 아닌 것만은 분명하다.

　제13행은 카페 초입께에 있는 앵무새에게 건네는 인사말이요 14행은 앵무새 쪽의 응답이다. 튤립이란 별명의 카페 아가씨가 졸고 있는 것으로 미루어보아 프랑스는 손님이 끓는 곳은 못 되는 것 같다. 세 사람이 이곳 단골인지는 모르나 특별히 환영받는 처지도 아닌 것 같다. 이 언저리에서부터 어조가 변화하기 시작한다 (그것이 튤립 아가씨든 누구든 반갑게 맞이하는 사람이 없다는 사실과 관련되는 것인지 아닌지는 분명치 않다). 〈나는 자작의 아들도 아무 것도 아니란다〉고 화자는 독백한다. 명문가의 후예도 부잣집 아들도 아니라고 중얼거리는 것이다.

　혹종의 내재적 분석은 여기서 꼼꼼히 읽기의 끝내기를 할 것이다. 그러나 더 깊이 천착할 필요가 있다. 문학은 사회를 반영한다는 막연한 일반론은 어쭙잖은 순환론으로 떨어지기 쉽다. 서정시에 기계적으로 적용하여 별 소득 없이 끝나는 경우도 허다하다. 그러나 텍스트의 문맥에 대한 충실은 텍스트를 낳은 사회적 맥락에 대한 고려를 당연히 요구한다.

　왜 하필이면 〈자작의 아들〉인가? 우리는 그 의미를 새겨볼 필요가 있다. 조선총독부가 설치된 직후인 1910년 10월 7일 일본 정부는 조선인 76명에게 작위를 수여하였다(최고위 공작(公爵)은 배제되고 후작(侯爵) 6명, 백작(伯爵) 3명, 자작 22명, 남작(男爵) 45명인바 작위와 별도로 2만 5천 원에서 50만 4천 원의 〈합방은사금〉이 지급되었다. 이완용은 백작이었으며 유길준 남작 등 8명은 작위를 거절 내지는 반납하였다). 이른바 합방에 협조했거나 필요하다고 생각한 인사에게 귀족의 지위와 함께 불로소득의 소비생활을 보장해 준 것이다. 이들 및 이들의 2세들이 현해탄 이쪽저쪽에서 유탕(遊蕩)생활에 탐닉하였고 특히 가난한 유학생들의 노여움을 샀으리라는 것은 짐작하고도 남음이 있다. 〈자작의 아들〉이란 이런 조선인 난봉꾼들을 가리킨다(조선인 유학생이 일본 귀족의 아들과 자기를 비교해 본다는 것은 심리적으로 개연성이 적다). 공작이나 백작이 아니고 자작이란 하위 작위가 나오는 것은 그 때문일 것이다. 요즘 같으면 재벌의 아들 혹은 장군의 아들이라고 해야 할 터이다.

손을 의식한다는 것은 생활인으로서의 무력감을 자성하거나 재확인하는 것이라 할 수 있다. 흰 손은 〈창백한 인텔리〉의 그것으로 흔히 시가에 보이는 것이다. 김팔봉의 「백수의 탄식」도 그 한 사례라 할 것이다.

카페 의자에 걸터 앉아서
희고 흰 팔을 뽐내어가며
보나로드!라고 떠들고 있는
60년 전의 노서아 청년이 눈앞에 있다……

café chair Révolutionist,
너희들의 손이 너무도 희구나!

(중략)
너희들은 〈白手〉——

가고자 하는 농민들에게는
되지도 못한 〈미각〉이라고는
조금도 조금도 없다는 말이다.

café chair Révolutionist,
너희들의 손이 너무 희고나!

아아! 60년전의 옛날
노서아 청년의 〈백수의 탄식〉은
미각을 죽이고서 내려가 서고자 하던
전력을 다하던 전력을 다하던 탄식이었다.[8]

아무것도 가진 바 없는 것을 뜻하는 〈백수(白手)〉가 흰 손의 뜻으로 쓰여 다의성(多義性)을 곁들이고 있는 것이 「백수의 탄식」의 묘미이다. 또 흰 손을 자탄하고 있는 「카페 프란스」와 〈너희들은 백수!〉라고 비판적 거리를 유지하고 있는 「백수의 탄식」은 정지용과 한때의 격정적 프로 문학인이었던 김팔봉의 입장 차이를 극명하게 보여주고 있기도 하다.

어쨌거나 루바쉬카를 걸친 창백한 인텔리는 한때 지식인들 사이에서 널리 읽혔던 19세기 러시아 소설 속에 되풀이 출몰하던 〈잉여인간〉의 계보를 떠올리게 한다(투르게네프의 루딘을 비롯해서 체호프의 작중인물에 이르기까지 그 모습은 다양하지만 김팔봉의 작품은 특히 「처녀지」의 네주다노프를 상기시킨다). 〈비뚜른 능금〉의 머리를 얹고 있는 시의 화자가 사회 속에서 설 자리와 제자리를 갖지 못하

---

8) 1924년에 발표된 시다.

는 〈잉여인간〉과 자신을 동일시한다는 것은 당연하고도 자연스러운 일이다. 〈비뚜른 능금〉 청년이 〈벌레먹은 장미〉 청년과 함께 정상적이지 못한 불우 청년임은 말할 것도 없다. 이어서 계속되는 〈나는 나라도 집도 없단다〉는 문맥 속에서 너무나 자연스럽게 나오는 탄식이 된다.

사람 사이의 공감이나 대화가 두절되거나 여의치 못할 때 사람들은 동물에게 호소하여 슬픔이나 두려움을 초월하려 한다. 자식의 죽음이라는 기막힘을 하소연할 상대를 찾지 못한 마부가 말에게 호소하는, 가령 체호프의 「비탄」을 우리는 기억한다. 폭풍우 휘몰아치는 밤, 방 안의 개가 개이기를 그치는 투르게네프의 산문시 「개」는 인간 고독이 동물과의 교감을 완성하는 고전적 사례라 할 수 있다.

> 방 안에는 우리 둘——개와 나. 밖에서는 사나운 폭풍이 무섭게 울부짖고 있다.
>
> 개는 내 앞에 앉아서 물끄러미 나를 바라보고 있다.
>
> 나도 개를 바라보고 있다.
>
> 개는 무슨 말인가를 나에게 하고 싶어하는 눈치다. 개는 벙어리라 말을 모른다. 자기자신을 이해하지 못한다. 그러나 나는 개의 심정을 이해한다.
>
> 나는 알고 있다——지금 이 순간, 개도 나도 똑같은 감정에 젖어 있다는 것을, 우리 둘 사이에는 어떠한 간격도 없다는 것을. 우리 둘은 조금도 다를 것이 없다. 똑같이 전율에 떠는 불꽃이 저마다의 가슴 속에 불타며 빛나고 있다.
>
> 이윽고 죽음이 다가와서 이 불길을 향해 그 싸늘한 넓은 날개를 퍼득거리리라……

　그렇게 되면 누가 알랴, 우리 저마다의 가슴속에 어떤 불길이 타고 있었던가를?

　그렇다 지금 눈길을 교환하고 있는 것은 동물도 아니고 인간도 아니다……

　서로 응시하고 있는 것은 동일한 한 쌍의 눈.

　동물과 인간, 이 두 쌍의 어느 눈에도 동일한 생명이 서로를 의지하며 겁먹은 듯 다가서고 있는 것이다. (김학수 옮김)

　〈이국종 강아지〉에게 구하는 것이 무엇인가 하는 것은 분명하다. 여기서 나라와 집과 가진 것 없는 식민지 출신 청년의 비애감은 절제된 채 완결을 보게 된다. 이 작품이 당대에 큰 호소력을 발휘하여 인구에 회자되고 정지용의 시인적 위치를 확고히 하는 데 크게 기여했다는 것은 당연한 일이다. 이 작품의 시적 성취도는 거의 비슷한 시기에 씌어진 김팔봉의 「백수의 탄식」과 비교해 본다면 자명해진다.

　요즘의 독자들이 정지용 당대의 독자들보다 이 시에 대해서 냉담함은 요즘 젊은이의 책임도 실수도 아니다. 풍화작용 70년을 견디어내지 못한다면 그것은 시의 책임이요 불찰이다. 그러나 시 독자들이 이행해야 할 최소한의 정독에도 인색하다는 것은 독자들의 불찰이요 무성의이다. 주체적 독자를 길러내지 못하는 문학교육의 전면적 실패가 배경이 되어 있음은 말할 것도 없다.

　현대시가 어렵다는 불평이 많다. 이러한 불평의 발설자는 대체로 독시경험이 적은 사람들이다. 〈현대시가 어렵다〉는 말 자체도 남의 흉내를 내어 말해보는 것에 지나지 않는다. 풍문과 소문에 놀아나며 지적 태만에 대한 자각증상이 없는 몰주체적 독자들의 트집이요 원망이요 자기변명이다. 이들은 대개 쉬운 동요나 동시에도 감식력을 발휘하지 못한다. 그들이 알고 있는 것은 아무것도 없다.

어려운 시와 쉬운 시가 있는 것은 아니다. 모든 시는 쉽다면 쉽고 어렵다면 어렵다. 「카페 프란스」는 난해시로 분류될 시가 결코 아니다. 그러나 그 이해는 소홀치 않은 독시경험을 요구한다. 쉬운 시와 어려운 시가 있다 하기보다도 좋은 시와 좋지 않은 시가 있다고 하는 편이 옳다. 경험이 중요하다고 하는 것은 누구나 알고 있지만 문학 이해에 있어서도 작품경험의 중요성은 막중하다.

문학작품도 피라미드와 같다. 선행 작품을 디디고 후대 작품이 올라서는 것이다. 높은 쪽의 벽돌일수록 수많은 아래쪽 벽돌을 디디고 서 있듯이 뒤에 온 작품일수록 의존하고 있는 선행 작품이 많은 법이다. 그 기초를 이루고 있는 것이 이른바 고전이라고 말할 수 있다.

대충대충 마무리짓고 건성으로 넘어가는 것이 우리 쪽의 부족한 점이다. 상품 제조에서부터 작품읽기에 이르기까지 널리 퍼져 있는 고쳐야 할 관행이다. 말에 대한 엄밀성은 언어동물인 인간이 가꾸어야 할 첫번째 기율이라 해도 과언은 아니다. 〈글자 한 자의 빠춤이나 더함이 전세계의 파멸을 의미할 수 있다〉는 것은 『탈무드』에 보이는 말이다. 유태인의 지적 성취의 기초를 보는 듯한 감이 들지만 어쨌거나 시의 경우엔 신통히 들어맞는 금언이라 해도 지나치지 않다. 언어에 대한 엄격성은 자연 앞에서의 경건함과 마찬가지로 인간 품성의 도야와도 연관된다. 두려움을 모르는 방자한 사람들이 말을 함부로 쓰는 것이다. 말과 글은 사람이다. 그리고 시를 읽는 것은 말과 글과 사람을 아는 길이다. 단 하나의 길은 아니지만 하나의 중요하고 매력 있는 길인 것만은 분명하다.

일탈의 시학

예술 일반의 특성의 하나는 그것이 향수자에게 즐거움을 안겨
준다는 것이다. 물론 그 즐거움의 수준이나 세목이 가지각색이긴
하다. 전율적 감동이나 고양감으로부터 그저 무료함을 달래주는
정도의 소일거리 수준에 이르기까지 천차만별이다. 즐거움은 그
자체가 선이며 그것을 빼고 인간 행복은 홀로 서지 못한다. 각박
한 터전에서의 귀양살이라는 삶에 대한 실존적 자각을 그대로 간
직한 채 예술 향수의 시간에 우리는 지금의 여기에 쾌적함을 느낀
다. 그리고 그러한 만큼 귀양살이의 상심(傷心)은 덜어진다. 즐거
움의 거부를 삶의 원리로 책정하고 실천하는 고행자가 있고 수도
승이 있고 지사가 있다. 그러나 어느 모로 그들은 보통사람들의 고
통의 범주를 즐거움의 그것으로 엎어놓은 사람들이라 할 수 있다.

즐거운 것은 대체로 놀이의 성질을 얼마쯤 가지고 있다. 모든
놀이는 단순한 것으로부터 복잡한 것으로 옮아가려는 본원적 성향
을 지니고 있다. 운동경기는 생물적 생존경쟁의 놀이 형태이지만
단순성에서 복합성으로의 지향을 공유하고 있다. 원시부족들이 죽

은 적병의 머리통을 차는 데서 유래했다고 추정되는 축구도 예외
는 아니다. 영국의 경우 14세기에서 시작하여 빅토리아 시대에 명
문 사립학교에서 성행했지만 처음엔 골이 따로 없었고 라인 전체
가 골 구실을 했다. 그러다가 적진에서 공이 오기를 기다리는 것
을 반칙으로 삼은 오프사이드의 규칙이 들어섰고 단독 드리블을
보강하는 패스도 허용되었다. 이렇게 경기의 규칙이 까다로워지면
서 경기의 재미도 그 강도가 높아진다. 구경꾼들이 규칙의 세목을
잘 알아야 그 재미를 만끽할 수 있음은 말할 것도 없다. 복잡성과
까다로움에서 오는 재미의 차이점은 고누와 장기와 바둑의 경우를
보면 단박에 드러난다.

　문학원론은 문학이 언어예술이며 시는 문학의 정수라고 가르치
고 있다. 문학이라는 범주로 포괄되는 작품의 구체는 무량하게 많
다. 따라서 문학에 관한 일반론치고 구체적 사례에 의해 그 편벽
됨과 일면성이 노출되지 않는 경우는 없다시피 하다. 그러므로 작
품의 이해는 작품의 현장 검증을 통해 비로소 의미있는 거지(擧
止)로 완결된다. 이러한 전제를 시인하면서도 우리는 무량한 구체
를 포괄하는 일반론에 대한 향념(向念)의 유혹을 뿌리치지 못한
다. 일반론의 전횡성(專橫性)을 유념한 채 우리는 시에도 놀이의
성질이 짙게 배어 있다고 말할 수 있다. 시가 주는 즐거움의 소홀
치 않은 부분이 말놀이에 의존하고 있다. 이른바 펀pun의 이모저
모는 말놀이의 중요한 국면이다. 그러나 거기서 그치지 않고 작품
전체가 글자넣기놀음이라고 할 수 있다. 적어도 시를 쓰는 입장에
서는 그러하다. 글자넣기놀음에 그렇게 힘을 쏟고 고통을 지불할
필요가 어디 있느냐고 반문할지도 모른다. 그러나 서양장기나 바
둑을 보라. 정상급 기사들의 대국은 사생결단의 긴장의 연속이 아
닌가. 놀이에는 본질적으로 대립적 성격이 있다. 생물학적 생존경

쟁의 무해한 형태이기도 하기 때문이다. 시쓰기라는 글자넣기놀음에는 대립적 성격이 없다. 그런 의미에서는 혼자 떼어보는 화투놀이나 혼자 두는 독장기와 비슷하다. 놀이에는 특유의 긴장이 따르는 법이다. 이것이 제대로 풀릴까 하는 불확정성에서 오는 긴장은 시 쓰는 과정의 시인의 고심과 비슷하다. 한 점의 실점이나 악수가 불계패를 자초할 수 있듯이 잘못 놓인 글자는 글자넣기놀음을 파국으로 이끌 수 있다. 시를 향수하는 독자의 입장에서도 놀이의 규칙을 알아야 제대로 즐길 수 있으며 이해할 수 있다. 글자넣기 놀음의 재미는 한 자라도 잘못 적어넣으면 파토가 생겨 놀이가 완성되지 않는다는 점에 있다. 시에서도 마찬가지다. 한 글자라도 악수가 있으면 완벽성과 완결성은 기대할 수 없다. 전후좌우에 그것 아니고서는 채울 수 없는 유일의 적정어가 놓여야 한다. 시인이란 제1언어와의 사랑놀이를 평생토록 지속하는 사람이다. 그때그때의 낱말 선택에서 딴 것으로 대체될 수 없는 유일자를 찾아내야 하는 시인은 개개 낱말에 대한 낭만적 사랑을 평생 고질로 앓고 있는 충직한 사람이기도 하다.

　시가 즐거움을 주는 것이기는 하지만 다른 예술과 다른 점이 있다. 언어예술이기 때문에 시는 언어의 성질상 상대적으로 명료한 자기인식을 안겨준다. 여기에 시의 영광과 굴레가 함께 자리하고 있다. 그 구체는 지금 상고할 계제가 아니다. 다만 강조해 두고 싶은 것은 즐기는 것이 곧 이해하는 것이라는 점이다. 여기서 근엄한 동양의 지혜에 의지해 보는 것도 판에 어울릴 것이다. 〈아는 사람이 좋아하는 사람만 못하고, 좋아하는 사람은 즐기는 사람만 못하다(知之者不如好之者, 好之者不如樂之者).〉[1]

---

1) 『論語』 「雍也篇」.

기표의 우위성

소쉬르 언어학에서 쓰는 기표 signifier와 기의 signified란 개념은
이제 널리 알려져 있다. 기표를 기의에 결합시키는 관계는 자의적
이라는 진술로 소쉬르 언어학은 시작한다. 일상언어나 비문학적
산문에 있어서는 기의, 즉 기호내용이 우리의 주의를 끈다. 그러
나 문학언어 특히 시의 언어에서는 기의 못지않게 아니 그 이상으
로 기표, 즉 기호표현이 각별한 주의를 끈다. 단순화해서 말해본
다면 기의 이상으로 기표에 주의가 집중되도록 배려된 것이 시언
어의 특징이라 할 수도 있을 것이다.

하나의 의미있는 발언을 할 때 우리는 수평적 선택과 수직적 선
택을 통해서 말을 조직하고 배열한다. 가령 구문상으로는 주어 ·
동사 · 목적어의 순으로 우리는 말을 배열할 수 있다. 혹은 강조를
위해서 목적어 · 주어 · 동사의 순서로 배열할 수도 있다. 이러한
배열순서를 우리는 수평적 선택의 결과라고 말할 수 있다. 그러나
우리는 한편으로는 또 수직적 선택을 하게 된다.

꽃다이 타오르는 햇살을 향하여
고요히 돌아가는 해바라기처럼
높고 아름다운 하늘을 받들어
그 속에 맑은 넋을 살게 하라.

가시밭길을 넘어 그윽히 웃는 한송이 꽃은
눈물의 이슬을 받아 핀다 하노니
깊고 거룩한 세상을 우러르기에
삼가 肉身의 괴로움도 달게 받으라.

괴로움에 짐짓 웃을양이면
슬픔도 오히려 아름다운 것이
고난을 사랑하는 이에게만이
마음 나라의 圓光은 떠오르노라.

푸른 하늘로 푸른 하늘로
항시 날아오르는 노고지리같이
맑고 아름다운 하늘을 받들어
그 속에 높은 넋을 살게 하라.

──조지훈, 「마음의 태양」 전문

첫머리의 〈꽃다이〉는 〈꽃처럼〉〈꽃같이〉〈꽃마냥〉〈꽃모양〉〈꽃인 듯〉〈꽃과 같이〉 등으로 바꿔놓을 수 있다. 시인은 수많은 수직적 가능성 가운데서 〈꽃다이〉를 선택한 것이다. 마지막 연에 나오는 〈노고지리〉는 〈종다리〉〈종달새〉〈노고조리〉〈무당새〉〈종지리〉〈예조리〉〈깝죽새〉〈운작〉〈고천자〉 등으로 대체할 수 있다. 아니 비둘기나 소리개라고 못할 것도 없다. 그렇다면 수직적 선택의 폭은 자꾸만 넓어지게 마련이다. 시를 좀 느슨하게 글자넣기놀음에 견준다면 글자넣기는 수평축과 수직축에서 가장 적합한 기호, 즉 말을 골라잡는 셈이 된다. 드러내놓고 교훈적인 시치고는 상당히 괜찮은 이 작품은 무수한 수평적 수직적 가능성 가운데서 선택된 말로 조직된 것이다.

어떤 발언이나 진술을 접하고 나서 우리가 기억하는 것은 기호내용, 즉 기의이지 기표가 아니다. 조금 전에 들은 짤막한 뉴스의 내용을 우리는 큰 착오 없이 기억한다. 그러나 아무리 짤막한 토막 뉴스라 하더라도 뉴스 방송자가 전한 언어표현을 그대로 재생

하는 것은 불가능하다. 외국어로 청취했을 때는 더욱 그러하다. 설화(舌禍)를 빚게 된 인사들이 흔히 진의가 와전되었다고 사후 해명을 하는 수가 있다. 단순한 변명에 지나지 않는 경우도 있으나 전달자가 기억한 내용을 자기 나름의 기표에 의존하여 전달함으로써 오해가 확산되는 경우도 있다. 인터뷰 기사의 내용이 발언자의 뜻과 아주 다르게 표현되는 것은 함의가 다른 동의어의 조잡한 대체와 구사에 연유하는 수가 많은 것이다.

되풀이하지만 우리가 기억하는 것은 대개 기호내용이다. 시는 기호표현의 기억을 요구하는 언어표현이라 할 수 있다. 앞에 인용한 조지훈 작품의 마지막을 아래와 같이 기억한다면 그것은 시를 기억한 것이라 할 수 없다. 고리타분한 잔소리를 품위없이 늘어놓는 것에 지나지 않는다.

창공으로 또 창공으로
노상 올라가는 告天子마냥
맑고 아릿따운 하늘을 떠받들고
그 속에 높은 혼백을 사시게 하라.

기의의 측면만 가지고 보면 크게 달라진 바 없다. 그러나 〈시〉는 행방불명이 된 것이나 진배없다. 조지훈 작품의 종결부가 수평적으로나 수직적으로 최상급 선택의 범주에 들어가는 것이라는 게 분명해진다. 좋은 시는 기호내용보다도 기호표현의 에너지로 홀로 서면서 우리의 주의력을 당긴다. 교훈적인 시는 대체로 어떤 한계를 갖게 마련이지만 위엣작품을 구해 주고 있는 것은 〈푸른 하늘로 푸른 하늘로/항시 날아오르는 노고지리같이〉로 시작되는 종결부라 해도 과언은 아니다. 노고지리의 이미지는 시인이 선택한 기호의 기표 속에서 비로소 살아나는 것이다. 주어진 기호체계에서 수직적으로나 수평적으로나 최상급의 선택이 이루어졌다는 것을 글자넣기놀음에서와 같은 필연으로 이해하고 실감하는 것이야말로 이 작품을 완전히 이해하는 것이다. 수직적 수평적 대체 가능성에 대한 고려와 감각이 무디어질 수밖에 없는 외국시의 이해가 어려운 것은 이 같은 사정 때문이다. 대체로 기의에 따라 이해한다. 그때 외국시를 읽는 것은 원시를 읽는 것이 아니라 번역시를 읽고 있는 데 지나지 않는다.

　　우리 고장에서는
　　오빠를
　　오라베라 했다.
　　그 무뚝뚝하고 왁살스러운 악센트로
　　오오라베 부르면
　　나는
　　앞이 칵 막히도록 좋았다.

　　나는 머루처럼 투명한
　　밤하늘을 사랑했다.
　　그리고 오디가 샛까만
　　뽕나무를 사랑했다.
　　혹은 울타리 섶에 피는
　　이슬마꽃 같은 것을……
　　그런 것은
　　나무나 하늘이나 꽃이기보다
　　내 고장의 그 사투리라 싶었다.

참말로
경상도 사투리에는
약간 풀냄새가 난다.
약간 이슬냄새가 난다.
그리고 입안에 마르는
黃土흙 타는 냄새가 난다.

——박목월, 「사투리」 전문

오빠나 오라베나 그 기의는 같다. 그러나 〈오라베〉라 부르는 소리를 들어야 시인은 비로소 오빠됨의 순간적 희열과 회포를 느낀다. 오라베는 시인에게 있어 일종의 고유명사가 되어버렸다. 딴 이름을 붙일 수 없는 유일어란 의미에서 그러하다. 그리고 이 말에서 시인은 풀냄새·이슬냄새, 그리고 황토흙 타는 냄새를 맡는다. 이때의 사투리는 기표가 기의를 압도하고 있다. 그 냄새와 울림과 자연의 포섭으로 정서적 충전을 이룩한다. 그것은 상실 없이 대체할 수 없다. 좋은 시에서 개개 낱말은 이와 같은 〈사투리〉로 되어 있다. 범상한 낱말조차도 이러한 사투리로 변용시키는 능력이 바로 시인에게 요구되는 자질이다.

洛東江 七百里 공굴놓고
하이카라 잡놈이 손찔한다.

이야기는 거짓말을 하지만 노래는 거짓말을 않는다는 속담이 있다. 소리꾼의 이데올로기적 표현이겠지만 근거가 없는 것도 아니다. 시치미 떼고 딴전을 치며 거짓말을 하는 것은 예사로운 일이다. 그러나 시치미를 떼면서 노래를 할 수는 없다. 싱글벙글하면서 구성진 노래를 부르기도 어렵다. 우스갯소리는 아닌 보살인 것처럼 해야 효과적이다. 노래나 소리는 일심으로 불러야 효과적이다. 그러한 사정이 참작된 것인지도 모른다. 또 이야기가 재미있으려면 허풍도 넣고 얼마쯤 꾸며 넣어야 한다는 사실을 지적한 것이랄 수도 있다. 앞에 든 구전민요는 경상남도 창원지방의 것으로 되어 있다. 경부선 철도가 개통된 것이 20세기 초엽의 일이니까 어쨌든 그 전후에 불렸던 것으로 생각된다. 개항 이후 그리고 일제 식민지체제 아래서 생산된 걸작 민요의 하나로서 지금 읽어도 빛 바랜 느낌이 전혀 없다. 1920년대에 발표된 조명희의 단편 「낙동강」은 이보다 훨씬 뒤에 씌어진 것이다.

　「그대는 평시에 날더러, 너는 최하층에서 터져나오는 폭발탄이 되라, 하였나이다. 옳소이다. 나는 폭발탄이 되겠나이다.
　그대는 죽을 때에도 날더러, 너는 참으로 폭발탄이 되라, 하였나이다. 옳소이다, 나는 폭발탄이 되겠나이다」
　이것은 묻지 않아도 로사의 만장임을 알 수 있었다.

투사 박성운의 영구행렬을 따라가는 만장에 관한 서술이다. 로사는 박성운의 애인으로서 〈폭발탄〉이 되기 위해 구포역에서 북행 열차를 타는 것으로 작품은 끝난다. 그 열렬한 의도에도 불구하고 또 작가의 비극적 생애를 참조하더라도 「낙동강」은 안타까운 허망감을 안겨줄 뿐이다. 이야기는 거짓말을 하지만 노래는 하지 않는다는 속담의 의미를 되새기게 한다. 로자 룩셈부르크에서 따온 여주인공의 기호(記號)부터가 잘못된 선택이요 선의의 거짓의 단초인 셈이다.
　이에 반해 창원지방의 민요가 걸작인 것은 그것 나름으로 대체 불가능한 낱말들의 선택이라 생각되기 때문이다. 노래불린 것인 만큼 음률상으로도 유창하다. 공굴은 콘크리트가 토착화된 말이다. 철교의 교각이나 공굴 다리 놓는 것을 가리키지만 새말이면서도 토박이 풀뿌리말의 외양을 갖추고 있다. 하이칼라는 올드미스란 말처럼 일인들이 변용해서 쓴 말이다. 멋쟁이라는 함의인데 공사장의 양복쟁이 감독이거나 십장일 것이며 또 일인일 터이다. 〈고라, 빠가야로〉라는 욕설이 들리는 듯하다. 토목공사장에서 수모를 당하는 우리 현장 인부의 모습이 선연하다. 민요 속 〈낙동강〉의 이 정경은 그대로 식민지의 축도이다. 단 두 줄로 축약된 리얼리즘의 정수라 해서 지나치지 않다. 그리고 그것은 수직적으로 대체 불가능한 기표의 효과인 것이다. 우리가 기억하는 것은 기의이다. 그러나 이 짤막한 두 줄은 갈데없는 기표로 기억될 것이다. 이처럼 기표째로 온전히 기억되는 것이 시언어의 특징인 셈이다. 어쨌거나 창원지방의 2행 사회 풍요(諷謠)는 구전민요 전체를 놓고 보더라도 단연 우뚝 솟아 있는 우리의 기억할 만한 저항시편이다.

생소한 말을 찾아서

너무 친숙하면 경멸을 낳는다는 서양 쪽 속담이 있다. 친구 사이에서도 지나치게 흉허물 없이 지내는 터수가 되면 경의가 사라지게 마련이라는 뜻이다. 너무 익숙하거나 낯익은 것은 문학 쪽에서도 물리게 마련이다. 어문생활에서도 사정은 같다. 요즘 우리 사이에서는 국민감정이라는 말 대신에 국민정서란 말이 널리 쓰이고 있다. 기의는 엎어치나 메치나 같지만 기표를 바꾸어 얼마쯤의 신선감을 주기 때문에 급속도로 퍼지게 되는 것이다. 별 혼란이 없는 대체이다. 일부에서는 차이성이란 말 대신에 차별성이란 말을 곧잘 쓴다. 낯선 말에 대한 선호라는 점에서 심리적 기반은 앞엣경우와 같지만 그 적정성에는 문제가 있다. 차별이란 말은 인종차별 혹은 남녀차별이란 말에서 보듯 부당한 혹은 편견에서 나온 차이 설정의 함의가 짙다. 따라서 차이성과 차별성은 구별되어야 할 것이다. 어쨌거나 새롭고 낯선 것에 대한 지향이 어문생활에 변화와 새 활기를 불어넣는 것만은 사실이다.

외국어 단어나 외래어의 빈번한 사용은 기품있는 취향은 되지 못한다. 그러나 한때 모더니스트들의 시에서 드러났듯이 그것은 낯설고 새로운 것에 대한 자연스러운 욕구를 반영한 것으로서 반드시 부정적으로만 볼 것은 아니다. 문제는 외래어나 외국어 남용이 곧 싫증을 낳게 한다는 점에 있을 것이다. 외래어를 많이 사용한 시편들이 이내 호소력을 잃어버리게 된 것은 당초의 참신함이 곧 증발해 버렸기 때문일 것이다. 이에 반해서 생소한 우리말이 낯섦을 오래 간직하면서 당초의 신선한 충격을 지속적으로 발휘하는 경우를 더러 보게 된다. 가령 백석(白石) 시의 매력은 아마 그런 점에도 있을 것이다.

낭만주의의 이국정서 선호에서 볼 수 있듯이 멀고 생소하고 낯선 것은 그 자체로서 미적 기능을 발휘한다. 러시아 형식주의가 발설한 낯설게하기와 관계없이 생소한 낱말은 효과적인 시적 단위 구실을 한다. 기의보다 기표가 순기능을 발휘하는 시언어의 또 다른 사례가 될 것이다.

　　놉새가 불면
　　唐紅연도 날으리

鄕愁는 가슴 깊이 품고
참대를 꺾어
지팽이 짚고

짚풀을 삼어
짚세기 신고

다시는 돌아 오지 않을
슬프고 고요한
길손이 되오리

놉새가 불면
黃나비도 날으리

生活도 葛藤도
그리고 算術도
다 잊어버리고

白樺를 깎아
墓標를 삼고

凍原에 피어오르는
한떨기 아름다운
百合꽃이 되오리

놉새가 불면 ——   —— 이한직, 「놉새가 불면」 전문

　타자의 암시와 풍문을 통해 감수성을 훈련받은 몰주체적 독자들은 이 뛰어난 시편과 그 작자를 알지 못할 것이다. 기계적 반복의 일상에서 벗어나 지금의 이곳을 떠나보려는 출발에의 충동은 젊은 시절에 강렬한 법이지만 평생을 지속하는 여진(餘震)일 것이다. 미지에 대한 동경과 낯선 것으로의 출발은 낭만주의의 기본충동의 하나이기도 하나 낭만주의에 한정되지 않는다. 보들레르의 가장 긴 시편인 「여행」에 보이는 다음 대목은 충족될 리 없는 삶의 기본적 충동의 하나를 노래하고 있다. 책을 읽고 음악을 듣고 영화를 보는 것도 잠재적 출발충동의 대리적 충족이기도 할 것이다.

> 허나 순씨의 나그네는 그저 뜨기 위해
> 길 떠나는 사람들이어니.
> 풍선과 같이 마음은 가볍고
> 그 운명으로부터 영구히 헤어나지 못하지만
> 어인 까닭인지도 모르는 채
> 〈가, 가자〉고 언제고 언제고 외친다.

　이한직(李漢稷)의 시편이 다루고 있는 것은 출발충동이다. 대개의 출발충동이 그렇듯이 목적지와 정처가 뚜렷한 출발은 아닐 것이다. 따라서 죽장초혜(竹杖草鞋)의 길손 모습을 앞당겨서 구체적 세목으로 보여주는 반면 행선지는 가지끈 막연하다. 돌아오고 싶지 않다는 심정만 간절할 뿐이다. 화자에게 있어 현실은 〈생활과 갈등과 산술〉로 요약되는 당연히 산문적인 터전이다. 일상생활을 갈등과 계산으로 요약한 것은 대담한 단순화이면서도 화자의 현실 파악과 거기서 비롯되는 염증을 잘 드러내고 있다. 불귀(不歸)의 길손이 되겠다든가 자작나무(흰 빛깔에 주의하라)를 깎아 묘표(墓

標)로 삼는다든가 하는 대목에서 우리는 죽음에의 충동이나 죽음의 예감을 감득한다. 생활과 갈등과 산술을 모두 잊어버린다는 것은 궁극적으로 사회적 자아의 자살을 뜻하는 것이지만 여기서의 죽음 암시는 산문적 생활현실에 대한 부수적(負數的) 대안의 기호일 뿐 육체적 살의(殺意)를 동반하고 있는 것은 아니다. 낭만주의 문학에서 흔히 사랑과 죽음이 궁극적 동일시를 얻고 있듯이 소원 성취가 죽음과 연결되는 것은 심정적 차원에서는 드문 일이 아니다. 〈이제 죽어도 여한이 없다〉는 것은 간절한 소원을 성취한 사람들이 무의식적으로 토로하는 감탄문이기도 하다. 위에서 잠시 곁눈질한 보들레르의 「여행」이 〈아 죽음이여! 늙은 선장이여, 때가 되었다. 닻을 올려라〉로 시작되는 종결부로 끝나고 있는 것도 우연은 아닐 것이다.

　평균기온이 영도를 밑돌며 지의류나 겨우 사는 툰드라에 백합꽃이 피는 것도 아닐 것이다. 작품에 나오는 동원(凍原)은 갈등과 산술로 집약되는 일상현실의 은유라 할 수 있다. 그렇다면 대지팡이에 짚세기 신고 길손이 되는 것 자체가 툰드라의 나리꽃이 되는 것으로 출발 자체를 기리고 있는 것이라 할 수 있다. 불귀의 길손에서 일상적 자아의 탈피란 의미를 읽어낼 때 우리는 이 순도 높은 출발충동에 유보 없는 심정적 동참을 허용해도 좋을 것이다.

　「높새가 불면」은 음률적 효과가 높은 작품이다. 산문시로의 경사가 두드러져 가는 작금의 추세 속에서는 그러한 특징이 한층 두드러져 보인다. 짤막한 시행과 〈높새가 불면〉의 세 번 되풀이가 음률적 효과에 크게 기여한다. 높새, 즉 높새바람은 샛바람·마파람·하늬바람과 함께 뱃사람이나 바닷가 사람들이 쓰는 말로서 북동풍을 가리킨다. 보통사람들에겐 상당히 생소한 말이다. 자주색을 띤 붉은 빛깔을 가리키는 당홍(唐紅), 노랑나비를 가리키는 황

(黃)나비도 조금은 낯선 말이다. 생소한 말이 이어진 〈높새가 불면/唐紅연도 날으리〉와 〈높새가 불면/黃나비도 날으리〉란 시행은 그 음률적 효과와 함께 낯섦에서 오는 정서적 충전력을 갖고 있다. 짚세기는 본시 생소한 말이 아니었지만 이제 생소해졌다. 일상언어 속에서는 짚세기를 삼는다는 것이 통상적인 수평적 선택이다. 그것이 작품에서는 〈짚풀을 삼어/짚세기 신고〉로 적지 않이 일탈적으로 사용되어 있다. 산술은 셈본이지만 계산이라는 산문적 용어를 대체해서 비속함을 떨구고 작품의 순도를 높이고 있다. 백화(白樺)의 흰 껍질은 자연스레 죽음의 묘표와 연결되지만 한편 동원과도 연결된다. 자작나무는 한대성(寒帶性)의 수종이어서 북국에 많지만 그 북국에서 더 북상하면 북극지방의 툰드라가 나타나기 때문이다. 일상 탈출의 출발충동을 순도 높이 아름답게 노래한 「높새가 불면」의 시적 자력은 생소한 낱말과 과도하지 않은 일탈적 언어 구사에 크게 의존하고 있다. 그 가운데서도 핵심적인 것은 표제로 삼았을 뿐 아니라 세 번 되풀이되어 있는 〈높새가 불면〉속의 높새일 것이다.

아내의 모습은 보이지 않은 채 어린 자식의 손을 잡고 한길을 걸어가는 노동자의 모습을 보는 것만으로도 도스토예프스키는 하나의 인간극을 상상하고 소설을 썼다고 한다. 저 사내는 상처한 홀아비일 테고, 모친도 돌아간 지 얼마 안 되어 어린 놈은 어떤 노파에게 맡겨놓고 있다. 부자(父子)는 지하실에서 곁방살이를 하는데 오늘은 일요일이라 오랜만에 함께 나들이를 나왔다. 친척이라야 별반 없어 이모집이나 들르려는 참이다——이렇게 상상하며 작품을 썼다는 것이다. 시인도 마찬가지일 것이다. 높새란 말에 반하여 「높새가 불면」이란 시를 쓰게 되었다고 해도 망발은 아니다. 북동풍이라는 말에 의존했다면 시는 씌어지지 않았을 것이다.

놉새란 말의 기표가 시를 낳은 것이다. 〈놉새, 당홍연, 황나비, 산술〉이란 시 속의 말은 기의로서가 아니라 전혀 기표로 기억될 것이다. 생소하고 낯설어 돋보이기 때문이다. 작품의 음률적 효과는 또 이 작품의 시행을 기표대로 기억하게 하는 힘을 가지고 있다.

생소하고 낯선 단어에 끌리어 혹은 박목월이 말하는 〈사투리〉에 끌리어 그 사투리를 쓰고 싶어서 씌어진 작품도 있다.

> 잠자는 약을 먹고서
> 나타샤는 고이 잠들고
> 나만 살았다.
>
> 나타샤는 마우자, 쫓긴 이의 딸
> 나 혼자만 살었느냐
> 고향이 있어서……
>
> —— 오장환, 「고향이 있어서」

작자도 별 애착이 없었는지 생전에 간행된 시집에 수록하지 않았던 작품의 도입부다. 마우자는 러시아 사람을 가리키며, 〈아라사의 소문이 자주 들리는 곳〉의 사투리이다. 러시아 혁명 후 탈출한 백계 러시아인이 그쪽과 만주에 흩어져 살았다는 것은 잘 알려져 있다. 길고도 구별이 잘 안 되어서 러시아 소설 독자들을 어지럽게 해주는 인명 가운데서 나타샤는 소냐와 함께 아주 친숙한 여성 이름이다. 그래서 백석도 김광균도 서투르게밖에 시를 쓰지 못했던 사람들까지도 나타샤를 노래했다.

> 가난한 내가

아름다운 나타샤를 사랑해서
오늘밤은 푹푹 눈이 나린다

나타샤를 사랑은 하고
눈은 푹푹 날리고
나는 혼자 쓸쓸히 앉어 燒酒를 마신다
소주를 마시며 생각한다
나타샤와 나는
눈이 푹푹 쌓이는 밤 흰당나귀 타고
산골로 가자 출출이 우는 깊은 산골로 가 마가리에 살자

눈은 푹푹 나리고
나는 나타샤를 생각하고
나타샤가 아니 올 리 없다
언제 벌써 내 속에 고조곤히 와 이야기한다
산골로 가는 것은 세상한테 지는 것이 아니다
세상 같은 건 더러워 버리는 것이다

눈은 푹푹 나리고
아름다운 나타샤는 나를 사랑하고
어데서 흰당나귀도 오늘밤이 좋아서 응앙응앙 울을 것이다
──백석, 「나와 나타샤와 흰당나귀」 전문

눈은 정다운 옛이야기
남몰래 호젓한 소리를 내고
좁은 길에 흩어저

아스피린粉末이 되어 곱게 빛나고
나타샤 같은 계집애가 우산을 쓰고
그 우를 지나간다.

——김광균, 「눈오는 밤의 시」

북국 여성의 이름이 눈과 함께 등장하는 것은 자연스러운 일이
다. 백석의 시에서는 환상적인 흰당나귀까지 곁들여서 환상의 아
름다움을 돋운다. 좋아하는 먼 사람에게 붙인 이름이든 실제 마우
자의 딸이든 나타샤라는 고유명사는 작품 속에 현실치외법권적인
아름다움을 부여한다. 이에 비한다면 오장환의 작품은 나타샤를
주제로 한 기상곡(奇想曲)처럼 들린다. 화자와 나타샤가 쓸쓸한 사
랑을 하고 스물한 살이 안 된 나타샤가 잠자는 약을 먹고 죽었다
는 사실밖에 분명한 것은 없다. 나타샤라는 이름을 마음껏 써보기
위해서 씌어진 이를테면 기호의 선율이다. 오장환의 작품은 분명
히 실패작이다. 그러나 성공한 시보다 실패한 시가 시의 성질을
더 잘 드러내지 못하란 법은 없다. 시는 탐나는 말 특히 그 기표
를 두고 시인이 벌이는 사랑놀이이기도 하다. 이한직의 출발충동
이 자기표현과정에서 〈놉새가 불면〉을 찾아낸 것이라기보다 높새
라는 매력적인 바람 이름이 시인을 유혹해서 출발충동을 부추기고
그것이 시편으로 맺혀졌다고 생각해 보는 것은 즐거운 일이다(우
리 모두가 알고 있듯이 바람이란 말 속에는 방랑이나 떠돌이의 함의도
있다. 바람 든 사람은 집에 붙어 있지를 못한다). 또 나타샤라는 북국
의 여성 이름에 혹하여 가상적 그녀와 사랑을 하고 흰당나귀 타고
장가가는 꿈을 꾸게 되었으며 그것이 백석 시로 귀결되었고 그러
한 한에서 나타샤라는 기표가 단초라고 생각해 보는 것 또한 즐거
운 일이다. 즐거운 생각과 웃는 얼굴에 어떻게 침을 뱉을 수 있는

가. 즐거운 생각은 존중받아 마땅하다.

한 시편의 생성과 소멸

〈서정시는 외침소리를 발전시킨 것이다〉[2]라고 발레리는 적고 있다. 놀라움이나 기쁨이나 고통을 나타내는 짤막한 외침이 서정시의 근원이라는 뜻이다. 〈'그대를 사랑해'란 말은 사랑의 선언이나 고백을 가리키는 것이 아니다. 사랑행위 때 지르는 소리의 되풀이를 가리킨다〉[3]고 롤랑 바르트는 적고 있다. 따라서 〈그대를 사랑해〉라는 발언의 기의 위주 의미론적 접근은 별 소득이 없는 셈이다. 지르는 소리의 되풀이가 반드시 〈그대를 사랑해〉라는 형식을 취할 필요는 없을 것이다.

탄성을 지르게 하는 것이 어떤 것이건 서정시는 탐나는 말이나 이미지를 출발점으로 해서 발전하고 부연된 측면이 강하다. 첫 구상에서 완성되기까지의 과정이 드러나 있는 작품 초고를 보면 첫 단계와 완성된 작품 사이의 현격한 차이와 거리에 놀라게 되는 경우가 많다. 신비평에서 말하는 〈의도의 오류〉 이론은 이 점에도 착안하여 논거의 하나로 삼고 있다. 우연히 떠오른 말이나 이미지가 다른 말과 이미지를 끌어당기고 혹은 물리치는 과정에 단초의 우연이 필연으로 완결되는 것이다. 우연이 필연으로 굳어져 가는 과정의 고리가 대체 불가능한 것이라고 생각되면 작품은 그만큼 성공적이 되는 셈이다. 이러한 과정을 구체적인 사례를 통해 추측해 보기로 한다.

---

2) Paul Valéry, "Literature," in *Selected Writings*(New Directions, 1964).

3) Roland Barthes, "I love You," in *A Lover's Discourse* (The Noonday Press, 1978).

조용히 젖어드는 草지붕아래서
왼종일 생각나는 사람이 있었다.

月谷嶺 三十里 피는 살구꽃
그대 사는 강마을의 봄비 시름을

장독뒤에 더덕순
담밑에 모란움

한나절 젖어드는 흙담안에서
호박순 새넌출이 사르르 펴난다.

——박목월, 「봄비」 전문

　이 작품은 1955년에 간행된 시집 『산도화(山桃花)』에 수록되어
있다. 36편이 수록된 이 시집의 머리글에서 〈시에 뜻을 둔 지 이
십여 년에 비로소 한 권의 시집을 갖는다〉고 하면서 수록작품이
『청록집(靑鹿集)』에 수록된 작품과 같은 무렵의 것이라고 시인은
밝히고 있다. 『청록집』이 합동시집이기 때문에 『산도화』는 박목월
의 첫 개인시집이 되는 것이다. 위에 인용한 「봄비」가 처음 발표
되었을 때엔 다음과 같이 되어 있었다.

조용히 젖어드는
草家지붕 아래서
왼종일 생각하는
사람이 있었다.

月谷嶺 三十里
피는 살구꽃
그대 사는 마을이라
봄비는 나려

젖은 담모롱이
곱게 돌아서
모란움 솟는가
슬픈 꿈처럼[4]

　이 작품은 『청록집』에 수록되지 않았으며 나중 개작되어 『산도
화』에 수록되었다. 시집 수록시편은 시행이 길어지는 반면에 시행
수는 줄어들었다. 〈草家지붕〉이 〈草지붕〉으로 변한 것이 눈에 뜨
이지만 가장 중요한 변경은 〈생각하는 사람〉이 〈생각나는 사람〉으
로 바뀐 점일 것이다. 더덕순과 호박순이 추가되었고 〈그대 사는
강마을의 봄비 시름을〉의 제4행이 구문상으로 모호하다는 것도 눈
에 뜨인다. 선행 시행과 연결시켜 생각하면 뒤에 오는 시행과 잘
맞지 않는다(이러한 구문상의 파격은 대수로운 것이 아니다. 그러나 박
목월 초기 시로서는 아주 이례적이다).
　발표 때의 초고(初稿)는 시행이 간결 짤막하여 『청록집』 수록시
편과 한결 진한 가족유사성을 보여준다. 또 더덕순이나 호박순 같

---

4) 해방 직후 金東錫이 주재한 타블로이드판 《象牙塔》에 실려 있었다. 「봄비」
　는 「閏四月」과 함께 실려 있는데 「봄비」가 위켠에 「윤사월」은 아래쪽에 상·
　하로 수록되어 있었다. 이 외에도 박목월의 「나그네」 「三月」, 조지훈의 「玩
　花衫」, 박두진의 「해」 등이 모두 이 《상아탑》에 발표된 시편들이다. 세칭
　좌익 평론가였던 김동석은 시에 대해 비교적 높은 안목을 가지고 있었다고
　생각된다.

은 세목이 없어서 서경(敍景)으로서도 한결 인상적이다. 세목이 많으면 많을수록 현실 쪽으로는 근접할지 모르지만 효과는 산만해지게 마련이다. 짤막한 서정시일수록 집중과 응집이 요구된다고 할 수 있다. 초고와 개고(改稿) 사이의 공통점은 〈조용히 젖어드는 초가지붕 아래서 생각하(나)는 사람〉〈月谷嶺 三十里 피는 살구꽃〉〈그대 사는 마을〉〈모란움〉이다. 그것을 더 압축시켜 보면 〈봄비 속에 집 안에 박혀 있는 사람〉〈살구꽃〉〈그대〉〈모란움〉이 될 것이다. 그것을 기초단위로 해서 제가끔의 방향으로 발전시킨 결과가 초고나 개고로 맺혀진 것이다. 탐나는 말이나 이미지를 작품의 근원으로 생각한다면 〈月谷嶺 三十里〉〈살구꽃〉〈모란움〉으로 압축될 것이다. 분명한 느낌이나 생각이 미리 있고 거기에 알맞은 말과 표현을 찾는 과정으로 시작과정이나 글쓰기과정을 파악하는 것은 널리 퍼져 있기는 하나 별로 신용할 만한 것은 못 된다. 〈생각하는 사람〉과 〈생각나는 사람〉은 엄청나게 다르다. 사람이 글을 쓰는 것도 사실이지만 글이 스스로 써지는 것도 사실이다. 말에 대한 엄격성이란 어떤 논리적 엄밀성을 뜻하는 것이 아니다. 주어진 작품 속에서 동원되고 조직된 말들이 대체될 수 없는 필연성의 고리로 이어져야 한다는 뜻이다. 이런 관점에서 볼 때 「봄비」의 경우 개고가 초고보다 떨어진다고 생각한다. 시인의 개작이 반드시 성공적이라 할 수는 없는 것이다. 1984년에 간행된 『박목월 시전집』에는 「봄비」가 빠져 있다. 시인의 생전의 뜻을 존중하기 위한 조처였다고 한다. 개고도 초고도 목월시의 전반적 수준에서 결코 떨어지는 작품이 아니다. 「봄비」 초고는 『청록집』에 수록한다 하더라도 손색이 없다. 왜 고쳤으며 왜 애착을 갖지 않았는가? 비슷한 가락의 시가 하나쯤 빠지더라도 아까울 것 없다고 시 부자(富者)가 생각했을 수도 있다. 그러나 아흔아홉 마지기 가진 땅부

자가 한 마지기 가진 이에게 백 마지기 채우기 위해 달란다고 한
다는데 시부자라고 썩 다르지는 않을 것이다. 썩 애착을 갖고 있
던「봄비」초고를 발표한 후 시인은 〈모란움 솟는가/슬픈 꿈처럼〉
의 초고 마지막 연과 비슷한 대목을 외국시나 다른 사람의 작품에
서 발견했을지도 모른다. 결벽증이 있는 시인은 개작을 시도했으
나 영 마음에 들지 않았다. 이렇게 상상해 보는 것은 재미있는 일
이지만 재미를 위해서 근거 제시 없이 단정할 수는 없다. 다만
「봄비」의 생성과 소멸과정을 통해서 시작과정을 훔쳐본다는 것은
시의 이해를 위해 유익한 일임을 강조해 두고 싶다. 실패가 성공
보다 구경꾼에게는 가르치는 바 많은 것이다. 사람의 경우에도 마
찬가지다.

수수께끼의 시학

이상은이상은이상은이상은이상이다.

사회변화와 함께 어린이들의 놀이도 딴판으로 변하였다. 가위
바위보로 승자를 정하였던 땅빼앗기, 땅 위에 판을 그려놓고 두던
고누, 동네 타작마당에서 벌이던 자치기, 소경이 제 닭 잡아먹는
콩서리 같은 것은 아예 없어지고 말았다. 수수께끼를 비롯한 말놀
이도 사라진 품목 중의 하나다. 〈꼭두새벽에 떠나는 차가 뭐니?〉
〈첫차〉〈밤 늦게 오는 차는 뭐니?〉〈막차〉 대답이 떨어지자마자
질문자는 답변자에게 발길질을 한다. 어리둥절한 답변자에게 첫
질문자는 천연스럽게 반문한다. 〈막 차라고 하지 않았느냐?〉고.
생각해 보면 모두가 이상(李箱)의 슬픈 〈아해〉들이 되어서 별난 방
식으로 그들의 권태를 처리하곤 하였다.

〈서 있을 때보다 앉아 있을 때 키가 큰 게 뭐니?〉

〈장도 장도 못 먹는 장이 뭐니?〉

〈강도 강도 못 건너는 강이 뭐니?〉

어린이들의 놀이는 대체로 힘겨루기와 꾀겨루기와 기술겨루기
로 되어 있었다. 슬픈 아해들은 부지중에 마키아벨리의 꼬마 사자

와 여우가 되어 축복받지 못한 미래를 예행연습하였던 것이다. 수수께끼는 아마도 꾀겨루기의 극적이고도 대표적인 사례였을 것이다.

옛 신화나 전설에는 수수께끼 풀이의 삽화가 자주 나온다. 오이디푸스의 스핑크스 퇴치에서 볼 수 있듯이 수수께끼 풀이는 영웅들의 통과의례의 하나이기도 하다. 고대 그리스에서 그것은 지적 훈련을 겸한 지혜겨루기 놀이였던 것으로 생각된다. 가령 〈어디에서나 동일하면서도 어디에서나 동일하지 않은 것은?〉에 대답은 시간으로 되어 있다. 시에 말놀이의 요소가 있고 그중의 하나가 글자넣기놀음이라는 것은 앞에서 주목한 바 있다. 글자넣기놀음에는 또 수수께끼의 성질이 들어 있다. 시인 편에서 보면 글자넣기놀음의 측면이 두드러지지만 독자 편에서 보면 해답을 요구하는 수수께끼로 비칠 때도 있을 것이다.

현대시가 어렵다는 것은 시를 읽지 않는 시독자들의 상습적인 불평이다. 구태의연하게 고색창연한 불만을 토로하는 이러한 불평분자들은 이 세상의 가치 있는 모든 것이 어려운 것이라는 사실을 인지한 바 없다. 시를 이해하기 위해서 최소한 익혀두어야 할 시적 관습을 독시경험의 축적을 통해서 체득한 바 없다. 그렇지만 이러한 지적 나태분자들의 불평을 정당화하는 듯이 보이는 난해한 시가 더러 있다는 것은 사실이다. 이를테면 해답이 내장되어 있지 않은 수수께끼도 있는 것이다. 이럴 경우 해답이 없다는 것이 정답일 터이다. 해답 없음을 간파하여 수수께끼를 무효화하는 것이 주체적 독자의 실력 행사이다. 꾀겨루기에서 지기만 하면 못쓴다. 적어도 우리 사이에서 난해한 것으로 호가 나 있는 시들은 썩 괜찮은 것들이 아니다. 별로 좋지 않은 수수께끼 같은 시의 해답을 찾는 데 금쪽 같은 시간을 보내기에는 삶은 너무나 짧고 좋은 시편들은 무량하게 많은 것이다.

어려움과 실없음

　일가를 이룬 시인의 작품은 이름을 가리더라도 쉬 작자를 추정
할 수 있다. 독특한 말버릇과 소재 처리의 방법이 곧 드러나기 때
문이다.
　그러한 시인의 대표적인 사례로 우리는 가령 미당 서정주를 지
목할 수 있을 것이다. 제2시집 『귀촉도』에는 아래와 같은 작품이
보인다.

　　뭐라 하느냐
　　너무 앞에서
　　아—— 미치게
　　짓푸른 하늘

　　나, 항상 나,
　　배도 안고파
　　발돋음 하고
　　돌이 되는데.

——「小曲」 전문

　『서정주 시전집』을 일삼아 애독하는 경우가 아니라면 작자의 이
름을 가리고 대했을 때 이 작품이 미당 소작임을 알아맞히기는 힘
들 것이다. 그만큼 미당 시치고는 괴짜인 것이다. 미당 초기 시에

더러 비약이 많아 아리송한 작품이 없지 않지만 이렇게 수수께끼 같은 시는 없다. 표제는 대체로 작품 이해에 유력한 지표가 되지만 이 경우 아무런 단서도 허여하지 않는다. 우리가 확인할 수 있는 것은 기막히게 푸른 하늘 아래서 발돋움하고 망부석처럼 혹은 뒤돌아본 죄로 소금기둥이 되어버린 『성서』 속의 롯의 아내처럼 서 있는 시의 화자일 뿐이다. 화자가 추구하거나 쫓아가고 있는 어떤 것이 너무 앞서 달아나는 바람에 배고픔도 잊고 망연자실하고 있는 상황을 막연히 추측할 수 없는 것이 아니나 사뭇 모호하다. 화자가 절망하고 있다 하더라도 우리는 그 절망에 동의할 수 없다. 숨이 가쁜 탓인지 화자의 말은 맥이 이어지지 않고 단편적이고 비약적이다. 우리는 화자의 숨가쁨에 동조할 수 없고 동행할 수 없다. 감정이입의 계기가 넉넉하게 마련되어 있지 않다고 생각되기 때문이다. 경험에 대한 강렬한 욕구는 감동받고자 만반의 태세를 갖추고 있지만 우리의 감수성은 감동받기를 거부한다. 수수께끼 같은 작품이지만 질문장치가 넉넉하지 못하여 해답이 마련되지 않은 미완의 수수께끼이다. 폭발 성능을 갖추지 못한 영구 미제의 불발탄인 셈이다.

우리가 이렇게나마 「소곡」 앞에서 머뭇거리는 것은 그것이 미당의 소작이기 때문일 것이다. 부족방언의 마술사이며 낱낱의 작품이 저마다의 자족성을 지니거나 새로운 창의를 보여주는 명장(名匠)의 작품이기 때문에 그냥 지나치지를 못하는 것이다. 그렇지만 이 작품은 대수롭지 않은 소품이며 모르고 지나쳐도 아까울 것 없는 실없는 시다. 미당 시 중에서 제일 꼴찌에 속하는 일탈의 삽화에 지나지 않는다. 순진한 독자들이 위축될 필요는 전혀 없다. 제2시집 『귀촉도』와 제3시집 『서정주시선』에는 음률적 효과가 높은 음악성 지향의 명편들이 수두룩하다. 『질마재신화』 이후의 산문

지향과는 적어도 형태면에서는 대조적이다. 음악성 지향의 시편들은 음률적인 만큼 또 기억촉진적이다. 쉽게 그 기표가 호수운 리듬을 타고 머릿속에 남게 마련이다. 그러나 짤막한 소품임에도 불구하고 이 작품은 기억거부적이다. 뜻이 모호한 탓도 있지만 음률적이지 못하기 때문이다. 그 점 역시 『귀촉도』에 수록된 「무제」를 읽어보는 것은 유익하다.

여기는 어쩌면 지극히 꽝꽝하고 못견디게 새파란 바위ㅅ속일 것이다. 날센 쟁기ㅅ날로도 갈고 갈수없는 새파란 새파란 바위ㅅ속일것이다.

여기는 어쩌면 하눌나라일것이다. 연한 풀밭에 벳쟁이도 우는 서러운 서러운 시굴일 것이다.

아 여기는 대체 멫萬里이냐. 山과 바다의 멫萬里이냐. 팍팍해서 못가겠는 멫萬里이냐.

여기는 어쩌면 꿈이다. 貴妃의 墓ㅅ등앞에 막걸리ㅅ집도 있는 어여뿌디 어여뿐 꿈이다.

——「無題」 전문

이 작품에서도 처리된 소재는 분명치 않아 보인다. 표제 또한 「소곡」의 경우처럼 별 지표가 되어주지 않는다. 다만 화자가 몹시 갑갑해하고 피곤해하고 있는 것만은 상상할 수 있다. 언뜻 산문체로 되어 있지만 아주 음률적이고 가쁜 숨결을 느끼게 한다. 〈새파란 새파란 바위ㅅ속〉〈서러운 서러운 시굴〉 그리고 〈멫萬里〉의 세 번 연속과 같은 되풀이가 작품의 음률성에 기여하면서 울림 좋은 호음조(好音調)를 낳고 있다. 읽기 좋고 또 편하다. 〈날센 쟁기ㅅ날로도 갈고 갈수없는 새파란 바위ㅅ속〉이라는 상상 속의 공간이 구체적으로 무엇을 가리키는 것인지 모호하지만 화자의 조바심 치는 유폐감(幽閉感)에는 쉽게 공명할 수 있을 것이다. 이렇게 조바심 치는 유폐감과 피로감은 〈아 여기는 대체 몇萬里이냐〉로 시작되는 제3연에서 다시 간절한 가락으로 터져나온다. 하늘나라의 시골에 와 있는 것 같다든가 어여쁜 꿈나라에 와 있는 것 같다는 제2연과 3연의 화자의 환각 혹은 감회는 현실 속에서 자기 위치와 방위에 대한 감각을 상실했다는 당혹감과 생소감, 그러면서도 허여된 상황에 대해 품고 있는 화해적이며 자기위로적인 심정을 나타낸다고 할 수 있다. 더 나아가 우리는 이렇게 상상해 볼 수도 있다. 〈갈고 갈수없는 새파란 새파란 바위ㅅ속〉이나 〈팍팍해서 못가겠는 몇萬里이냐〉와 같은 대목으로 미루어 화자는 길을 가는 도상에 있으며 노독(路毒)을 풀기 위해 쉬고 있는 중이며 그때의 심경을 노래한 것이 아닌가. 이러한 우리의 자유롭고 방종스럽기까지 한 상상을 후원해 주는 보강자료가 아주 없는 것도 아니다.

낱낱의 시편은 독립된 단위이다. 그렇지만 동일한 시인의 여러 작품은 상호 보족적인 가족유사성을 가지고 있으며 그러한 한에서 상호 계시적인 경우가 있다. 언제나 반드시 그런 것은 아니다. 그렇지만 낱낱 시편의 완성도에 극히 세심한 미당의 경우 작품 사이의 가족유사성은 썩 짙은 편이다. 따라서 한 시편이 다른 시편의 해설이 되어주는 경우가 많다. 시집 『귀촉도』에는 길 가는 도상의 시편이 여러 개 있다. 「무제」 바로 다음으로 수록된 「꽃」이나 『귀촉도』에 수록되어 있으면서도 『화사집』 시절의 체취가 농후한 「역려」에는 다음과 같은 구절이 보인다.

쉬여 가자 벗이여 쉬여서 가자
여기 새로 핀 크낙한 꽃 그늘에
벗이여 우리도 쉬여서 가자

맞나는 샘물마닥 목을 추기며
이끼 낀 바위ㅅ돌에 택을 고이고
자칫하면 다시못볼 하늘을 보자.

——「꽃」

샛길로 샛길로만 쪼껴 가다가
한바탕 가시밭을 휘젓고 나서면
다리는 훌처 肉膾 처노흔듯,
피ㅅ방울이 내려저 바윗돌을 적시고……

아무도 없는 곳이기에 고이는 눈물이면
손아귀에 닷는대로 떫고 씨거운 山열매를 따먹으며
나는 함부로 줄다름질 친다.

——「逆旅」

「꽃」은 8·15해방의 환희를 노래한 것 같은데 그 서정적 희열이 돋보인다. 해방의 기쁨이 완전한 자주독립의 통일국가로 이어질 것 같지 않다는 예감은 불행히도 현실화되고 말았지만 어쨌거나 시 후반의 상황은 길가기로 파악되어 있다. 「역려」에서 화자는 줄달음질 치며 길 가는 사람으로 나온다. 이러한 일련의 시와 관련시켜 볼 때 「무제」가 길 가는 도상의 어떤 순간을 노래하고 있다는 우리의 심증은 굳어진다. 세상살이를 나그네길로 파악하는 것은 동서고금을 통해 편재해 있는 원형적인 비유이다. 그렇다면 「무제」는 사람살이의 도상에서 체험하는 중압감이나 피로감, 회의와 슬픔과 소외감, 그러면서도 꾸준한 삶에 대한 애착심을 노래한 것이라고 상상해 볼 수 있다.

그러나 이 모든 것은 이 작품의 소재에 대한 조심스러운 탐색이요 접근에 지나지 않는다. 우리의 탐색이 과녁을 벗어나지 않았다 하더라도 이러한 산문적 부연이 작품 이해의 보증이 되는 것은 아니다. 매우 음률적인 작품의 리듬을 즐기는 것이 중요하며 하늘나라와 장자(莊子)의 것일지도 모르는 꿈나라의 정경에 끌리는 것이 중요하다. 그리고 그것으로 사실상 작품 이해는 성취되는 것이다. 즐기는 것은 이해하는 것이며 동양의 지혜를 구현하고 있는 고인이 말했듯이 즐기는 것은 아는 것이나 좋아하는 것보다 윗길인 것이다. 말의 뜻을 소리에 종속시키고 소리에 우위성을 부여하면서 음악의 상태를 지향한 시운동을 상징주의 운동이라 한다. 〈무엇보다도 음악을〉 하고 노래한 폴 베를렌의 「작시법」이란 시를 우리는 기억한다. 상징주의 시는 말을 그 뜻, 즉 조응성이나 기의에서 절연시켜 홀로 서게 하는 자폐적이고 자족적인 자장(磁場)에서 그 궁극적 자기실현을 성취했다고 할 수 있다. 허버트 리드는 이러한 시를 〈절대 서정시〉라고 했는데 간명하면서도 적절한 명명이라 할 수 있다. 우리 근대시 가운데도 상징시라고 흔히 정의하는 작품들이 있는 것으로 보인다. 그러나 문학사 기술의 편의에서 나온 방편일 뿐 이름에 상부하는 시인이나 작품이 있는 것 같지는 않다. 다만 미당의 「무제」가 우리말로 된 가장 빼어난 절대 서정시의 일종이라고 말하는 것은 가능하다고 생각한다. 어떤 마음의 상태가 말의 음악으로 맺혀져 있기 때문이다.

이에 비하면 「소곡」은 극히 허술한 소품이다. 소리와 소리 사이

에도 뜻과 뜻 사이에도 필연의 고리는 찾아지지 않는다. 「무제」와
마찬가지로 길 가는 도상의 어떤 순간을 노래하고 있다고 볼 수도
있다. 그러나 그것은 의식의 흐름에서 건져낸 토막난 조각일 뿐이
다. 따라서 그냥 지나치더라도 우리의 문학경험이 잃을 것은 없
다. 강조하지만 우리가 「소곡」에 냉담한 것은 소재의 모호성 때문
이 아니다. 모호성에도 불구하고 아니 모호성 때문에도 더욱 「무
제」를 즐길 수 있다. 「소곡」에 경의를 유보하는 것은 즐겨지지가
않기 때문이다. 「소곡」의 수수께끼에 위축되는 순진한 독자에게
미당의 가령 「다섯살」 같은 작품을 권하고 싶다.

> 소는 다섯살이면 새끼도 많고,
> 까치는 다섯살이면 손자도 많다.

> 옛날 옛적 사람들은
> 다섯살이면
> 논어도 곧잘 배웠다 한다.

> 우리도
> 다섯살이나 나이를 자셨으면
> 엄마는 애기나 보라고 하고
> ㄱㄴ이라도 부즈런이 배워야지
> 그것도 못하면 증말 챙피다.

　어려운 데가 없다. 얼마나 재미있고 해학적인가. 언뜻 보아 화
자는 다섯 살 난 어린이이다. 그러나 그렇지만도 않다. 화자의 이
중성 그리고 맞춤법이나 표준말로부터의 의도적인 일탈이 이 작품

의 해학을 돋운다. 좋은 작품은 모방충동을 자극하는 법이다. 필자의 즉흥적 흉내는 이렇게 되어 나왔다.

> 우리도
> 열다섯이나 나이를 자셨으면
> 아리숭한 수수께끼 「小曲」보다
> 「다섯살」이 윗길이란걸 알어야지
> 그것도 못가리면 증말 챙피다.

쉬운 시와 어려운 시가 있는 것이 아니다. 홀륭한 시와 신통치 않은 시가 있는 것이다. 궁금증을 일으키게 마련인 수수께끼에서는 궁금증 자체가 매력이 되기도 한다. 그러나 거기 혹해서 주눅이 드는 것은 비겁한 일이다. 사람됨보다도 집안이나 거죽이나 학벌만 보고 현혹되는 것은 속물근성의 발로이다. 주체적 독자는 비겁하지 않을 것이며 속물근성을 물리칠 것이다.

고전적 투명성

한 작품의 의미를 되새기며 그 모호성이나 다의성을 검토하는 것은 분명히 시가 주는 즐거움의 하나다. 우리가 경계하는 것은 세심한 검토에 값하지 못하는 수수께끼에 대한 분별없는 저자세이다. 아무리 쉬워 보이는 시라 할지라도 넉넉한 이해를 위해서는 독자 편의 축적된 문학경험이 전제되어 있어야 한다.

> 밤마다 밤마다

온 하룻밤
쌓았다 헐었다
긴 만리성!

──김소월, 「萬里城」

심장을 잃어버린 토끼는
지금은 어디가서 마른풀을 베고 낮잠을 잘까?

──김기림, 「능금」

植民地의 등대처럼
나는
내 어둠을 비친다.

──조병화, 「서시」

내 귀는 소라 껍질
바다 우짖음을 좋아한다.

──장 콕토, 「칸느」

　　김소월의 빼어난 4행시에 어려울 것은 없다. 그렇지만 불면의
밤의 무수한 속생각을 시각화한 이 소품이 〈하룻밤을 자도 만리성
을 쌓는다〉는 속담을 딛고 있다는 것을 알아차릴 때 그 이해는 단
단한 것이 된다. 그리고 다른 작품에서와는 달리 청승을 떨거나
사설을 전혀 늘어놓지 않고 있다는 부가적 사실을 고려할 때 더욱
귀중하게 여겨질 것이다. 김기림의 경우 빨갛게 익은 능금을 토끼
의 심장으로 비유하고 있지만 토끼와 거북의 우화를 상기해야 할
것이다. 1930년대의 작품이라는 부차적 사실을 상기하는 것도 중

요하다. 과거성도 때로 미적 가치의 일부가 된다. 가령 「정읍사」
의 매력의 절반 이상은 그것이 옛것이라는 사실에서 유래하는 것
이다. 조병화의 3행시는 우리 시에서 전례가 없는 신선한 직유라
는 것을 실감해야 한다. 장 콕토의 경우 보다 긴 시의 일부이지만
귀와 소라 사이의 시각적 유사성을 알고 있어야 함은 말할 것도 없
다. 주변적 지식이 작품 이해에 도움을 주는 것은 사실이나 위의
시편은 홀로서기를 통해서 나름대로 향수되기를 기다리고 있다.

　요즘 인구에 회자되는 정현종의 「섬」에 오면 사정은 조금 달라
진다. 미당의 「소곡」과 비교한다면 수수께끼의 요소는 없다시피 하
다. 그러나 위에 열거한 소품에 견준다면 소홀치 않게 모호하다.

　　사람들 사이에 섬이 있다
　　그 섬에 가고 싶다.

　이 시의 매력이 그 모호성에 있다는 것도 분명하다. 바다 위에
섬이 있는 것이 아니라 사람들 사이에 섬이 있다니까 궁금증이 생
긴다. 작품의 감상이나 이해는 궁극적으로는 작품과 수용자 사이
의 거래요 교섭이다. 수용자가 궁금증을 해소하는 해독의 방식은
저마다 다를 수밖에 없다. 사람들 사이에 섬이 있으니까 그 섬에
는 사람들이 없을 것이다. 그러한 무인도에 가고 싶다는 뜻이라고
필자는 읽고 있다. 사람들 사이에 있는 사람 없는 공간을 섬이라
불렀다 해도 뜻은 마찬가지다. 사람들 북적거리는 만원의 혼잡에
서 벗어나고 싶다는 뜻으로 읽힌다. 산이 좋아서 산에서 살았다기
보다 세상꼴 보기 싫어서 산으로 가버린 옛날의 은자들처럼 섬에
서의 영주를 소망하는 것인지 혹은 일시적인 체류를 원하는 것인
지는 알 길이 없다. 순간적 충동의 토로일 가능성이 크지만 확실

한 것은 아무것도 없다. 작자를 모르고 이 2행시를 읽었다면 눈과 코를 그려넣기에 따라서 개도 고양이도 돼지도 될 수 있는 어린이용 밑그림이라고 생각하고 끝냈을 것이다(이 2행시의 특징은 그러므로 모호성보다 한결 해체주의적 개념인 농도 짙은 불확정성이라고 하는 편이 나을지도 모른다).

이 2행시의 농도 짙은 불확정성이 독자들에게 다양한 해독을 촉발하는 것은 작자가 정현종이라는 독보적이고 뛰어난 시인이기 때문이다. 그의 많은 선행 작품이 교호(交互)의 압력을 가해오기 때문이다. 역설, 기지, 모순어법, 말놀이, 당돌한 비유, 비약 등 독자의 의표를 찌르는 〈일상언어에 대한 조직적 폭력〉에 있어 과감하고도 능란한 그의 시법(詩法)과 작품은 단순한 2행시를 단순한 상태로 방치해 두지 않는다. 그의 전작품이 혈연성을 주장하며 단순한 2행시의 복잡한 배경구도가 되어주고 있다. 그리고 그것은 정현종의 노림수이기도 하다. 섬이라는 x에 어떠한 숫자를 집어넣느냐 하는 것은 수용자의 자유이다. 필자는 두 줄의 문맥에 충실하게 섬을 무인지경으로 읽을 것이다. 수수께끼 풀이에 더 연연하지 않을 것이며 첫 해독에 앞으로도 충실할 것이다.

「섬」은 동심여선(童心如仙)의 장난기 섞인 재미있는 소품이다. 그러나 그것을 확인하기 위해 2행시를 애기할 것은 아니다. 수수께끼의 궁금증 풀이도 시의 한 매력이기는 하나 필요 이상으로 숭상할 것도 아니다. 고전주의 전통이 취약한 우리 터전에서 고전적 정통에 대한 경의는 좀더 장려되어야 할 것이다. 그 점 풍문을 타고 자꾸 치솟아 올라가는 「섬」보다 고전적 투명성을 지닌 정현종의 가령 「슬픔」 같은 작품이 한결 밀도 있는 명편이라는 것을 승인해 두는 것이 좋을 것이다.

세상을 돌아다니기도 하였다.
사람을 만나기도 하였다.
영원한 건 슬픔뿐이다.

덤덤하거나 짜릿한 표정들을 보았고
막히거나 뚫린 몸짓들을 보았으며
탕진만이 쉬게 할 욕망들도 보았다.

영원한 건 슬픔뿐이다.

「이런 시」

수수께끼의 시를 얘기하면서 그냥 지나칠 수 없는 낯익은 이름
이 있다. 「오감도」를 통해서 〈난해시〉의 왕자로 떠오른 이상을 지
목한 것임을 독자들은 곧 간파했을 것이다. 웬만한 사화집이나 대
학 교과서에는 으레 그의 자리가 정중히 마련되어 있다. 「오감도」
가 배출한 2차적 파생적 문서는 무량하게 많다. 2차적 텍스트를
대량생산할 수 있는 것은 1차 텍스트의 저력이요 강점이라고 할
수도 있다. 많은 독자들을 끌어당기는 것은 베스트셀러의 저력이
겠지만 누구나가 알고 있듯 모든 베스트셀러가 이르는바 양서인
것은 아니다. 군중 있는 곳에 거짓이 있다는 철학자의 말은 널리
문학이나 예술에도 해당되는 것이다. 난해성의 왕자에 대한 2차적
텍스트는 앞으로도 계속 증가할 것이다. 대학 문과의 논문 제출
요식행위가 지속되는 한, 또 비평적 노력이 마땅한 대상을 찾아
헤매기를 계속하는 한, 그러한 추세는 멈추지 않을 것이다. 새삼

스럽게 이상신화(李箱神話)에 흠집을 내고 싶지는 않다. 해독의 자유도 결국엔 시장의 원리에 따르는 수밖에 없다. 다만 수수께끼 일반에 대한 유보감의 근거를 제시할 필요는 있다고 생각한다.

이상이 1930년대의 대단한 재능이었다는 것은 분명한 사실이다. 그의 많지 않은 단편과 산문들은 당대의 가장 높은 수준을 보여주고 있다. 뿐만 아니라 그는 당시 극히 드문 전문 직종이었던 건축기사였으며 그림 솜씨도 뛰어나고 재담의 명수였다고 전해진다. 그러나 뛰어난 산문가가 반드시 좋은 시인이 아닌 것은 뛰어난 가곡 작곡가가 반드시 시에 대한 뛰어난 감식력을 발휘하는 것이 아닌 것과 동일하다. 그의 난해시는 그의 뛰어난 산문에 기생하는 겨우살이와 닮은 데가 있다. 독자들은 뛰어난 산문 때문에 시도 괜찮은 것이려니 예단한다. 몇 편의 괜찮은 시가 있으나 그것은 오히려 예외적인 것들이라 생각한다. 문인 이상은 적절하지만 시인 이상 하면 조금쯤 위화롭다. 누구나 알고 있을 「오감도」를 인용하며 거론할 생각을 하니 조금은 맥이 빠진다. 「오감도」의 축자적 분석은 별로 의미가 없다는 것이 필자의 생각이다. 좋은 작품은 홀로 서서 의미를 구현하고 있고 그 발생학의 천착은 어디까지나 작품 이해에 보조적일 뿐이다. 그러나 「오감도」는 발생학이 그대로 작품의 의미가 되어 있는 희귀한 작품이라고 생각한다. 이해를 위한 검토사항을 적어보면 아래와 같이 된다.

첫째, 이상은 방대한 양의 시를 남겼다. 그러나 일가를 이룬 시인의 작품에서 발견되는 작품의 균질감이 찾아지지 않는다. 높낮이는 누구에게나 있게 마련이지만 극소수를 제외한다면 이상 시는 읽어내기가 어렵다. 읽어내기 어렵다는 것은 공통인수일지도 모른다. 이것은 많은 작품이 습작 수준에 머물러 있음을 뜻한다고 생각한다. 또 짤막한 생애 가운데서도 만년에 갈수록 산문 쪽으로 주력했다는 것도 참조해 두어야 할 사항이다. 둘째로 우리는 그의 시에서 우리말의 우리말다운 구사를 발견할 수 없다는 사실을 주목해야 할 것이다. 좋은 시 읽기는 우리말 공부를 위한 첩경이요 왕도이기까지 하다. 모든 나라의 시가 다 그렇다. 어휘면에서나 낱말의 적정한 구사에서나 우리말의 우리말다움이 가장 잘 드러나는 것이 시다. 말과 글에 대한 문리(文理)를 트게 하는 것이 시다. 시라는 이름으로 발표된 이상의 산문시에서 우리말다움을 느끼지 못한다. 좋은 시란 번역 불가능한 것이고 번역을 통해서 잃어버리게 되는 것이야말로 시다. 가령 이상 전대의 김소월·한용운·정지용의 명편들은 일어로 번역하기도 어렵고 번역해도 많은 것이 그러께의 눈처럼 사라져 있을 것이다. 이상의 산문시는 일어로 번역하기도 수월하고 번역과정에 사라지는 것도 없으리라는 것이 확실하다. 제1언어를 마스터하지 못한 시인을 우리는 상상할 수 없다. 우리말은 이상의 산문 속에서 비로소 생색을 내게 된다. 이상의 많은 시들이 그의 산문을 낳게 한 밑거름이 되어 있다고 추정하는 것도 가능할 것이다. 마지막으로 시 관습에 대한 그의 관계를 참조해 보아야 할 것이다. 시가 시를 낳고 글이 글을 낳는다. 무에서 출발하는 시인은 없다. 서양 철학이 플라톤 철학에 붙인 주석이라고 말한 철학자가 있지만 서구 쪽의 시는 크게 보아 호메로스로부터의 상속체계라는 측면이 강하다. 김소월은 민요의 가락이나 구비전통에 대한 청각적 충실을 도모함으로써 설 자리를 마련하였다. 한용운은 한문과 불교 경전과 아마도 타고르를 통해서 터득한 바를 내간체의 근대적 변형과 결합시킨다. 정지용은 시가 언어예술이라는 열렬한 자각을 풀뿌리말과 내재율의 추구를 통해 실천하였다. 건축학도였던 이상이 기하학과 고등수학에 숙달했으리라는 추정은 가능하나 그가 의존하고 출발했던 시적 관습이 무엇인지는 분명치가 않다. 고전적 투명성과 위엄의 시를 통해 연마한 흔적은 보이지 않으며 전위적인 실험시에 너무 일찌감치 노출된 것이 아닌가 하는 의혹이 짙어진다.

이러한 맥락에서 「오감도 작자의 말」을 참조해 보는 것은 중요하다. 〈왜 미쳤다고들 그러는지, 대체 우리는 남보다 수십 년씩 떨어져도 마음놓고 지낼 작정이냐〉고 이상은 적고 있다. 1930년대 식민지 지식인이 조국 현실의 낙후성을 통감하는 것은 당연한 일이고 이상이 아니더라도 토로했음직한 감개이다. 문학청년 이상이 못 견디어한 것은 우리 문학의 낙후성이요 시의 정체성이었다. 문학청년답게 그는 우리 문학의 낙후성을 일거에 떨쳐버릴 사명을 스스로에게 부과했을 성싶다. 그가 우리 문학과 시의 낙후성을 통탄했을 때 그의 앞에 있었던 것은 김소월·김안서 흐름의 민요적 내지는 민요 근접적인 슬픔의 서정시편, 김영랑·박용철 흐름의 낭만적 서정시, 임화를 위시한 한 떼의 시인들이 추구했던 프롤레타리아 민중시, 그리고 정지용·김기림·신석정 흐름의 근대적 세련의 시들이었을 것이다. 산문 속에 토로된 의견으로 보아 근대파 몇 사람을 제외하고서는 대다수 시인들이 이상 청년의 눈에는 낙후성에 무자각적으로 안주해 있는 한심한 게으름뱅이로 비쳤을 것이다. 그가 서양식 근대 건물 신축에 관계한 기술자였다는 사실은 그의 현실파악에 어떤 자신감과 현실적 기반을 제공해 주었다고 추정된다. 선배들이 그 속에 살면서 글 쓰고 있는 재래식 초가나 민가의 문학적 등가물이 그들의 작품이라고 생각한 그는 근대식 건축물의 문학적 등가물을 마련해 내야겠다는 청년기 특유의 포부를 스스로에게 부과했을 개연성이 크다. 습작적인 「이상한 가역반응」 이하의 작품이 그러한 야심의 소산이었을 것이다. 만 23세 때 쓴 「이런 시」는 그런 의미에서 그 표제가 몹시 시사적이다.

역사를 하느라고 땅을 파다가 커다란 돌을 하나 끄집어내어 놓고
보니 도무지 어디서인가 본 듯한 생각이 들게 모양이 생겼는데, 목도
들이 그것을 메고 나가더니 어디다 갖다 버리고 온 모양이길래 쫓아나
가보니 위험하기 짝이 없는 큰 길가더라.

그날 밤에 한소나기 하였으니 필시 그 돌이 깨끗이 씻겼을 터인데
그 이튿날 가보니까 변괴로다, 간데온데 없더라. 어떤 돌이 와서 그
돌을 업어갔을까. 나는 참 이런 처량한 생각에 아래와 같은 作文을 지
었도다.

「내가 그다지 사랑하던 그대여, 내 한 평생에 차마 그대를 잊을 수
없소이다. 내 차례에 못올 사랑인 줄은 알면서도 나 혼자는 꾸준히 생
각하리다. 자 그러면 내내 어여쁘소서」

어떤 돌이 내 얼굴을 물끄러미 치어다보는 것만 같아서 이런 詩는
그만 찢어버리고 싶더라. (전문)

이 작품은 나란히 발표된 「거울」「지비(紙碑)」와 함께 읽을 만한
괜찮은 시편이다. 터놓고 산문으로 되어 있으며 다른 시편에서와
는 달리 우리말이 우리말답게 씌어져 있다는 것도 주목할 만하다.
이 작품은 어떤 상실감을 다루고 있고 절제되고 해학적이기까지
한 비애감이 주조로 되어 있다. 「어떤 돌이 와서 그 돌을 업어갔
을까」「임꺽정〔林巨正〕」에 나오는 곽오주의 과부약탈혼에 드러나
있듯이 〈업어간다〉는 말에는 아녀자 납치의 함의가 있다. 그 다음
에 나오는 작문에 잃어버린 사랑에 대한 언급이 나오는 것은 따라
서 전혀 당돌한 것만은 아니라 할 수 있다. 여기 나오는 돌을 사
람으로 친다면 화자는 삼각관계에서 사랑을 잃어버린 〈처량한〉 인
물이 되는 셈이다. 그렇다고 이 작품을 잃어버린 사랑을 돌에 빗
대어 다룬 우의적 고백의 시라고 생각하는 것은 지나친 읽어넣기

일 것이다. 이 시는 일상의 비근한 삽화를 의사비가(擬似悲歌) 가락으로 처리한 것이라 할 수 있다. 역사를 하다가 파낸 큰 돌을 인부들이 길가에 옮겨놓았는데 궁금하여 이튿날 가보니 없어졌다. 이것을 삼각관계로 변용시켜 큰 돌의 부재를 사랑의 상실처럼 해학적으로 적고 있는 것이라 할 수 있다. 그런데 스스로 쓴 작품을 「이런 시」라 이름붙이고 있다. 동료나 독자들은 의아해할지 모르지만 이런 것도 시가 될 수 있으며 또 당당한 시라고 이상은 말하고 있는 것이다. 그가 쓴 시는 그러니까 모두 「이런 시」인 셈이다. 어떤 것이나 시가 될 수 있고 사실상 시라고 선언함으로써 기존의 시적 관습을 부정하고 추문화하며 그렇게 함으로써 일거에 남들을 따라잡고 문학의 선진화를 도모할 수 있다고 이상 청년은 믿었던 것이다.

한 나라의 문학을 앞섰느냐 혹은 뒤졌느냐는 진보의 척도로 재단하는 것은 우스꽝스러운 일이다. 진보의 기준 자체가 문제성을 띤 것이다. 그렇지만 근대화란 기준으로 볼 때 분명히 낙후되어 있던 사회의 문학청년이 자기 나라 문학의 질적 양적 영세성을 낙후성이라고 파악한 것은 이해할 수 있는 일이다. 다만 종래의 시적 관습에서 대담하게 일탈한 「이런 시」들을 찍어내는 것이 곧 낙후성 청산에 기여하는 일이라고 생각한 것은 청년답게 천진한 생각이라고 할 수밖에 없다. 건축기술자였던 그는 문학도 몇 해 동안의 기술 습득을 통해 너끈히 선진화시킬 수 있다고 믿었던 혐의가 짙다. 총명하였던 그가 만년의 노력을 산문 쪽으로 돌림으로써 재능의 낭비를 줄였다는 것은 그나마 다행한 일이다. 낙후된 사회의 주민이며 따라서 문학 선진화의 사명을 띠고 있다고 생각했던 그는 남보다 〈한발 앞서가기one-upmanship〉에 들려 있었다고 생각된다. 앞서가면서 뒤따라오는 사람들에게 보내는 악동의 미소가 그의 글 도처에서 발견된다. 우리 사이에서 이상 시에 대해 표시하는 남다른 관심 속에서도 비슷한 징후는 발견된다고 생각한다.

「오감도」의 발생학에 대한 참조는 시에 대한 축자적(逐字的) 분석을 별 의미 없는 것으로 만든다. 모두 「이런 시」라는 주제의 변주인 것이다. 따라서 유명한 「오감도 제1호」에 대한 통상적인 의미론적 접근은 별 설득력이 없다. 모두 23행으로 되어 있는 이 작품은 반복을 통해서 시행 대열을 늘여놓고 있어 그렇지 한결 간단하다.

> 十三人의아해가도로로질주하오.
> (길은막다른골목이적당하오.)
> 제一의아해가무섭다고그리오.
> 十三人의아해는무서운아해와무서워하는아해와그렇게뿐이모였소.
> (다른사정은없는것이차라리나았소.)
> 그중에一人의아해가무서운아해라도좋소.
> 그중에二人의아해가무서워하는아해라도좋소.
> (길은뚫린골목이라도적당하오)
> 十三人의아해가도로로질주하지아니하여도좋소.

숫자만을 바꾸어 독립시킨 시행을 줄이면 9행이 된다. 그 가운데서 《(길은뚫린골목이라도적당하오)》와 같이 선행 진술을 부정하는 행을 빼고 나면 기본행수는 다시 7행으로 줄어든다. 그것을 요약하면 다음과 같이 된다.

1) 13인의 아해가 도로로 질주한다.
2) 길은 막다른 골목이 적당하다.
3) 제1의 아해가 무섭다고 그런다.

4) 13인의 아해는 무서운 아이와 무서워하는 아이만이 모였다.

5) 다른 사정은 없는 편이 낫다.

6) 그중에 1인의 아해가 무서운 아해라도 좋다.

7) 그중에 2인의 아해가 무서워하는 아해라도 좋다.

이것을 다시 축약하면 두 진술로 축소된다. 1) 13인의 아이가 도로로 질주한다. 2) 이들은 모두 무섭다고 그런다. 그러니까 무섭다면서 13인 아이가 도로로 질주하는 것이 시의 기본요소이다. 이 기본요소의 부연과 부정과 반복과 부분적 변형을 통해서 「오감도 제1호」가 설계된 것이다. 그리고 이 부연과 부정과 반복과 부분적 변형은 어떤 사실적 충실이나 기술(記述)상의 엄밀성을 추구한 것이 아니다. 도로로 질주하는 무서워하는 아이라는 기본소(基本素)를 반복·부연·부정·부분적 변형이란 기계적 조작을 통해 확대하여 의미의 출구 없는 미로를 설계해 본 것이라 할 수 있다. 〈十三人의아해가도로로질주하오〉란 첫 진술은 〈十三人의아해가도로로질주하지아니하여도좋소〉란 마지막 진술에 의해서 부정되고 무효화되어 있다. 이래도 저래도 마찬가지며 무방하다는 것이다. 뚫린 골목이라도 좋고 막힌 골목이라도 좋다는 것이다. 왜 13인인가? 이래도 좋고 저래도 좋지만 20인이 되면 셀 수가 없고 7인이 되면 시가 너무 짧아지기 때문이었을 것이다. 그럴 만한 이유가 있을 것이라는 거짓 희망을 주기 위한 함정이었을 것이다. 무서운 아이와 무서워하는 아이도 기계적 조작에 의한 말놀이이다. 무서운 아이란 〈앙팡 테리블〉로 깜찍한 아이란 의미다. 「오감도 제1호」는 이상(李箱·理想·異常) 청년의 조급한 문학선진화의 야망이 설계한 의미의 미로이며 무의미의 실체이며 기성적 시 관습의 추문화 장치이자 함정이다. 이 함정과 미로의 견고성은 놀랄 만하여 아직도 끊임없이 길 잃고 철 잊은 나그네의 내방을 받고 있다.

시인이나 작가는 모름지기 최상의 작품으로 평가받아야 한다고 필자는 생각한다. 따라서 이상을 시 위주로 판단하는 것은 그에 대한 정당한 예우가 아니라고 생각한다. 「이런 시」「지비」와 같은 시편에서도 엿보이듯이 해학과 기지와 재담 아래로 슬픔이 숨어 있는 것이 그의 글의 특징이다. 「날개」를 비롯한 몇 편의 단편, 「권태」를 비롯한 산문을 읽어보면 그의 많은 시들이 뛰어난 산문을 위한 기술청년의 예행연습이었다는 느낌을 금할 수 없다. 「권태」에 등장하는 딱한 아해들이 「오감도 제1호」에도 나온다고 생각하면 그의 작품 속에 흐르고 있는 해학의 슬픔은 보다 새롭게 조명해야 할 것 같다. 그의 재담이나 웃음에는 모두 속이 허한 사람에게 특유한 〈건성〉기가 있다. 서정주·유치환·김광균·이용악·백석·윤동주, 청록파의 시적인 업적도 없었던 시기에 문학 선진화의 자기부과적 사명을 띠고 등장하여 기존의 시문법과 관습에 대한 반체제적 반란을 도모한 이상은 아마도 너무 일찍 태어났거나 너무 늦게 태어난 인물이었을 것이다. 이십 전 자식이요 삼십 전 재물이라는 말이 금과옥조처럼 되어 있던 시대라 하더라도 만 27세의 생애는 너무나 짤막한 이승의 시간이었다. 글이 글을 낳는 것이기는 하지만 교양체험을 포함하여 이상의 인생경험이 매우 협착한 것이었음은 그의 시를 읽을 때 유념해 두어야 할 사항이다. 「권태」나 「오감도 제1호」에 나오는 아해들은 모두 이상 슬픔의 자식들이다. 이상의 시는 우리에게 인지의 충격을 주지 못한다. 산문으로 쓸 때 그는 읽을 만하며 진실을 전한다. 〈꿈은 나를 체포하라 한다. 현실은 나를 추방하라 한다.〉 산문에서는 무서운 아이이지만 시에서는 무서워하는 아이일 뿐이다. 결론을 말한다. 돌여인을 다룬 「이런 시」가 의사비가의 염서 작문이듯이 「오감도 제1호」는 모사진지성의 의사진술이다. 이상(李箱)은 이상(理想)은 이

상(異常)은 이상(異象)은 이상(以上)이다. 더 이상 농락당할 필요가
없다.

그늘의 시학

시를 판단하고 시에 관해 얘기하고 시에 대한 감식력을 계발시켜 주는 것이 책임이나 운명이 되어 있는 사람들 사이에는 시를 별로 애호하지 않으며 시의 필요성에 대한 이해가 부족한 이들이 많다고 발레리는 말한 일이 있다. 이런 부류의 사람들은 스스로 가지고 있지 못한 것을 나누어준다는 요상한 일에 종사하고 있다고 발레리는 말을 잇는다. 사태를 더욱 고약하게 하는 것은 이들이 있는 지혜와 열성을 다해서 맡은 일을 수행한다는 점이다. 이들은 여러 가지를 진지하고 심각하게 생각하지만 발레리가 말하는 〈시〉는 정작 빠져 있는 것이다.[1]

위에서 프랭크 커모드가 간접 인용하고 있는 것은 발레리의 에세이 「시의 문제들」의 한 대목이다. 커모드는 발레리의 말을 따서 자기 책 이름을 『시의 애호』라 하고 표제지 다음 장에 발레리의 대목을 직접 인용해 놓고 있다. 아주 오래된 발언을 영국 비평가

---

1) Frank Kermode, "Prologue," in *An Appetite for Poetry*(Harvard University Press, 1991).

가 다시 거론하는 것으로 보아 발레리가 개탄했던 사정은 조금도 변하지 않은 것 같다. 시에 대해서 어떠한 태도를 취하건 또 구체적인 작품에 어떻게 접근해 가건 시를 애호하지 않고서는 정당한 이해가 있을 수 없다.

현대문학의 중요한 특징의 하나는 작품에 대한 2차적 담론의 대량생산이다. 대학에서의 문학교육의 확장과 훈련받은 문학연구자의 대량배출은 연구나 비평이란 이름의 2차문서를 끊임없이 양산케 하고 있다. 그러나 2차문서의 생산자들이 반드시 문학에 대한 엄격한 식별력이나 이해를 가지고 있는 것이 아니기 때문에 발레리가 개탄하고 커모드가 재청하는 사태가 야기되는 것이다. 발레리의 개탄을 시인 작가들의 비평 일반에 대한 불신으로 일반화시켜 생각할 필요는 없다. 2차문서가 획일적으로 눈멀어 있고 아둔한 것은 아니다. 통찰력 있는 2차문서가 희귀한 것은 시의 위엄에 값하는 1차원전이 희귀한 것과 마찬가지일 따름인 것이다. 독자들의 감수성과 안목을 오도할 가능성은 2차담론뿐 아니라 1차원전도 공유하며 분담하고 있다. 눈 흐리고 귀 밝지 못한 2차문서는 대체로 눈귀 어둡고 속이 허한 1차원전에 의존하거나 그로부터 파생되는 경우가 많기 때문이다. 그렇지만 2차문서의 오도성(誤導性)이 한결 가시적인 것만은 사실이다.

2차문서의 범람이 야기하는 부작용이 독자에 대한 오도적 영향력으로 한정되는 것은 아니다. 연구나 비평도 글쓰기이며 글쓰기인 한에서는 이르는바 창작과 다른 것이 아니라고 최근의 이론은 힘주어 말한다. 굳이 부정하고 싶지는 않지만 시나 소설에 질적인 차이가 있게 마련이듯이 2차문서에도 매력의 차이는 있다. 우수한 2차문서는 그 자체로서 좋은 읽을거리가 되지만 바로 그러하기 때문에 1차원전 자체의 정독에는 장애가 될 수도 있는 것이다.

아우얼바하의 『미메시스』는 호메로스에서 조이스나 울프에 이르는 서구문학 속의 현실묘사를 추적한 20세기 걸작 비평의 하나이다. 작품의 한 대목을 놓고 언어의 문맥과 사회역사적 맥락을 중시하면서 꼼꼼히 분석을 시도하여 그 의미를 제시하는 이 책은 자질구레한 문학 주변적인 사실은 대담하게 배제하고 있다. 2차대전 직후에 간행된 이 책은 아우얼바하가 터키의 이스탄불 체재중에 집필한 것으로 알려져 있다. 나치 정권의 유태인 박해로 터키로 건너갔던 그는 참고도서의 부족으로 원전의 정독에 주력하여 자질구레한 실증적 연구에 구애받지 않은 통찰의 책을 써낼 수가 있었다. 전문적 도서가 풍부하지 못하였던 불우한 연구환경이 1차 원전의 반복적 정독을 강요했고 그것이 『미메시스』로 귀결된 것이다. 전문적 참조도서가 풍부한 환경에서였다면 그 책을 쓸 엄두도 내지 못했을 것이라고 아우얼바하는 술회하고 있다. 그는 2차문서나 참조서적이 부족하다는 불우한 상황을 다행스러운 상황으로 역전시키는 데 성공하였다. 그리고 그의 성공은 섭렵보다도 통찰이 요구되는 분야에서의 지적 활동이라는 책의 성격과 관련될 것이다.

인용의 공과

2차문서가 결과적으로 야기하는 오도성이 반드시 발레리가 언급하고 있는 시에 대한 몰이해에서만 유래되는 것은 아니다. 2차문서의 성격상 실험적이고 일탈적인 작품이 되풀이 언급되고 또 필요 이상의 예우를 받는 경우가 많다. 사실 고전적 투명성이나 단순성을 특징으로 하고 있는 뛰어난 시를 접했을 때 우리가 할 수 있는 말은 많지 않다. 매우 뛰어난 작품이라는 사실을 지적하는 것으로 끝내는 것이 보통이다. 이에 반해서 실험적이고 일탈적인 시는 그 성취도와 관련없이 일단 시선을 끌고 접근의 대상이 된다. 1930년대 이상의 시는 그 대표적인 사례일 것이다. 2차문서 작성자의 관심을 끄는 것 자체가 문학작품의 저력이 아니냐는 반문이 나올 수도 있을 것이다. 그러한 면이 없는 것은 아니나 문학 외적인 요소로 화제가 되는 작품의 경우가 대체로 그렇듯이 일시적이고 한정적인 현상일 것이다. 실험적인 요소는 뒤돌아보는 눈에는 대체로 우스꽝스러워 보이기 때문이다. 어쨌거나 특정 시인이나 특정 작품이 비평적 분석의 지대한 관심대상이 되다가 일정 시간이 경과한 후 방치되는 현상은 비평적 안목의 청탁(淸濁)보다도 비평담론의 성격 자체에서 유래하는 것이다. 이러한 사실을 간과할 때 경험 미숙한 독자들은 크게 오도될 공산이 크다고 할 수밖에 없다. 남들이 많이 얘기하니까 나도 좋아해야겠다는 심층적 자기암시가 문학향수에서의 속물주의의 근원이 되는 것이다.

독자들을 오도하는 2차담론의 장치의 하나는 인용이다. 서정시에서는 뜻 못지않게 소리가 중요하다. 뜻과 소리와 깊이와 높이가 어울리는 것이 서정시의 이상적 상태라고 말할 수 있다. 그러나 일정 방향으로 한 시인을 정의하고 특징지으려는 2차담론에서는 기표를 무시한 채 기의에만 의존하여 논리전개에 편리한 대목을 인용하게 되는 수가 많다. 썩 괜찮은 시행이 아님에도 시인의 어떤 성향을 대변하는 구절을 인용하는 일은 때때로 불가피하기조차 하다. 이에 대한 묵시적 이해를 갖지 못할 때 독자들은 그 시행을 뛰어난 시행이라고 생각하며 자기암시를 계속하기 때문에 감수성의 오도현상이 빚어지는 것이다. 사실 2차담론 속에 인용된 시행이나 대목은 어떤 저명한 유태계 미국 문인의 어린 시절에서의 〈뱀〉

〈유태인〉과 같이 책에서 튀어나와 눈으로 육박해 오는 위력을 지니고 있다.

필자는 문학 지망자나 시 애호자를 만나게 되면 좋아하는 시인과 그 시인의 작품을 물어보는 수가 많다. 대개 내향성의 성격 소유자들이어서 속마음을 털어놓지 않으려는 경향이 있고 따라서 대답은 쉽게 구해지지 않는다. 그러나 어렵사리 얻어낸 대답들이 어떤 공통성을 가지고 있다. 열거하는 작품이 2차담론에서 흔히 거론되고 인용되는 작품으로 한정된다는 것이다. 그럴 만한 이유가 있지만 김수영은 젊은이들 사이에서 인망 높은 시인 중의 한 사람이다. 좋아하는 그의 작품을 대라면 대개 「푸른 하늘을」부터 꼽기 시작한다.

   푸른 하늘을 제압하는
   노고지리가 자유로왔다고
   부러워하던
   어느 시인의 말은 수정되어야 한다

   자유를 위해서
   飛翔하여본 일이 있는
   사람이면 알지
   노고지리가
   무엇을 보고
   노래하는가를
   어째서 자유에는
   피의 냄새가 섞여있는가를
   혁명은

왜 고독한 것인가를

혁명은
왜 고독해야 하는 것인가를

——「푸른 하늘을」 전문

이 작품은 김수영의 일면을 잘 드러내는 작품이며 따라서 2차담
론에서 우대받을 공산이 아주 크다. 또 〈어째서 자유에는/피의 냄
새가 섞여있는가를〉과 같은 대목이 젊은 독자에게 호소력을 발휘
할 수 있는 소지가 많은 것도 사실이다. 그렇지만 시인이 내세우
는 뜻이 너무나 분명하게 노출되어 있고 그 과정도 얼마쯤 작위적
으로 느껴진다는 흠이 있다. 각고하며 쓴다는 의미에서 모든 글은
작위적인 요소가 있게 마련이지만 그것이 드러나지 않도록 처리하
는 것이 일반적인 솜씨의 관습이다. 문학 장르가 지니고 있는 관
습의 실상을 드러내기 위해서 관습을 회피하거나 파괴하는 경우가
있다. 김수영도 그러한 측면이 현저했던 시인이다. 그럼에도 「푸
른 하늘을」을 김수영 시의 최고 순간이라고 하기에는 주저되는 바
가 너무나 많다.

비평담론의 편이의 소산인 인용문의 오도적 영향이 가장 잘 드
러나는 것은 높은 성취를 보여주고 있는 작품이 비평적 편의에 도
움이 안 된다는 이유 때문에 홀대되고 방치된다는 점이다. 주체적
독자로 가는 길은 2차담론이나 거리의 풍문으로부터 동떨어져 있
는 진정성의 시를 찾아 나서는 길이라 해도 지나치지 않는다. 2차
담론이 으레 진정성의 시를 경원한다는 뜻이 아니다. 지금처럼 2차
담론이 호황을 이루고 있는 시기에는 특히 그 오도적 영향에 저항
해야 할 필요가 있다는 뜻이다.

시에 대해 비슷한 수준의 안목을 가지고 있으면서도 구체적 작품에 대한 평가나 선호는 얼마든지 달라질 수 있다. 한 독자가 신봉하는 이념이 독자의 심미적 안목을 억압하여 선호의 진로방해를 하는 경우는 얼마든지 있을 수 있고 또 흔히 목도되는 현상이기도 하다. 또 특정 작품이 독자의 특정 경험과 관련되어 있어 본래의 작품이 가지고 있지 않은 정서적 연상대(聯想帶)의 후광을 띠고 호소해 오는 경우도 많다. 〈전우의 시체를 넘고 넘어〉로 시작되는 애조의 군가는 한국전쟁과 4·19를 경험한 세대에게는 그렇지 않은 사람들에겐 생소한 특유의 호소력을 가지고 있다. 시를 대할 때 이러한 독자의 특수 경험을 관련시키는 것은 옳지 않은 것이라는 비평적 관점이 있다. 그것은 부분적으로 정당한 것이며 작품 평가에 있어 그 점을 의식하여 적정 수준의 자아검열을 가하는 것은 소망스럽기까지 하다. 그렇지만 시인 작가가 특정한 사회조건과 역사적 시기에 형성된 삶의 경험자인 것과 마찬가지로 독자도 특정한 사회역사적 상황 속에서 형성된 경험적 자아이다. 낱낱의 작품이 특정 경험을 질료로 하면서도 생산자의 사회역사적 경험의 총화를 딛고 홀로 서 있듯이 향수자도 삶과 문학경험의 총화로서 작품을 대하는 것이다. 특유의 사사로운 정감을 배제하고 작품에 접근할 수는 없는 것이고 그럴 필요도 없다.

가령 예술과 예술가의 생성에 대하여 어떠한 이론서보다도 계시적인 토마스 만의 「토니오 크뢰거」 첫머리에는 쉽게 잊혀지지 않는 장면이 있다. 실러의 「돈 카를로스」를 읽던 중 임금이 눈물 짓는 장면에서 몸이 튀어오르는 듯한 〈폭발〉적 감동을 받은 토니오는 친구 한스에게 원한다면 그 책을 빌려주겠노라고 제의한다. 그러나 승마연습에 재미를 붙여 승마책이나 보겠다는 한스는 사양하게 되고 토니오는 다시 깊은 슬픔을 맛보는 것이다. 이러한 장

면은 감동적 경험을 더불어 얘기할 상대가 없었다는 독자 쪽의 실
생활에서의 고독경험에 의해서 인상적으로 고조된다. 이러한 지음
(知音) 없는 고독체험은 토니오에 대한 감정이입을 용이하게 하면
서 다시 그 장면을 감동적 문학경험으로 실감시켜 주는 것이다.
문학작품의 향수에 있어서 사사로운 경험에서 나온 정감의 배제
는 불가능하며 소망스러운 것도 아니다. 문제가 되는 것은 작품
에 관한 2차담론에서 그러한 사사로운 국면에 도에 넘게 탐닉하
는 것이다.

　일정 수준의 공통적 안목에도 불구하고 독자의 취향이 갈라지
는 것은 이러한 경험적 자아의 특수성 때문이라고 생각할 수 있
다. 사람이란 것은 우리가 되고 싶어하는 바와 같은 이성적 존재
는 아니다. 이념의 선택이나 수용은 인간 명운에 관계되는 중요한
결정의 하나다. 그것은 이념에 대한 이성적 천착이나 탐구의 결과
여야 하겠지만 실제로는 주어진 상황에서의 수동적인 반응인 수가
많다. 혹은 처음부터 선택폭이 좁은 조건 아래서의 자의적이고 우
연한 반응이기도 하다. 해방 이후부터 시작된 개인적 관찰에 따르
면 멀거나 가까운 특정 인물 혹은 인물들에 대한 혐오감에서 유래
하는 이념과 행동의 선택이 압도적으로 많았다. 이론적 수준의 천
착은 이미 방향지어진 선택과 수용의 추인적(追認的)인 합리화과정
의 산물이라 생각되는 경우가 많다. 그 점 진정한 의미의 선택과
는 거리가 먼 것인지도 모른다. 작품의 비평적 선택에서도 매우
유사한 맥락이 보인다. 우리가 어떤 작품에 끌린다는 것은 분석과
검토의 산물은 아니다. 작품에 끌리기 때문에 그 까닭을 분석하고
검토하는 것이다. 혹은 전혀 당기지가 않기 때문에 까닭을 헤아려
보는 것이다. 흔히 직관이라고 하는데 그것은 경험적 자아의 순간
적이나 총체적 반응이고 그러한 한에서는 개체의 우연을 포함한

심층적 반응인 것이다. 따라서 특정 작품에 대한 일탈적 취향이나 외면이 미숙한 감수성의 증거로 간주될 수도 없는 일이다. 워즈워스의 「영혼 불멸의 노래」는 웬만한 영시 사화집에는 으레 수록되는 명편으로 지목되고 있으며 설혹 구체적 세목의 부적절성을 지적하는 경우에도 일반적인 비평적 합의를 부정하지 않는 것이 보통이다. 그런데 비평가 리비스는 이 작품을 혹평하면서 이 작품을 애호하거나 거론하는 학생이나 비평가에게 격렬한 비판적 분노를 퍼부어댔다는 일화를 남겨놓고 있다. 이러한 일탈적 삽화가 시에 대한 그의 비평적 안목 전반에 대해 불신을 낳는 것은 아닐 터이다. 2차담론의 다양한 목소리를 비판적으로 흡수하는 데 있어서도 타자의 암시에 의연할 수 있는 주체적 감수성은 필수적이다.

그늘의 시

스스로 〈내 삶의 첫 정열〉이라 부르고 있는 우리 근대시에의 경도를 경험하였던 1940년대 후반에는 시에 대한 2차담론이 거의 없다시피 하였다. 원전 자체가 희귀하며 접근하기 어려웠던 시절이었던 만큼 당연한 일이었다. 시론이나 시평이라는 것은 찾아보기 어려웠고 대개 시인들이 쓴 짤막한 촌평 정도가 눈에 뜨이는 정도였다(시인 아닌 사람이 시평을 쓰는 것은 1950년대 후반부터 시작된 관행이 아닌가 생각된다. 작가론도 말 그대로 소설가 논의였고 가물에 콩나듯 하던 시인론도 정치적 입장에서 나온 편가르기여서 구체적 작품분석은 없지 않았나 생각된다). 2차문서가 희귀했던 그만큼 오도될 위험성도 적었지만 그 때문에 텍스트 자체를 정독하게 된다는 이점이 있었다. 또 원전 접근이 어려워 남의 책을 빌려 필사를 하는 경우도 많았다. 책이 귀했던 시절이라 얄팍한 시집을 되풀이 읽다 보면 저절로 외워지게 되는 시편도 많았다. 어쨌건 비평담론의 간섭을 받지 않고 자신의 취향을 길러갔다는 것은 시의 향수를 위해서 다행스러운 상황이 아니었나 생각된다. 물론 시읽기의 지침이 전혀 없던 것은 아니다. 당시 미군정청에서 나온 국어교과서에 실린 시들이 많은 암시를 주었으리라 생각된다. 군정청에서 나온 국어교과서는 1·2학년과 3·4학년 공용이었는데 비교적 적정한 편집방침이 아니었나 생각된다. 기억나는 대로 수록시편을 적어보면 김소월의 「엄마야 누나야」「기회」, 한용운의 「복종」, 이병철의 「나막신」, 김광섭의 「비개인 여름 아침」, 정지용의 「고향」「춘설」, 김기림의 「향수」, 임화의 「우리 오빠와 화로」, 김동명의 「파초」「바다」, 신석정의 「들길에 서서」 등이었다. 김동명이 우대받은 셈이고 서정주·유치환·청록파의 작품은 아직 보이지 않았다. 그런 가운데 이병철의 「나막신」이 실린 것은 대담한 기용이었다고 생각된다. 〈은하 푸른 물에 머리좀 감아 빗고/달뜨걸랑 나는 가련다〉로 시작되는 첫머리의 서늘한 충격을 지금도 잊지 않고 있지만 작품 위주의 가장 잘 된 선정의 하나이다.

믿을 만한 지침 없이 그냥 마음 내키는 대로 좋아하고 싫어하고 했기 때문에 뒷날에도 세상 풍문에 구애받음 없이 감수성의 성향을 발전시켜 나간 것이 아닌가 생각된다. 그 점 세상의 정평과 끝까지 화해하지 못한 경우도 더러 있다. 그 대표적인 경우가 조지훈의 「승무」이다. 훨씬 뒷날 고등학교 교과서에 수록도 되고 시인 자신도 큰 애착을 표시하여 조지훈의 대표작으로 굳어져 있다. 호흡도 길고 또 시적인 구조도 가지고 있는 썩 괜찮은 작품이라고는 생각되나 별다른 감동을 주지 못한다는 최초의 느낌은 지금껏 변하지 않고 있다. 〈이밤사 귀또리도 지새는 삼경인데/얇은 紗 하이

얀 고깔은 고이 접어서 나빌네라〉란 끝머리 부분도 얼마쯤 간지럽
게 느껴져 영 공감이 가지 않는 것이다. 좋은 시란 저절로 외워지
는 시라는 편견 비슷한 생각을 가지고 있지만 이 작품은 읽고 나
서도 그 기표가 머리에 별로 남아 있지를 않는다. 노래보다는 그
림에 가까운 작품의 성격과 연관되는 것인지도 모른다. 이렇게
「승무」에 유보감을 곁들이는 것은 시인의 「봉황수」를 훨씬 좋아하
기 때문이다.

　　벌레 먹은 두리기둥 빛 낡은 丹靑 풍경 소리 날러간 추녀 끝에는
　산새도 비둘기도 둥주리를 마구 쳤다. 큰나라 섬기다 거미줄 친 玉座
　위엔 如意珠 희롱하는 雙龍대신에 두마리 봉황새를 틀어올렸다. 어느
　땐들 봉황이 울었으랴만 푸르른 하늘밑 鴥石을 밟고 가는 나의 그림
　자. 패옥 소리도 없었다. 品石옆에서 正一品從九品 어느 줄에도 나의
　몸둘 곳은 바이 없었다. 눈물이 속된 줄을 모르량이면 봉황새야 九天
　에 呼哭하리라.

──「鳳凰愁」 전문

언뜻 보아 산문시투로 줄줄 써내려 갔지만 이 작품은 매우 음률
적이다. 〈벌레먹은/두리기둥/빛낡은단청/풍경소리/날러간/추녀끝
에는/산새도/비둘기도/둥주리를/마구쳤다〉로 읽으면 4·4·5·4·
3·5·3·4·4·4의 음수율이 되어서 극히 유려하다. 또 위에 적은
식으로밖에 읽혀지지 않는다. 3·4·5의 기본단위는 〈나의/몸둘곳
은/바이없었다〉는 대목에서 단 한 번 일탈한다. 그러나 전체적인
흐름에서 이 일탈은 전혀 느껴지지 않는다. 몹시 음률적인 작품이
라는 점에서 겉모양과 실상이 다르고 그 점 윤동주의 「자화상」 같
은 산문지향의 시와도 다르다. 이 작품 고유의 매력은 그 내재율

에 있으며 토로된 정감이 이 내재율과 뗄 수 없이 어우러져 있다는 점에 있다. 덕수궁 중화전(中和殿) 앞에서의 감회를 노래한 것이라고 추정되는 이 작품은 사대(事大)로 시종하다 결딴난 조국(시인은 그렇게 파악하고 있다)의 파국을 통분해하고 있다. 그 통분은 다분히 위정척사파 계통의 몰락양반의 것이라는 한계를 갖고는 있지만 그러기 때문에 더욱 〈눈물이 속된 줄을 모르량이면 봉황새야 구천에 호곡하리라〉는 통곡의 절제가 예스러운 비장감을 자아낸다. 〈바이 없었다〉는 어휘 구사도 예스러운 품위를 더해준다. 끝머리의 〈呼哭〉의 주어가 봉황일 수도 화자일 수도 있다는 듯한 모호함의 조성은 절묘한 끝내기 솜씨이다(예나 이제나 필자는 〈호곡하리라〉의 주어는 화자라고 생각하고 있다. 그래야 일관성이 있다). 망국민의 슬픔을 격조있게 노래한 이 작품이 일제 말기인 1940년에 발표된 것도 놀라운 일이지만 「승무」에 가리어 별반 거론되는 법이 없었다는 것도 괴이한 일이다. 우리의 근대시에서는 시인과 시의 화자가 일치되는 경우가 많다. 그 점 「봉황수」는 전통문화에 대한 소양을 갖춘 기개 있는 선비였던 조지훈을 가장 잘 드러내고 있는 작품이기도 하다. 「승무」를 쓴 풍류적 심미인보다는 「봉황수」를 쓴 비분의 선비가 조지훈에게는 어울린다고 생각되는데 그것은 「승무」에 보이는 혹종의 억지스러움이 촉발하는 사사로운 반응의 연장일지도 모른다.

2차문서나 세평에 도저히 호응할 수 없었던 것의 하나에 또 이상화의 「나의 침실로」가 있다. 괜찮은 작품이라고는 생각하지만 절실한 공감을 끝내 느껴보지 못하고 나이를 먹어버렸다.

〈마돈나〉 밤이 주는 꿈, 우리가 얽는 꿈 사람이 안고 궁그는 목숨
  의 꿈이 다르지 않느니,

　　아, 어린애 가슴처럼 歲月 모르는 나의 寢室로 가자, 아름답고 오
랜 거기로.

　　흔히 인용되는 대목이다. 대구 달성공원에 시비가 서고 거기 이
대목이 새겨져 있다는 당시의 신문보도에서도 이 구절은 인용되어
있었다. 무수한 타자의 암시를 받은 셈이지만 경의 섞인 화해엔
이르지 못했다. 1920년대 초에 씌어졌다는 사실에서 높은 세평의
원인을 추측할 수 있을 뿐이다. 우선 표제부터가 실감이 가지 않
았다. 안방이면 안방이고 사랑방이면 사랑방이지 침실이 무슨 말
인가? 침소는 있지만 침실이 어디 있는가? 또 마돈나는 무엇인가?
이런 느낌은 예나 이제나 변함이 없다. 무엇인가 호들갑스럽게 요
란만 피우는 공허한 소동이라는 편견에서 벗어나지 못하고 있다.
굴절된 초자아가 침실이란 말이 지니고 있는 성적(性的) 함의에
공포반응을 보인 것인지도 모른다. 이에 반해 「빼앗긴 들에도 봄
은 오는가」에 대해서는 세평에 전적으로 공감하였다. 이상화의 작
품으로서 읽을 만한 것은 위의 두 편에 「역천(逆天)」을 추가할 수
있을 것이다.
　　위에서 사사로운 독시경험을 얘기한 것은 2차문서나 비평담론
의 간섭과 암시와 유혹에서 벗어나서 빛을 쏘이지 못한 채 그늘에
가려 있는 작품들을 꼼꼼히 읽어볼 필요가 있다는 것을 강조하기
위해서이다. 한 시대의 취향도 결국은 지적 유행의 한 형식에 불
과하다. 유행은 선도자를 추종하는 데서 생겨난다. 추종자로 시종
하는 경우 주체적인 능동인이 되지 못한다. 독자성을 과시하기 위
해서 의도적으로 구석지거나 괴팍한 작품을 거론하는 것은 권장할
만한 일이 못 된다. 그렇지만 타자의 암시에 속수무책인 수동적
독자의 자세는 더욱 허망하다. 그것은 진정 식별력 있는 독자의

자세가 아닌 것이다.

인용의 허실

중국의 명시를 비롯하여 고전이라 추앙받고 있는 시편들은 어떤 투명성과 견고한 단순성을 가지고 있다. 근대에 와서 시가 어려워지고 있는 것은 시인의 사회적 소외와 연관되어 있다. 소리와 뜻이 어우러진 채 고전적 투명성을 띤 높이와 깊이 있는 시가 나의 이상형이다. 근대시 중에서도 옛 시인을 자주 인용하고 거론하는 것은 우리 근대시의 고전에 대한 관심을 환기시켜 보자는 의도에서다. 그리고 내재율이나 음률성을 파기하고 아예 짤막한 산문으로 옮아가는 최근의 시 경향에 대한 유보감 때문이다. 시의 위엄과 정감을 구비한 근대시의 고전은 좀더 널리 수용되고 음미되어야 한다고 생각한다. 따라서 세평을 타고 치솟아올라 주목을 받는 사화집 속의 시편보다도 그렇지 못한 시인과 작품에 좀더 관심이 쏠려야 할 것이다.

세상의 정평이란 것은 변덕스러운 것이다. 세대마다 제 감정과 감각에 맞는 것을 골라잡기 때문일 것이다. 그리고 소집단 사이에서는 감각과 감정의 전파력이 드센 편이다. 정지용과 같이 한때 정평 있던 시인에 대한 비평적 반응에 있어서도 그런 점을 엿볼 수 있다. 해방 전에 독립된 글로 발표된 시인론으로 현재 접근 가능한 것이 두 편이 있다. 이양하의 「바라던 지용시집」과 김환태의 「정지용론」이 그것이다.[2] 「비로봉」「호수 2」「난초」「다른 하늘」

---

2) 金澤東, 『鄭芝溶硏究』(민음사, 1987) 참조.

이 전자에 전문 인용되어 있으며, 「비로봉」「다른 하늘」「할아버지」가 후자에 전문 인용되어 있다. 이양하의 글이 먼저 발표되었던 것으로 미루어 김환태의 글은 전자를 참조하였음에 틀림이 없다. 인용의 영향력은 이렇게 막강하다. 정지용의 종교시편은 『정지용시집』 4부에 모아져 있는데 필자의 소견으로는 「다른 하늘」은 성취도에 있어서 4부에 수록된 「불사조」「또 다른 태양」에 미치지 못한다. 김환태는 글 첫머리에 「절정」「나무」 중의 두 줄을 독립시켜 부분 인용하고 있다. 그 점을 참작하더라도 최선의 인용은 아닌 것으로 보인다.

白樺수풀 앙당한 속에
季節이 쪼그리고 있다.

이곳은 肉體없는 寥寂한 饗宴場
이마에 시며드는 香料로운 滋養!

海拔五千피이트 卷雲層우에
그싯는 성냥불!

東海는 푸른 揷畵처럼 움직 않고
누뤼 알이 참벌처럼 옴겨 간다.

戀情은 그림자 마자 벗쟈
산드랗게 얼어라! 귀뜨람이 처럼.

──「毘盧峯」 전문

이미지스트로서의 정지용의 면모가 잘 드러나 있는 작품이다. 이양화와 김환태가 공동으로 인용하고 있는 의도를 짐작할 수 있다. 축축한 감상주의가 없고 시각적 선명성이 돋보인다. 〈東海는 푸른 揷畵처럼 옴직 않고/누뤼 알이 참벌처럼 옴겨 간다〉는 대목도 창의적이고 발명적인 언어 구사요 솜씨임에 틀림이 없다. 또 후기 작품 가운데서 명편으로 꼽히는 「구성동(九城洞)」에 나오는 누뤼가 우박임을 가르쳐주고 있기도 하다. 그렇지만 시간의 풍화에 취약한 작품임도 분명하다. 똑같은 금강산 시편인 「구성동」에 비해서 시인의 젊음을 감득하게 하나 그만큼 진득한 무게가 느껴지지 않는다. 「다른 하늘」은 적이 서술적이고 그것은 생각을 지향할 때 불가피한 일이기도 하지만 경제적 처리가 주는 박력이 없는 편이다. 종교시편으로서는 두 안목이 간과한 「또하나 다른 태양」에 미치지 못한다.

온 고을이 받들만한
장미 한가지가 솟아난다 하기로
그래도 나는 고하 아니하련다.

나는 나의 나히와 별과 바람에도 疲勞웁다.

이제 太陽을 금시 잃어버린다 하기로
그래도 그리 놀라울 리 없다.

실상 나는 또 하나 다른 太陽으로 살었다.

사랑을 위하연 입맛도 잃는다.

외로운 사슴처럼 벙어리 되어 山길에 설지라도——

오오, 나의 幸福은 나의 聖母마리아!

——「또하나 다른 태양」 전문

투명성과 간결성과 뚜렷한 이미지가 「다른 하늘」을 압도하고 있다. 종교적 열의도 절제되어 있으면서 한결 간곡하다. 「다른 하늘」보다도 훨씬 「백록담」의 고전적 격조에 근접해 있다. 『백록담』이 간행되기 이전에 씌어진 탓으로 이양하와 김환태의 선택은 그만큼 불리점을 안고 있었다고 생각된다. 그리고 정지용 이후의 근대시 전개를 보지 못하였다는 것은 더욱 큰 불리점으로 작용했다 할 수 있다. 확대된 시계는 우리로 하여금 낱낱의 현상을 더 잘 판단하게 해주기 때문이다. 정지용에 대한 비평담론이 거의 묵살하다시피 한 괜찮은 시편의 하나로 우리는 가령 1928년에 발표된 「갈매기」를 들 수 있을 것이다.

돌아다 보아야 언덕 하나 없다, 솔나무 하나 떠는 풀잎 하나 없다.
해는 하늘 한 복판에 白金도가니처럼 끓고, 똥그란 바다는 이제 팽이처럼 돌아간다.
갈매기야, 갈매기야, 늬는 고양이 소리를 하는구나.
고양이가 이런데 살리야 있나, 늬는 어데서 났니? 목이야 히기도 히다, 나래도 히다, 발톱이 깨끗하다, 뛰는 고기를 문다.
힌물결이 치여들때 물구비가 나려 앉을때,
갈매기야, 갈매기야, 아는듯 모르는듯 늬는 생겨났지,
내사 검은 밤ㅅ비가 섬돌우에 울때 호롱ㅅ불앞에 났다더라.
내사 어머니도 있다, 아버지도 있다, 그이들은 머리가 히시다.

나는 허리가 가는 청년이라, 내홀로 사모한이도 있다, 대추나무 꽃
피는 동네다 두고 왔단다.
　갈매기야, 갈매기야, 늬는 목으로 물결을 감는다, 발톱으로 민다.
　물속을 든다, 솟는다. 떠돈다, 모로 날은다.
　늬는 쌀을 아니 먹어도 사나? 내손이사 짓부푸러졌다.
　水平線우에 구름이 이상하다, 돛폭에 바람이 이상하다.
　팔뚝을 끼고 눈을 감었다, 바다의 외로움이 검은 넥타이 처럼 맞어
진다.

——「갈매기」 전문

　바다 한가운데 있는 화자의 절제된 내적 독백형식으로 씌어진
이 작품은 간결한 시행을 특징으로 하는 지용 시치고는 주류에서
떨어져 있는 외톨이 시편이다. 인용이라는 비평적 간택의 명예에
서 번번이 탈락하고 만 것은 그 때문이라고 생각된다. 사실 인용
하기에 아주 부적절한 시편이다. 〈갈매기야, 갈매기야, 늬는 고양
이 소리를 하는구나〉와 같은 대목에서는 어떤 치기마저 감득하게
된다. 발표 후 반세기가 지난 시점에서, 또 그 이후의 현대시의
전반적 수준 향상을 고려할 때, 그러한 느낌은 자연스러운 것이기
도 하다. 그러나 치기처럼 보이는 동심여선(童心如仙)의 천진성이
바로 이 시의 매력이기도 하다. 다시 많은 세월이 흐른 뒤에는 이
러한 천진성이 낯섦의 충격으로 다가올 가능성을 우리는 배제하지
못한다. 겉치레뿐인 외형적 세련을 넘어서 우리에게 호소하는 것
의 하나는 세계를 처음으로 바라보는 어린이의 동심적 감정이입
이다. 〈갈매기야, 갈매기야, 아는듯 모르는듯 늬는 생겨났지〉라는
대목을 잇고 있는 후속 부분은 작품의 절정을 이룬다. 〈대추꽃 피
는 동네〉가 아니고 〈대추나무 꽃피는 동네다〉라고 한 것도 조그만

대로 창의적 언어 구사로서 어느 모로는 〈대추꽃이 한주 서있을 뿐이었다〉는 미당의 구절을 예고해 주고 있기도 하다. 〈나는 허리가 가는 청년이라, 내홀로 사모한이도 있다〉고 하고 나서 사람은 대지 않고 〈대추나무 꽃피는 동네다〉라 한 것도 의표를 찌르는 신선함이다. 〈늬는 쌀을 아니 먹어도 사나? 내손이사 짓부푸러졌다〉란 대목에서 우리는 지용 시의 공간에서 배제되다시피 한 일상 차원이 끼어듦을 본다. 가쁜 리듬을 통해서 드러난 우리말의 유연한 탄력성은 명수의 솜씨이기 때문에 가능한 것이었을 터이다. 암소·송아지·말, 그리고 갈매기와 같은 동물에 대한 감정이입은 지용 시의 한 특징을 이루고 있는데 그것은 사람살이의 실존적 자각에 어떤 기본적 슬픔을 부여한다. 살아 있는 모든 것에 대한 연민을 통해서 시인은 삶의 본원적 슬픔을 수락하는 것이다. 그것을 헤아릴 때 몇몇 추상적 관념용어를 동원하는 것을 시적 사고의 징표로 생각하는 것의 피상성이 돋보이게 될 것이다. 시는 산문적 진술로 환원될 수 없는 언어예술이요 말의 음악이다.

하나의 전범으로서든 반면교사로서든 정지용은 후대 시인들에게 크나큰 충격을 주었다. 직접적이건 격세유전의 형태로서건 또 자각적이건 무자각적이건 그에게 빚지지 않은 후배 시인은 없다. 비평담론은 시를 향수하고 이해하는 데 유효한 빛을 던져준다. 그렇지만 순기능의 그늘에 역기능이 존재한다는 것은 세계의 항상(恒常)이기도 하다. 비평담론의 오도적 영향력으로부터 자유로울 수 있는 의연한 관점이 주체적 독자에게 요구되는 첫번째 자질이다. 2차문서가 범람하는 오늘날에 있어서는 더욱 그러하다. 문화적 기억상실을 강요당했던 민족어 위기의 시대에 풀뿌리말의 보존과 세련에 헌신한 삶은 숭상되어 마땅하다. 〈단순한 기교파〉라든가 〈수공예술의 말로〉라는 폄하를 받았던 근대의 고전은 금지해제된 것만으로는 충분하지 못하다. 좀더 폭넓게 수용되고 음미되어야 할 것이다. 〈언어미술이 존속하는 이상 그 민족은 열렬하리라〉는 신념 이상의 문학적 민족주의가 또 어디 있을 것인가. 시민윤리 못지않게 직업윤리도 중요하다. 고도한 성취의 시편을 생산하는 것이 시인에게 부과된 직업윤리에 충실하는 길이다. 근대사회는 직업의 분화와 노동의 분업을 가장 중요한 특징으로 하고 있다. 시와 시인의 근대성에 관한 척도가 있다면 그것은 직업윤리의 자각과 직업윤리에 대한 자각적 충실이다. 적어도 직업적 영위의 평생 시인이 희귀했던 우리의 지적 전통에서는 그러하다. 정지용은 시인의 직업윤리를 열렬히 자각하고 자각적으로 거기에 충실했던 최초의 우리 시인이다. 우리 시인부락의 명실상부한 족장이며 가장 큰 우리말 시인인 미당 서정주의 시적 성취는 이러한 직업윤리에의 충실성이라는 실천의 연장선상에서 이루어진 것이다. 시가 시를 낳고 시인이 시인을 낳는다. 좋은 시가 좋은 시를 낳고 훌륭한 시인이 훌륭한 시인을 낳는다. 이것이 전통이란 것이다.

인지의 충격

천하 大事가
걸려 있다.

빨간 외바퀴
손수레에.
——W. C. 윌리엄스

〈시인은 가르치거나 즐거움을 준다. 그리고 최상의 경우 유익함과 감미로움을 어우른다.〉 대개의 문학원론은 호라티우스의 이러한 취지의 말을 긍정적으로 원용한다. 가르치기 위해서는 즐거움을 주어야 하고 즐거움을 주기 위해서는 가르쳐주어야 한다고도 말한다. 문학의 성질이나 기능에 관한 논의는 그 세목이나 정교성의 차이는 있지만 위의 명제를 두고 회전할 수밖에 없다. 감미로움이나 유익함을 너무 느슨하게 파악하면 논의의 엄밀성이 훼손되기 쉽다. 반면에 지나치게 옹색하게 규정하면 편협으로 흘러서 문학작품의 실제와는 동떨어지거나 겉돌게 된다. 특히 유용성이나 가르침을 비좁게 파악하면 속셈이 너무나 뻔한 교훈적 문학을 부추기는 셈이 된다. 프로이트가 한 유명한 말에 〈나보다 앞서서 시인들이 무의식을 발견했다. 내가 발견한 것은 무의식을 연구하는 방법일 뿐이다〉란 것이 있다. 무의식의 발견자라는 칭송의 말에 대한 그의 답변이라고 전해지고 있다. 문학작품을 통해서 프로이트는 무의식에 대한 통찰을 전수받은 것이다. 이렇듯 문학작품은 인지적 가치나 요소를 가지고 있다. 문학이 가르친다고 할 때, 우리는 그 뜻을 폭넓게 받아들여야 할 것이다. 새로운 사실을 인지하거나 막연히 알고 있던 사실을 새롭게 재확인할 때 사람들은 서늘한 즐거움을 경험하게 마련이다. 배우는 것이 고통이 되어 있다는 인간 본성의 역전에 우리 교육의 위기가 있다는 것은 우리 모두가 절감하고 있는 터이다.

시적 순간

훌륭한 문학작품에는 우리의 망각 성향에 도전하는 기억할 만한 요소가 들어 있게 마련이다. 그것은 작중인물일 수도 있고 대화의 한 대목일 수도 있고 어떤 극적 장면일 수도 있다. 독자에 따라서 다르게 마련이지만 어떤 삽화이거나 이미지일 수도 있다. 작품을 읽고 나서 많은 시간이 흐른 뒤에도 독서 기억의 잔재로 남아 있는 시적 순간을 우리는 알고 있다. 이러한 시적 순간을 풍부하게 가지고 있는 작품, 아니 전체가 시적 순간으로 미만해 있는 작품이야말로 명편이요 걸작이라고 할 것이다.

　　이 고장에서 세 가지 언어를 안다는 것은 불필요한 사치예요. 사치이기는커녕 필요없는 가외 덧붙이야. 육손이처럼. 우리는 아무 필요도 없는 것을 너무 많이 알고 있어요.
　　　　　　　　　　　　　　　　　　　　　　　—「세 자매」 제1막

체호프의 「세 자매」에 보이는 대사이다. 장군의 딸 3형제 중 둘째인 마샤의 말이다. 이제는 고인이 된 아버지 장군은 외아들과 딸 3형제에게 영·독·불 3개의 외국어를 습득시켰다. 막내딸은 게다가 이탈리아말까지 안다. 최상의 인문교육을 받았고 그 때문에 이들 남매들은 적지 않은 대가를 치렀다. 그러나 그들이 받은 교육은 그들의 삶 속에서 별다른 구실을 하지 못한다. 아니 구실은커녕 그들이 받은 교육은 그들의 사회적 고립과 소외의 주요 원인이 되기조차 한다. 그들의 세련과 계발된 품성은 사람들과 쉽게 어우르지 못하게 한다. 활력 있는 삶과 행복과 그 기호로서의 모스크바를 그리워하는 딸 3형제는 한때 주둔해 있던 군대 장교들과 어울리는 것이 그나마 낙이었다. 그러나 이제 그들도 주둔지를 이동하게 된다. 이 희곡을 상연하기로 되었던 〈모스크바 예술좌〉 단원들에게 희곡의 대사를 읽어주었을 때 많은 단원들이 슬픔에 감염되어 눈물을 흘렸다고 전해 온다.

이렇다 할 극적 사건이나 파국 없이 생존의 기본적 슬픔이 전개되는 이 작품에서 그 최고 순간은 극적으로 마련되어 있지 않다. 그것이 체호프 희곡의 주요 특징일지도 모른다. 또 독자나 관객에 따라서 그 시적 순간도 다르게 나타날 것이다. 그러나 자기들이 받은 교육이 불필요한 사치임을 넘어서 육손이의 여섯번째 손가락처럼 잉여의 덧붙이라는 작중인물의 말은 소외자의 자기정의라는 면에서 쉽게 지워지지 않는 이미지의 도입이다. 육손이의 여섯번째 손가락은 잉여의 덧붙이임을 넘어서 불구성에 기여한다. 교육으로 말미암아 도리어 사회 속에서 제자리를 찾지 못하고 겉도는 잉여인간 혹은 무용지물은 19세기 러시아 문학에서 아주 낯익은 인물들이다. 지식인이 사회의 육손이로 드러나는 것은 19세기 러시아에 한하지 않을 것이며 그러한 한에서는 보편적인 현상이기도 하다. 지식인 무용지물과 육손이의 대비는 절묘한 수사적 조처로 끝나지 않는다. 잉여인간의 이를테면 간결한 객관적 상관물로서 통찰의 계기를 마련해 준다. 우리는 인지의 충격을 받게 된다. 이러한 시적 인지의 충격으로 말미암아 작중인물의 불행과 난경(難境)의 자의식이 리얼리티를 획득한다. 우리는 작중인물의 충족되지 못한 삶에 대한 호소를 엄살이나 허풍이라고 여길 수 없다. 또 그것을 값비싸지 못한 자기연민이라고 업수이 여길 수도 없게 되는 것이다. 과교육과 육손이의 비유는 시인 작가들이 활용하는 비유가 장식적 첨가물이 아니라 사물과 사태의 본질에 근접하는 정신의 기도임을 확인하게 한다. 이러한 불후의 이미지가 「세 자매」의 최고 순간의 하나라고 말하는 것은 작자가 희극이라고 고집해 마지않았던 이 희곡작품의 전체성을 간과하는 셈이 된다. 그러나 이러한 불후의 이미지를 마련할 수 있었기 때문에 체호프가 소규모인 채로 일급의 작가로 남아 있는 것이라고 말하는 것은 가능할 것이다. 문학경험 가운데서 가장 복된 순간은 이러한 최고 순간을 접할 때일 것이다. 이러한 최고의 순간은 반드시 그런 것은 아니지만 대체로 삶과 사람에 관해 인지의 충격을 주게 마련이다.

참아야 하네. 우리는 울면서 이 세상에 왔네.
그렇지 않은가? 처음으로 이승 공기를 접하고
우리는 울고불고하네. 이를 말이 있으니 들어보게……
세상에 태어날 때 우리는 울고불고하네.
멍청이뿐인 크나큰 무대로 나오게 되어 우는 것이네.
————「리어왕」 4막 6장

제정신이 아닌 리어가 눈먼 글로스터 백작에게 하는 대사이다. 셰익스피어의 대사치고 시적 순간으로 그득하지 않은 것은 없다. 그러나 최고의 순간은 역시 비극 속에 있다. 신이나 절대자와 같은 초월적 이성마저도 배제되어 있는 부조리의 공간에서 제정신 아닌 노인이 하는 말은 낯익은 사실을 생소하게 재확인시켜 준다. 갓난이의 울음소리는 성공적인 출산의 청각기호이다. 새로운 탄생의 신호로서 그것은 대체로 기쁨이나 축복의 계기가 되어준다. 그러나 갓난이는 무의미하고 부조리하고 잔혹한 멍청이 무대로 오르게 된 것이 서러워서 우는 것이라고 불행한 노인은 말한다. 관객들은 너무나 명백한 사실을 간과하고 있었다는 자책감마저 느끼게 된다. 갓난이의 울음소리는 이제 예전과 같지 않게 된다. 조그만 대로 모든 인지의 충격은 우리의 익숙한 경험을 새롭게 조명해 준다. 인상파의 그림이 나온 이후 사람들이 풍경의 색조를 새로이 발견하게 되었다고 하는 것은 그러한 뜻이다. 훌륭한 문학작품은 독자에게 경험에 대한 새롭고 도전적인 관점을 제공해 주는 것이다.

생각의 계기

타인을 해칠 힘이 있지만 해치려 하지 않는 사람들.
해코지할 가락이 있어 보이지만 해치지 않는 이들,
사람의 마음을 움직이게는 하지만 스스로는 돌덩이처럼
꼼짝 않고 냉랭하며 유혹에 넘어가지 않는 이들
이런 사람들은 참으로 하늘의 은총을 물려받고
자연의 부(富)를 낭비함이 없이 헤프지 않게 쓴다.
이들은 제 얼굴의 주인이며 임자이지만
그 밖의 사람들은 제 뛰어난 자질의 마름에 지나지 않는다.
여름꽃은 씨 맺음 없이 제 홀로 피었다 시든다 하더라도 향기를 여름에 뿌려준다.

하지만 이 꽃이 몹쓸 병에 걸리면
어떤 잡초보다도 초라한 몰골이 된다.
제아무리 아름다운 것도 행동거지로 고약하게 되기 마련,
썩어 문드러진 백합은 잡초보다도 그 내음 고약하다.
——셰익스피어, 「소네트 94」 전문

셰익스피어는 154편의 14행시를 남겼다. 위에서 뜻의 뼈대만 옮겨놓은 14행시 94번은 적이 모호한 시편의 하나로 알려져 있어 사람마다 해석이 구구하다. 해코지할 힘이 있지만 그러지 않는 사람을 칭송하는 것인가, 그렇지 않으면 비판적으로 처리하고 있는 것인가에 관해서 냉큼 단언하기는 어렵다. 돌덩이의 이미지가 환기하는 냉랭함은 해칠 힘이 있으면서 해치지 않는 덕성에 대한 유보감을 불러일으키기 때문이다. 그러나 돌덩이의 이미지가 향내 나는 여름꽃의 이미지로 중화되어 있는 점도 간과할 수는 없다. 이 시의 무게는 덕성의 중층성을 시사하면서 도덕적 문제의 논의가 흔히 빠지기 쉬운 2항대립의 단순성을 넘어서 있다는 점에 있다. 첫머리의 대담한 진술은 남을 해칠 능력도 없는 약자의 선이 도덕적 선택의 결과가 아닌 수동성의 겉모습에 지나지 않을 수 있다는 사실을 충격적으로 제시한다. 해코지할 수 있는 힘을 억제하는 데 덕성의 덕성다움이 있다는 생각은 심층심리학의 인간론에 익숙한 현대독자의 공명을 쉽게 얻을 수 있을 것이다. 이러한 덕성 소유자의 부패나 타락이 세상을 그득 채우고 있는 장삼이사(張三李四)의 그것보다 더욱 고약할 수 있다는 것도 현대독자들의 심리적 지지를 획득하는 데 어려움이 없을 것이다. 잡초의 그것보다 한결 고약한 썩은 백합의 악취라는 구상적 세목이 이 14행시의 종결을 인상적으로 끝내주고 있다.

이러한 작품의 매력은 그 진술의 진위에 있지 않다. 산문으로 옮겨놓은 번역에서 시적 진술이나 이미지는 덧나거나 변용되게 마련이지만 그럼에도 불구하고 독자에게 사고의 계기를 마련해 준다. 중요한 것은 작품의 전언이나 결론이라고 생각되는 시적 사고의 부위가 아니다. 사고의 계기가 구상성과 직접성을 통해서 마련되어 있다는 점에 있다. 14행시에는 지켜야 할 규칙과 관습이 있으며 작자의 입장에서는 쓰기 어려운 시 형태이다. 위의 의역에서 시적 발언 고유의 매력은 증발되어 사라져버렸다. 남아 있는 것은 산문의 진술로 환원 내지는 축소되어 있는 전언의 골격일 뿐이다. 또 옮긴 이의 일방적 해독에 의해서 본래의 모호성도 많이 훼손되어 있다. 불가피한 시적 손상에도 불구하고 우리는 화자의 관찰과 논평에서 삶을 바라보는 어떤 시각의 견고성을 감득하게 된다. 그리고 우리의 내면과 바깥쪽을 다시 돌아보게 된다. 우리는 착하다는 것에 대해서 또 인간 존중의 덕성에 대해서 새로운 안목으로 접근하게 된다. 훌륭한 시가 인지의 충격을 준다는 것은 그런 뜻이다. 그 자체로서 논리정연한 추상적 명제의 제시와는 성질이 다른 것이다. 이 작품에 추상적 관념어나 개념어가 많지 않고 주로 구상적 이미지로 호소하고 있다는 점은 주목해 두어야 할 특징이다.

고함치며 싸우는 것은 매우 용감하다.
그렇지만 내 아느니, 더욱 날랜 것은,
마음속에서 돌격하는
슬픔의 白馬부대

이겨도 국민은 보지 못하고

쓰러져도 누구 하나 지켜보지 않는다.
그 죽어가는 눈을, 어느 나라도
애국자의 사랑으로 눈여겨보지 않는다.

우리는 믿는다, 새 깃털로 단장하고
이런 사람들을 위해, 천사들은 행진한다고.
열을 짓고 발걸음 맞추며
백설의 제복을 걸친 채.
──에밀리 디킨슨, 「고함치며 싸우는 것은」 전문

원시에는 〈슬픔의 기병대(騎兵隊)〉로 되어 있지만 옛적의 기병대가 쉽게 다가오지 않아 〈슬픔의 백마부대〉라고 옮겨보았다. 56년의 이 세상 귀양살이에서 여류시인 에밀리 디킨슨이 남긴 시는 1천 8백 편에 이른다. 대체로 짤막하고 간결한 시행이 그녀 시의 특징이다. 견고한 단순성을 바탕으로 해서 생활 주변의 조그마한 것과 죽음을 지칠 줄 모르고 노래하였다. 자기 시를 〈세상에 띄우는 나의 편지〉라고 정의하기도 하였다. 생전에 발표된 시는 일곱 편에 불과하며 완전히 세상과 절연한 채 은둔자처럼 살았다. 세상에서 알아주지 않는 처지에서 외로운 마음 싸움을 벌이는 슬픔의 백마부대가 그녀 자신을 모형으로 한 병사들로 구성되어 있음은 말할 것도 없다(시대는 다르지만 같은 나라의 여류작가 카슨 맥컬러즈Carson McCullers에게 「마음은 외로운 사냥꾼」이란 장편소설이 있다. 디킨슨에게 있어 마음은 〈슬픈 기병〉인데 작자의 의도야 어떻든 〈외로운 사냥꾼〉은 그 변주가 되어 있다).

나라 위해 고함치며 싸우는 병사들은 그 용감성을 칭송받고 애국자와 국민들의 주목을 받는다. 그렇지만 고독한 마음 싸움은 혼자서 치러내는 무상(無償)한 전투이다. 저잣거리 세상사람들의 주목이나 관심의 대상은 아니지만 순백의 제복을 걸친 천사들의 축복을 받으리라고 화자는 믿는다. 그것은 한갓 자기위안일지도 모른다. 산업화의 진척에 따라서 공리주의적이고 유물주의적인 가치관이 팽배해 갈 때 시인은 인간의 내면성도 인간현실의 중요 구성 요소임을 드러내 보여준다. 그리고 아마도 인간구원은 내면성을 배제하고 성취될 수 없으리라는 것도 시사한다. 천사와 악마의 싸움터가 사람 마음이라고 「카라마조프의 형제들」 속의 드미트리는 말한다. 슬픔의 기병이었던 디킨슨은 그것을 잘 알고 있었을 것이다. 우리는 지난 반세기 동안 고함치며 싸우는 사람들의 용맹을 무수히 목도했으며 그것을 나라 사랑의 눈으로 칭송하고 격려하기도 하였다. 오늘날 우리가 이만 정도로 사는 것은 그러한 사람들의 덕택이기도 할 것이다. 그러나 이만 정도의 도덕적 수준밖에 누리지 못하는 것은 고함치며 싸우는 용자들에게만 관심을 돌린 것과도 무관하지 않을 것이다. 싸우는 용자들은 세상이 필요로 하는 사람들이다. 그러나 부질없어 보이는 마음 싸움 없이, 다시 말해 슬픔의 백마부대 없이 세상이 맑아지지는 않을 것이다. 슬픔은 지혜를 가져다준다. 콜리지의 「노수부(老水夫)의 노래」는 호호백발 수부의 경험담을 들은 결혼식 하객이 신랑 집에서 돌아서는 것으로 끝이 난다.

그는 기절했다가
혼 나간 사람처럼 갔다.
한결 슬프고 총명한 사람이 되어
이튿날 아침 일어났다.

슬픔과 지혜가 함께 오는 것임을 말하고 있는 이 마지막 대목은
결코 낭만주의 고유의 통찰은 아니다. 슬픔에 탐닉해서도 또 거기
에 항상적으로 머물러 있어도 안 될 것이다. 그러나 깊은 슬픔을
통과하지 않은 삶이 피상적이고 얄팍한 것임은 고전비극 이래 그
릇 큰 문학이 되풀이 상기시키는 인간사이다. 원한과 분노와 적의
와 축축한 감상주의와 냉소적인 재담의 시가 흔하고 참으로 깊은
슬픔의 시가 드물다는 것은 우리 시대와 사회의 황폐성을 드러내
주고 있다고 해도 과언은 아니다. 그것이 시인만의 책임이 아니라
는 것은 말할 것도 없다.

> 예감은 해가 진다는 것을 알리는
> 잔디밭의 저 기나긴 그림자
> 어둠이 막 지나가리라는 것을
> 놀란 풀잎에 알려주는 기별.

——에밀리 디킨슨, 「예감」 전문

늦은 하오가 되면 그림자가 길어지게 마련이다. 해질 무렵 잔디
밭의 긴 그림자는 곧 일몰이 오리라는 것을 알려주는 예보이다.
또 곧 어둠이 내리리라는 것을 놀란 풀잎에게 알려주는 기별이기
도 하다. 신기할 것 없는 일상의 소묘이다. 그러나 긴 그림자를
예감의 보어로 삼음으로써 작품은 예기치 않은 깊이와 무게를 획
득한다. 〈기나긴 그림자는 예감〉이라고 했다면 이 시의 효과는 궤
멸하고 말았을 것이다. 예감이 주어가 되어 있음으로 해서 슬픈
기병의 삶의 예감이 섬세하나 드러나지 않은 슬픔으로 다가온다.
기나긴 그림자를 접하고 〈놀란 풀잎〉은 그대로 화자의 자화상이
되어 놀라움을 안겨준다. 슬픔은 슬프다는 소리를 하지 않을 때

그 본연의 모습을 드러내는 것이다. 우리는 자그마하고 섬세한 대로 인지의 충격을 받는다.

> 천하 大事가
> 걸려 있다
>
> 뽀오얀
> 병아리떼 곁
>
> 빗물로
> 윤기나는
>
> 빨간 외바퀴
> 손수레에.
> ——윌리엄 카를로스 윌리엄스, 「빨간 외바퀴 손수레」 전문

〈굉장히 중요한 것이 걸려 있다〉고 하고 나서 한 줄 띄우고 빨간 손수레가 등장하여 독자들의 의표를 찌른다. 〈굉장히 중요한 것〉의 산문적 부연이 맥빠지는 것이기 때문에 〈천하 대사〉라고 번역해 보았다. 빨간 손수레와의 대조를 돋보이게 하기 위해서다. 빨간 외바퀴 손수레는 빗물 때문에 윤기가 나서 선명한 색조를 띠고 있다. 비 개인 직후의 사물의 깨끗한 선명성을 상기하면 된다. 그 곁에는 뽀얀 병아리떼들이 옹기종기 모여 있다. 백색과 적색, 손에 쥐면 으깨어질 듯한 병아리와 단단한 손수레가 대조를 이루면서 신선한 눈잔치가 되어주고 있다. 일상적 정경의 산뜻한 제시이다. 정치와 경제와 국방은 천하 대사이다. 개개인의 운명이 이러

한 천하 대사에 의해서 좌우된다는 것은 공지의 사실이다. 크게
보아 그러하지만 개개인의 삶은 또한 가정·건강·수입·인간관계·
개인적 욕망의 성취와 좌절과 같은 것에 의해서 규정된다. 또 우
리의 하루는 날씨, 교통지옥에서의 요행과 불운, 우연한 만남, 횡
재나 봉변, 예정의 차질이나 순조로움과 같은 사소한 것에 의해서
크게 좌우된다. 그런가 하면 자연과의 교감, 책읽기나 예술향수와
같은 의지적 동정에 의해서 우리의 하루는 충만될 수도 있다. 인
간만사 마음먹기에 달려 있다는 말은 공허한 일상의 수사학이 아
니다. 천하 대사가 빨간 외바퀴 손수레에 걸려 있다는 것은 의표
를 찌르는 반어(反語)이면서 동시에 반어가 아니다.

　인간 행복은 어느 정도 객관적 조건에 의해서 가늠된다. 그러나
행복은 행복 주체의 구성물이기도 하다. 그것은 우리가 찾아내고
가꾸어야 할 어떤 것이기도 하다. 일상적 주변에도 행복의 질료는
풍부하게 널려 있다. 세계의 풍요에서 경이를 발견하는 열려진 감
수성의 배양은 그래서 중요하다.

　　텅텅 비어 있는 여기저기에
　　누구에게나처럼 벌레는 운다.
　　幸福하고 싶었던 그 시절이
　　실은 행복한 시절이었다.

──이형기, 「불행」

　누구에게나처럼 벌레는 울지만 그 소리가 누구에게나 들리는
것은 아니다. 최악의 사태라고 말할 수 있는 한 최악의 사태는 아
니라고 누구인지 잊어버렸지만 말한 사람이 있다. 〈행복하고 싶었
던 그 시절이/실은 행복한 시절이었다〉고 말하는 한 화자는 아직

도 행복하고 싶어하고 있으며 따라서 행복한 시절을 당장 소유하고 있다.

윌리엄스의 〈천하 대사가 빨간 외바퀴 손수레에 걸려 있다〉는 대목은 〈인간 행복은 빨간 손수레에 걸려 있다〉고 고쳐 써도 무방할 것이다. 또 개인의 행복이 당사자에게 있어 천하 대사가 아니고 무엇이겠는가? 이 말에 저항을 느끼는 공동체주의자나 대사지상주의자라 하더라도 〈나의 건강이 천하 대사〉란 실감은 거부하지 못할 것이다. 〈천하를 얻더라도 건강을 잃으면 무슨 소용이 있는가〉란 말을 어떻게 물리칠 수 있을 것인가?

우리가 인지의 충격을 말할 때 반드시 크고 장한 천하 대사에 관한 것을 가리키는 것은 아니다. 하찮아 보이는 조그만 것일수록 우리에게 그 계기를 마련해 준다. 그리고 서정시란 본래 조그마하고 하찮아 보이는 마음의 무늬를 질료로 해서 성립되는 문학장르이다. 천하 대사에 종사하는 장사들이 시문(詩文)을 사내 대장부가 영위할 큰 사업이 못 된다고 방언하는 것은 근거 없는 일도 아니다. 그 점 단순하고 장난스러워 보이는 위의 시편은 서정시 일반이나 단시의 본질을 드러내고 있는 윌리엄스의 시론(詩論)이라고 해도 괜찮을 것이다.

충격의 뒤란

인지의 충격은 통찰체험이다. 심층적으로 오래인 기다림과 검토의 산물이지만 의식과 통찰의 계기가 순간적으로 마련된다는 것은 능히 추측할 수 있다. 영감이니 직관이니 하는 논의의 발생 사정은 대체로 비슷하다. 순간적으로 마련되기 때문에 짤막한 형식으로 드러나는 것도 자연스러워 보인다. 근대에 와서 짤막한 시편만이 진정한 시이며 장시(長詩)란 말 자체가 모순이라고 주장하고 나선 시론이 있지만 통찰체험을 중요시하는 시는 짧다는 것이 흠이 되지는 않는다. 그리고 인지의 충격은 비근한 것에서 순간적으로 성취되는 경우가 많다.

> 말아, 다락같은 말아,
> 너는 점잔도 하다마는
> 너는 웨그리 슬퍼 뵈니?
> 말아, 사람편인 말아,
> 검정 콩 푸렁 콩을 주마.
>
> 이 말은 누가 난줄도 모르고
> 밤이면 먼데 달을 보며 잔다.

——정지용, 「말」 전문

어린이가 화자로 되어 있는 동시 흐름의 시다. 사뭇 몸집과 키가 큰 말을 향해 〈다락같은 말〉이라고 하는 것은 아주 자연스럽다. 안방의 아랫목에 다락문이 있어 오르내리게 되어 있던 전래 한옥에서 성장한 유년 화자가 〈다락같은 말아〉 하는 것은 생활경험에서 곧바로 나온 발성이다. 말이 슬퍼 보이는 것은 화자의 〈감상의 오류〉 탓이지만 뒤에 나오듯 그럴 만한 이유가 있다. 〈검정 콩 푸렁 콩을 주마〉에 보이는 콩은 말의 건강 식품이다. 콩을 많이 먹이면 말이 기운을 얻어 성질이 세차고 사나워진다. 사라져가는 토박이말의 하나인 〈콩기〉란 말은 그것을 가리킨다(콩기란 말은 그러나 비유적으로 사람에게 많이 쓰였다. 〈코 밑이 좀 따뜻해지니까 콩기가 나서 야단이다〉라는 투로 쓰였다. 겨울철에 국거리라도 제대로 갖추어 먹어 코 밑이 따뜻해지니까 씽씽 바람을 내며 골목을 누빈다는 뜻이다. 돈을 벌었거나 좀 괜찮은 자리에 앉게 된 사람이 갑자기 도도해지는 것을 두고 쓰기도 한다). 이러한 사실들을 모른다고 해서 이 시의 이해가 불가능한 것은 아니다. 그러나 이 동시 흐름 작품의 배경이 되어 있는 사회사적 사실, 전통 한옥구조에서의 다락이나 말의 보건 식품으로서의 콩에 대한 정보는 작품이 지닌 지극한 자연스러움을 감득하는 데 필수적이다. 제작 이후 60여 년의 세월밖에 흐르지 않았지만 요즘 어린이나 젊은 세대들은 이 작품의 전체적인 구조 속에 스며 있는 자연스러움의 결을 실감하지 못하는 것으로 비친다. 공간과 시간이 아득히 상거해 있는 외국 시의 이해가 얼마나 어려운 것인가를 구체적으로 보여주는 국면이다.

이 작품의 최고 순간은 그러나 마지막 두 줄에서 온다. 모든 짐승 가운데서 소나 말은 사람과 가깝게 생활하는 〈사람편 인〉 짐승이다. 그런데 이 마소는 일찌감치 육친과 떨어져 이산가족으로 살고 있다. 어미와도 헤어져 어미가 누구인지도 모르고 밤이면 먼데 달을 보며 자는 것이다. 처음으로 이 작품을 읽고 필자는 강렬한 인지의 충격을 경험하였다. 그 후 강아지를 비롯한 모든 가축이 고아로서 성장하고 혈육과 나뉘어 외톨박이로 살고 있다는 측은감을 한동안 금치 못하였다. 목숨 있는 모든 것에 대한 연민과 측은을 설파하는 어떤 경전의 대목에서도 이 작품에서 받은 충격과 감동을 다시 경험하지는 못하였다. 감동과 충격은 이제 아득한 옛일이 되어버리고 말았지만 그렇기 때문에 그 이유는 설명할 수 있을 것 같다.

사람은 가축 가금을 이산가족으로 만들고 〈사람 편〉으로 만든다. 집에서 기르는 망아지나 송아지는 모두 강제된 고아로 산다.

이 사실의 인지가 깊은 충격과 슬픔으로 다가오는 것은 우리 모두가 고아공포증을 가지고 있기 때문이라 생각된다. 사실 조실부모란 것은 슬픈 명운의 으뜸 가는 조건이었다. 조실부모까지 가지 않더라도 모친과의 사별만으로도 슬픈 명운의 그림자는 넉넉하게 드리워지는 것이다. 고아공포증이나 모친사별공포증은 누구에게나 있는 것이 아닌가 생각된다. 「신데렐라」에서 「콩쥐팥쥐」에 이르는 의붓딸의 얘기나 「어머니를 찾아서 3만리」와 같은 생별(生別)의 동화책이 그러한 공포증을 부추기는 측면도 있을 것이다. 또 전시하에서 보내는 유년경험도 무관하지 않을 것이다. 2차대전 말기의 궁핍체험과 방공훈련과 실제 야간 공습경보의 경험은 있을 수 있는 참사와 모친 생사별의 가능성을 불안공포증으로 확대시켜 주었을 것이다. 그러나 그보다도 더 깊은 심층적 차원이 개입되어 있을 수도 있다.

괴테는 『시와 진실』 제1부 제2장에서 소년시절의 경험을 꽤 솔직하게 털어놓고 있다. 그는 자신의 부친이 프랑크푸르트의 중산계급 출신 변호사란 사실이 별로 마음에 차지 않았던 것 같다. 자주색 귀족의 피가 자기 혈관 속에 흐르고 있는 것은 아닌가 하고 느꼈다. 그리하여 그의 진짜 조부는 귀족이고 집안의 조부는 명목상의 대행자라는 동년배의 악의에 찬 얘기를 듣고 지방 유지의 집에 걸려 있는 귀족의 초상화에서 자기 부친이나 자신과 닮아 있는 모습을 찾아내려고 하였다 한다. 자기 개인사의 변조를 상상해 본 것이다. 그러나 소년 괴테의 개인사 왜곡 유혹은 그만의 것일까?

프로이트가 짤막하게 언급하고 말았지만 중요성을 부여하는 후발 이론가에 의해서 더러 거론되는 것에 가족 로맨스family ro-mance 혹은 가족소설이란 생각이 있다. 주체가 양친과의 관계를 상상적으로 수정하기 위해서 활용하는 망상을 가리키는데 그 망상의 기초는 오이디푸스 콤플렉스라 한다. 비천한 출생이나 불운 혹은 사람들에게 사랑받지 못하는 데서 오는 치욕을 설명하려는 기도에서 어린이의 나르시시즘이 멋대로 구성한 출생에 관한 가공적 전기를 만들어낸다는 것이다. 성인이 되면 극복하지만 신경증 환자에게는 늘 따라다니기도 한다는 것이다. 괴테가 실토하고 있는 것이 이 〈가족 로맨스〉의 구체적 사례인 셈이다. 귀족의 버린 자식이나 사생아가 나중에 신원이 판명되어 행복한 결말에 이르는 동화나 소설은 아주 흔하다.

　자기 내력을 묻는 어린이에게 흔히 〈다리 밑에서 주워왔다〉고 놀렸다. 다리란 말의 양의성(兩義性)에 비추어본다면 황새가 물어왔다는 서양 쪽의 답변보다는 진실한 답변일지도 모른다. 다리 밑에서 주워왔다는 단서는 어린이에게 제가끔 가족 로맨스를 구상할 계기를 만들어주는 것이라 할 수도 있다. 우리 사이에서 가족 로맨스가 과연 널리 창작되는 것인지에 관한 천착을 해본 일은 없다. 그러나 출생 이전에 관한 전사적(前史的) 가족 로맨스보다는 출생 이후와 관련되는 이산가족적이고 부모 상실과 관련되는 가족 로맨스는 불안과 공포의 형태로 비교적 널리 상상적으로 제작되고 있지 않았나 생각된다(이것은 우리 세대 특유의 공통경험일지도 모른다. 유소년기를 전시하에서 보냈다는 특수성을 고려에 넣어야 할 것이다. 해방에서 한국전쟁에 이르는 시기도 전시 못지 않은 불안시대였다. 1946년 호열자가 전국에 퍼져 진전긍긍케 하였지만 『정감록』을 따랐다는 괴이한 속설이 전국에 퍼졌다. 백리지경에 인적이 끊긴다든가 수탉소리가 그친다든가 하는 유언비어가 조금씩 내용을 달리하며 퍼졌고 그에 대한 예방책이라는 해괴한 방책이 마을마다 강구되기도 하였다. 반세기 동안의 사회 발전은 이러한 정감록적이고 종말론적인 유언비어가 정치 비화(秘話)나 정계 이면에 대한 〈카드라 통신〉에 의해서 대체되었다는 점

114

에서 구할 수 있을지도 모른다).

어쨌거나 신분상승적이고 낙관적인 서양 쪽의 전사적(前史的) 가족 로맨스보다 우리 쪽 것은 한결 비관적이고 현실반영적인 후사적(後史的) 성격을 띤 것이 아니었나 생각된다. 고아나 부모 상실과 관련되는 가족 로맨스가 심층적인 차원에서 작성되어 있었기 때문에 정지용의 「말」이 강렬한 인지의 충격으로 다가온 것이 아닌가 생각된다. 정지용은 뒷날 동시에서 보여준 측은과 연민의 정을 「백록담」에서도 보여준다.

> 첫새끼를 낳느라고 암소가 몹시 혼이 났다. 얼결에 山길 百里를 돌아 서귀포로 달아났다. 물도 마르기 전에 어미를 여읜 송아지는 움매 —— 움매 —— 울었다. 말을 보고도 등산객을 보고도 마고 매어달렸다. 우리 새끼들도 毛色이 다른 어미한테 맡길 것을 나는 울었다.

「말」에서는 다분히 유년 화자의 고아공포증이나 부모상실공포증이 기반이 되어 있다. 「백록담」에서는 소생들을 고아로 남겨놓을지도 모른다는 기아(棄兒)공포증 혹은 단명(短命)공포증이 깔려 있다. 이산가족 동물에 대한 연민과 측은은 동일하지만 그것을 바라보는 화자의 정서적 심층은 역전되어 있는 것이다. 이 자리에서 정지용 시편들이 발표되었을 당시 우리 사회의 평균 수명이 아마도 40 전후였으리라는 사회사적 사실을 상기해 보는 것도 유익할 것이다.

한마디의 말이나 글귀나 혹은 책 한 권이 삶을 바꾸어놓았다는 술회를 더러 듣게 된다. 더러는 과장도 있고 또 심층적 차원에서의 준비태세를 간과한 토로이기도 할 것이다. 그러나 한 편의 시나 한 권의 비극이 삶을 대하는 태도를 바꾸어놓는 일은 충분히 있을 수 있는 일이다. 동서의 지적 전통이 시와 문학을 숭상한 것도 이러한 믿음에 근거한 것이었다. 훌륭한 시는 인지의 충격을 준다. 그 점 「말」은 손끝에서 나올 수 없는 진정성의 시이다.

미국 의회에서 노예수입을 금지하는 법안이 통과된 것은 1807년의 일이다.[1] 퀘이커 교도들을 위시한 인도주의자들의 노력이 가세한 것은 사실이지만 근본동기는 인도주의적 고려에서 나온 조처는 아니었다. 투생의 지도하에 하이티에서 전개된 흑인반란은 그 유혈의 강도 때문에 미국민들에게 공포심을 불러일으켰다. 속임수로 투생을 제거하는 데 성공했지만 나폴레옹은 하이티 반란을 완전 진압시키는 데 성공하지 못하였고 프랑스는 1803년 루이지애나 주를 미국에 헐값으로 매각하였다. 이어서 계속적인 아프리카 노예 수입이 장래 공포의 화근이 된다고 생각한 결과 노예무역을 금지시킨 것이다. 그러나 이 법안의 통과는 미국 국내에서의 노예거래를 더욱 활발하게 만들었다. 흑인노예들의 출산장려운동이 벌어지고 열세 살이나 열네 살짜리 어머니가 늘어났다. 스무 살에 5회 출산기록을 세운 젊은 어머니의 경우도 드물지 않았다. 10회 출산기록을 세우면 노예의 신분에서 해방시켜 주는 특전을 부여하는 경우도 있었다(버지니아 주의 경우 흑인 갓난이의 가격은 2백 달러에 이르렀다 한다).

출산장려를 통해 양산된 노예들을 거래하자면 자연 가족들을 생이별시키지 않으면 안 되었다. 가족이산을 시켜 따로따로 떼어서 거래하는 경우에는 한 가족을 모개로 거래할 때보다 비싸게 호가(呼價)할 수 있었다. 여덟 살에서 열두 살 사이의 어린 흑인들을 구하는 광고가 흔하였다. 어린이 흑인을 전문적으로 취급하

---

1) J. H. Franklin, *From Slavery to Freedom*(Vintage Books, 1969), 11장 및 12장.

는 상인도 생겨났다.

이산을 통한 분리 판매에 대해서 인도주의자 쪽의 비난이 컸던 것은 사실이다. 이때 노예상인들은 흑인 사이에선 가족관념이 희박하며 따라서 생이별에 전혀 무관심하다고 강변하였다. 흑인노예를 동물 수준으로 격하시킴으로써 반인간적 행위를 합리화하려고 했던 것이다. 동물도 그렇지 않다는 것은 지용의 「말」과 「백록담」이 웅변으로 말해주고 있지 않은가. 이러한 작품을 통해 인지의 충격을 받은 정신은 반인간적인 합리화에 터져나오는 분노를 금할 수 없을 것이다. 사회정의에 대한 강렬한 희구도 이러한 인지충격의 누적에 기초한 것이고 인문주의 교육의 유효성이 있다면 문학의 이러한 국면과 관련될 것이다.

흑인들의 가족관념이 희박하다고 강변한 노예상들이 스스로 거짓말을 하고 있다는 것을 몰랐을 리는 없다. 떨어지지 않으려는 흑인가족의 정경을 목격하였을 터이요 또 도망 노예는 대체로 가족 재회를 위해서 목숨을 건 모험길에 나선 것이었다. 그러나 장기간에 걸친 허위선전은 자신마저 세뇌하여 자기기만에 빠져버리게 하는 법이다. 이러한 사람들에게 문학이 주는 인지충격이 무슨 효용이 있을 것이냐고 한다면 더 할 말은 없다. 인간에게 아무것도 기대할 수 없을 것이겠기 때문이다.

역사를 읽으면서 우리는 빈번이 인간됨의 수수께끼에 놀라지 않을 수가 없다. 600만의 유태인을 체계적으로 제거한 나치 정부는 1936년 1월 14일자로 된 어류 및 냉혈동물에 관한 법규 속에 다음과 같은 규정을 두고 있다.

인간 소비를 위해 살해하려는 조개, 새우 등 갑각류는 가능하면 강렬하게 비등하는 물 속에 집어넣어야 한다. 동물을 차거나 미지근한

물에 넣은 후에 물을 끓이는 것은 금한다.[2]

동물을 요리할 때 안락사시켜야 한다는 극히 인도주의적인 조항이다. 하인리히 힘러는 돌격대장을 거쳐 내무장관을 지낸 나치 지도자의 한 사람인데 이러한 대화가 남아 있다.

불교의 승려들이 숲을 지날 때 아직도 조그만 방울을 달고 다닌다는 얘기를 듣고 아주 감동받았어요. 자기가 밟을지도 모르는 동물들에게 도망갈 기회를 주기 위해서랍니다. 그런데 우리 쪽에선 아무 생각 없이 달팽이나 벌레를 함부로 밟아버리거든요.[3]

잔학한 테러를 총지휘한 냉혈한으로 묘사되는 힘러의 말인데 성자의 말씀처럼 들린다. 인간의 수수께끼에 다시 한 번 놀라지 않을 수 없다. 이러한 수수께끼 앞에서 망연자실하면서도 우리들은 그러나 인문주의적인 꿈을 버리지 못한다. 버릴 수도 없다. 천하 대사의 정의로운 횃불은 개개인의 선의의 촛불의 뒷받침 없이는 허황된 호들갑에 지나지 못할 것이다.

---

2) H. M. Enzensberger, *Critical Essays*(Continuum, 1982), 제2부 제2장.
3) 같은 책.

숨어 있는 부호

엘리 엘리 라마 사박다니!
──예수 그리스도

　『구약』「욥기」가 간결직절하게 제기하고 있는 문제는 전지전능하고 자비로운 신(神)과 세계에 미만해 있는 재앙 및 인간 고통을 어떻게 화해시키느냐 하는 것이다. 타고난 혹은 사회적으로 마련된 특혜와 행운을 누리는 행복자들은 유리한 조건이 자기들에게 합당한 것이라고 자부하기 쉽다. 스스로 초래한 것이 아님이 분명한 부당한 재앙과 고통에 시달리는 불행 주체들은 왜 유독 자기에게만 감당하기 어려운 짐이 지워져 있느냐고 아파하지 않을 수가 없다. 숨어 있는 서양의 신은 입을 봉한 채 아무런 대답이 없다. 모든 것을 전생의 업보와 윤회로 설명하는 옛 인도의 교리는 일말의 합리성을 가지고 있는 듯이 보인다. 중국에 와서 포교했던 서양 선교사들이 부딪쳤던 가장 어려운 설득사항은 원죄에 관한 것이었다고 한다. 알지도 못하는 옛 조상이 저지른 죄과를 왜 애매한 후손이 갚아야 하는가라는 지상적·상식적 회의를 설복시키기가 가장 어려웠다는 것이다.

　이러한 지상적이고 회의적인 관점은 흔히 예수 그리스도의 마

119

"

지막 절규도 허술히 보지 않는다. 「마태복음」 27장에서 예수 그리스도의 최후는 이렇게 서술되어 있다. 〈제6시로부터 온 땅에 어두움이 임하여 제9시까지 계속하더니 제9시 즈음에 예수께서 크게 소리질러 가라사대 엘리 엘리 라마 사박다니 하시니 이는 곧 나의 하나님, 나의 하나님, 어찌하여 나를 버리셨나이까 하는 뜻이라……〉 예수의 마지막 말은 절망과 환멸의 외침이 아닌가? 그것은 그가 영락없이 사람의 아들임을 드러내는 육성의 증언이 아닌가? 하나님의 외아들 입에서 나오기에는 너무나 간곡한 원망의 소리가 아닌가?

그러나 이것은 터져나온 외침소리도 절망적인 호소도 아니다. 예수 그리스도는 단지 『구약』의 「시편」 구절을 인용하고 있었던 것이다. 경의에 값하는 우리 시대의 휴머니스트 토마스 만의 말을 빌리면, 그것은 〈내가 메시아〉라는 자기정체성의 선포이다.[1] 예수 그리스도가 인용하고 있는 것은 『구약』 「시편」의 첫 대목이다. 표준 새번역으로 읽으면 22편에는 이렇게 되어 있다.

나의 하나님, 나의 하나님, (1)
어찌하여 나를 버리십니까?
어찌하여 그리 멀리 계셔서,
살려 달라고 울부짖는 나의 간구를
듣지 아니하십니까?
나의 하나님, (2)
온종일 불러도
대답하지 않으시고

---

1) Thomas Mann, "Freud and the Future," in *Essays*(Vintage Books, 1957).

밤새도록 부르짖어도
모르는 체하십니다.
(중략)
주님을 경외하는 사람들아, (13)
너희는 그를 찬양하여라.
야곱의 모든 자손아,
그에게 영광을 돌려라.
이스라엘의 모든 자손아,
그를 경외하여라.
(중략)
그러나 나는(29)
주님을 위하여 살리니
내 자손이 주님을 섬기고(30)
후세의 자손도 주님이 누구신지 들어 알고,
아직 태어나지 않은 세대도(31)
주께서 하실 일을 말하면서
〈주께서 그의 백성을 구원하셨다〉
하고 선포할 것이다.

　〈엘리 엘리 라마 사박다니〉를 절망감에서 터져나온 자연스러운 하소라고 볼 것인가? 아니면 『구약』「시편」을 그대로 암송하고 있을 뿐이라고 볼 것인가? 혹은 「시편」을 인용하면서 심정을 토로하고 있는 것인가? 어떤 입장을 취할 것인가에 따라서 맥락 해석은 하늘과 땅 차이를 빚어낸다. 한 가지 분명한 것은 「시편」 22편에 보이는 첫 대목임을 알아보지 못할 때 그 해석이 피상적일 수밖에 없을 것이라는 점이다. 사람의 아들의 절망적인 절규라고 받아들이는 경우에도 사정은 다르지 않다. 예수의 최후의 목소리에는 두세 겹의 목소리와 울림이 배어 있는 것이다.

숨어 있는 인용부호

모든 사람의 발언에는 소속한 언어공동체의 관습과 가치관이 배어 있게 마련이다. 의식하든 의식하지 않든 모든 발언은 흉내요 대물림이요 선인의 인용임을 면치 못한다. 모든 말에는 사회의 때가 묻어 있기 때문이다. 〈역시 사랑이란 말은 하도 여러 사람의 입에 오르내리느라 옥희도씨를 향한 내 지극한 갈구를 담기에는 너무도 닳아 있었다…… 나는 별수없이 또 사랑이란 소리를 강조하면서 그와 나 사이엔 암만해도 딴 낱말이 필요하다고 느꼈다. 아무도 안 써본 슬프고 진한 어휘가.〉소설「나목(裸木)」의 여주인공이 절감하고 있는 말의 닳아 있음에 모든 시인은 민감하다. 시인은 〈아무도 안 써본 슬프고 진한 어휘를〉 추구한다. 그것을 극한으로까지 몰고 간 사람들이 상징주의 시인들이다. 닳아빠진 말에 절망하여 사회의 때가 묻지 않은 음악을 동경하고 그 언어 등가물(等價物)을 마련하려 독자적인 시적 모험을 감행한 것이다.
　그렇지만 때묻고 닳아빠진 언어는 시인에게 무한한 가능성을 열어주기도 한다. 모든 낱말에는 무수한 선인들이 발음하고 발언했다는 뜻에서 보이지 않는 인용부호가 숨어 있다. 사장(死藏)된 보이지 않는 인용부호를 특정 문맥에서 되살려 시인은 자기 언어에 풍부한 암시성과 두겹 세겹의 울림을 더할 수가 있다. 그리하여 때묻고 닳아빠진 말이 아무도 써보지 않은 슬프고 진한 어휘로 변용된다. 낯익은 것이 낯선 것으로 변하는 것이다. 보이지 않게

숨어 있는 인용부호를 보들레르의 산문시를 통해서 되살려보기로
한다.

——그대는 누구를 가장 사랑하는가? 수수께끼 같은 사내여. 아버
지인가, 어머니인가, 누이인가, 아니면 아우인가?

——내게는 아버지도 어머니도 누이도 아우도 없다.

——친구는?

——그대는 지금껏 내가 그 뜻도 모르는 말을 쓰고 있다.

——조국은?

——내 조국이 어느 위도 아래 있는지조차 모른다.

——美人은?

——불멸의 여신이라면 기꺼이 사랑하겠다.

——황금은?

——그대가 신을 증오하듯 난 그것을 증오한다.

——그렇다면 그대는 무엇을 사랑하는가? 불가사의한 이방인이여?

　　——난 구름을 사랑한다…… 저기 저 지나가는 구름을…… 저 신묘
한 구름을!

——보들레르, 「이방인」 전문

　　산문시집 『파리의 우울』 첫머리에 보이는 작품이다. 불투명성이
독단적 교의로까지 올려져 있다며 프랑스 상징주의 시를 혹독하게
비판했을 때 톨스토이가 그 사례로 거론한 작품 중의 하나가 이
작품이기도 하다. 보들레르가 나타내고 있는 감정은 불량하고 극
히 저급한 것이라고 톨스토이는 말한다. 그리고 이러한 감정이 언
제나 의도적으로 괴팍하고 불투명하게 표현된다는 것이다. 이러한
계획적인 불투명성은 의지만 있다면 평명(平明)하게 말할 수 있는
산문 속에서 더욱 두드러진다며 첫번째 사례로 든 것이 바로 「이
방인」이다.[2] 보들레르 자신의 자화상이라고 할 수도 있는 이 작품
이 톨스토이가 규탄하다시피 한 불투명성을 특징으로 하고 있는
것은 아니다. 톨스토이 만년의 과격한 독단론이 빚어낸 불신 아닌
이해의 자발적 유보현상일 것이다. 그렇지만 이 작품에 내장되어
있는 보이지 않는 인용부호를 되살려본다면 불량하고 저급한 감정
이라고 혹평한 톨스토이의 불편한 심기를 이해하는 것이 한결 용
이해질 것이다.

　　대화체로 되어 있는 이 작품에서 원한다면 우리는 예수 그리스
도의 말이 얼마쯤 바뀌어 나타나고 있음을 알아볼 수 있다.[3] 가장
사랑하는 사람을 묻고 있는 첫 질문과 이에 대한 대답에서 복음서
의 대목을 떠올리는 것은 성서와 친숙한 서구의 지적 전통 아래서

---

2) Leo Tolstoy, *What Is Art?* (The Liberal Arts Press, 1960), 제10장.
3) 보들레르, 윤영애 옮김, 『파리의 우울』(민음사, 1979). 이 역시집에도 상세
　　한 주석이 붙어 있으니 참고하기 바란다.

는 자연스러운 일일 것이다. 「마태복음」 12장 48절에는 이렇게 적혀 있다. 〈예수께서, 그 말을 전해준 사람에게 '누가 나의 어머니며, 누가 나의 형제들이냐?' 하고 말씀하셨다.〉 또 같은 복음서 10장 37절은 이렇게 되어 있다. 〈나보다 아버지나 어머니를 더 사랑하는 사람은 내게 적합하지 않고, 나보다 아들이나 딸을 더 사랑하는 사람도 내게 적합하지 않다.〉 그런가 하면 황금에 관한 질문과 대답은 다시 「마태복음」의 19장 21절을 연상하게 한다. 〈예수께서 그에게 말씀하셨다. '네가 완전한 사람이 되고자 하거든, 가서 네 소유를 팔아서, 가난한 사람에게 주어라.'〉 「마태복음」의 대목을 떠올리면서 보이지 않는 인용부호를 찾아낸다는 것은 보들레르가 반드시 그것을 의식하고 시쓰기와 운필(運筆)에 임했다는 것을 뜻하지 않는다. 의도적인 인유(引喩)든 아니든 복음서의 대목이 잠재의식의 수준에서 잠복해 있다가 집필과정에서 명시화되었다는 가능성을 지적해 두는 것일 뿐이다. 복음서의 대목이 시인에 의해서 희롱조로 뒤틀려 인용되었다는 것은 자기의 신앙을 복음서에 준거하고 있던 늘그막의 톨스토이에게는 특히 불량하고 저급한 일로 비쳤을 것이다.

가족과도 친구와도 조국과도 담을 쌓고 또 황금 송아지도 거부하면서 불멸의 여인을 사랑하겠다는 유미적 예술가는 보들레르만이 구현하고 있는 것은 아니다. 그보다 뒷세대인 제임스 조이스의 생애도 예술 창조를 위해서 가족과 조국과 종교를 등진 살아 있는 실례이기도 하다. 근대사회의 소외된 예술가를 극명하게 정의해 주고 있는 「이방인」은 산문시이기 때문에 우리에게는 가장 이해하기 쉬운 보들레르 시편이기도 하다. 복음서에 대한 암묵적 언급을 도외시하더라도 우리들의 작품 이해에 결정적인 장애가 되지는 않는다. 그러나 보이지 않는 인용부호를 감득하는 것은 작품의 의미를 더욱 극명하게 해줄 것이다. 유미주의나 심미주의가 서구 근대에서 일종의 종교의 대용품 구실을 했다는 사실을 실감시켜 주는 계기가 되어주기도 할 것이다. 훈련된 문학독자의 소양의 하나는 이렇게 보이지 않는 인용부호의 자리에서 희미한 부호의 윤곽을 찾아내어 겹친 목소리를 감지하는 능력일 것이다.

문학적 과거와 그 의식

말의 성격상 또 시가 시를 낳는다는 성격상 모든 시는 알게 모르게 선행 시편을 딛고 서 있게 마련이다. 이르는바 상호 텍스트성이나 대화이론이라는 이름으로 검토되고 있는 언어와 문학의 국면은 문학 소양의 기초의 하나를 이루고 있으며 시인들이 의지하고 있던 전통이요 관습이었다. 차이점이 있다면 그것을 의식적 혹은 적극적으로 활용하느냐 않느냐의 여부일 것이다. 시 전통을 강렬하게 의식하는 입장, 엘리엇이 역사의식이라고 특정적으로 명명하고 있는 것은 상호 텍스트성을 의식하면서 그 기초 위에서 시작에 임한다는 것에 지나지 않는다. 엘리엇에 대한 비평적 동의가 확립되지 않았던 시기에 그가 표절시인이라는 펌훼를 받곤 했다는 사실은 결코 우연이 아니다. 인유에의 의도적인 의존을 독자들이 간과했던 것이다. 하기야 서투른 시인은 모방하고 능란한 시인은 훔친다고 했으니 표절시인이란 펌훼가 그의 경우 실은 능란한 시인이라는 찬사가 되는 것인지도 모른다.

　　그러나 나는 때때로 등뒤에서
　　자동차의 경적과 모터 소리를 듣는다.

이 차는 봄에 스위니를 싣고
포터 부인에게로 갈 것이다.

「황무지」의 제3부 〈불의 설교〉에 나오는 위엣구절에 대해 시인 자신이 주석을 통해서 앤드루 마블의 「수줍어하는 애인에게」를 참조하라고 덧붙이고 있다.

그러나 나는 등뒤에서 항시 듣는다.
시간의 날개 달린 戰車가 황급히 다가오는 것을.
그리고 우리 앞에는 저기
광막한 영원의 사막이 놓여 있다.

영시의 보석 중의 하나라는 평가를 받아온 마블의 시는 과장과 대담하고도 기발한 비유를 통해서 여성을 꼬이는 유혹의 시다. 시간이 무궁무진하다면 문제될 것 없지만 관능적 희열에의 초대에 불응한다는 것은 큰 죄라고 화자는 말한다. 시간은 날개 달린 전차로 비유되어 그 다가오는 소리가 박진감을 얻는다. 흐르는 물과 같다는 동양의 유서 깊은 비유와는 성질을 달리하는 섬뜩한 역동성이 있다. 죽은 후의 영원한 시간이 광막한 사막으로 비유되어 있는 것도 화자의 장난기 섞인 조급함을 실감나게 전해 준다. 이러한 17세기 형이상파 시인의 황당하리만큼 핍진성 있는 세계 옆에 엘리엇은 20세기의 경적소리와 자동차소리를 도입한다. 사라져 간 시대의 화려한 수사학을 배경으로 해서 드러나는 런던의 모습은 너무나 맥빠지고 건조해 보인다. 과장되었을망정 휘황한 17세기와 불모의 근대도시가 일으키는 대조의 효과는 겉보기보다 한결 충격적이다. 은은하게 배어 있는 정열과 위축된 관능의 대조도 작품 전체를 고려할 때 두드러진다. 두 줄의 시행을 통해서 훨씬 많은 시행의 결집력을 얻고 있는 것이다. 세심한 독자들은 두겹 세겹의 목소리를 감득하게 된다.

엘리엇처럼 의식적으로 또 적극적으로 인유에 의존하지 않은 경우에도 상호 텍스트성이 빚어내는 효과는 시와 문학의 상례이다. 서정적 표출보다 일정한 논의를 펼치는 경우 결과적으로 인유에의 의존도가 높아진다고 할 수 있다. 〈존재의 거대한 연쇄〉란 생각을 논술하고 있는 18세기 영국 시인 알렉산더 포프의 「인간론」은 그 점 편리한 사례를 제공해 준다.

> 그러니 네 자신을 알라
> 감히 신에 대해 시비하지 말라
> 인간의 적정한 연구대상은 인간이다.

〈인간의 적정한 연구대상은 인간이다〉란 생각은 인문주의의 핵심적 사상이라고 할 수 있다. 기원전 2세기의 테렌티우스는 〈나는 인간이다. 인간적인 것치고 내게 무관계한 것은 없다고 생각된다〉는 말을 남겼다. 16세기의 프랑스 성직자이자 철학자인 피에르 샤롱은 〈인간의 참다운 학문과 참다운 연구대상은 곧 인간이다〉란 말을 『지혜에 관해서』란 책에 적고 있다. 포프가 한 일은 이러한 생각을 보다 간결하고 선명하게 요약한 것일 뿐이다.[4]

> 진리의 유일한 판단자이면서 끝없는 오류 속으로 던져지니
> 세계의 영광이자 조롱감이자 수수께끼이다.

---

4) A. D. Nuttal, *Pope's 'Essay on Man'* (Allen & Unwin, 1984), 제3장.

파스칼은 〈인간이 우주의 영광이자 허드레〉라고 말했다. 허드레 대신에 조롱감이라고 포프는 썼다. 조롱감이라고 함으로써 어떤 가벼운 장난기를 도입했지만 영광과 대조적이란 점에서는 큰 차이가 없다. 포프의 당대 독자들이 샤롱이나 파스칼을 알고 있었을 개연성은 아주 높다. 〈존재의 거대한 연쇄〉란 생각 자체가 포프의 창의적 소산이 아니다. 유럽에 널리 퍼져 있던 생각을 포프는 재기발랄하게 종횡무진으로 논증하고 있는 것이다. 그리고 「인간론」의 거의 모든 시행은 이렇게 선행 시편이나 저작에 의존하고 있다. 혹은 선행 저작이나 시편의 대목을 딛고 서 있다. 따라서 시의 목소리는 두겹 세겹의 울림을 가지고 있다. 그 울림을 빠뜨리지 않고 포착하는 것이 훈련된 혹은 성숙한 독자의 수용방식인 것이다. 시읽기의 즐거움은 그만큼 실한 것이 된다.

시인이 비판적인 관점에서 선행 작품을 활용하는 일도 물론 드물지 않다. 이때 인유는 매우 축약적이고 경제적인 장치가 된다. 가령 우리는 임화의 대목을 참조할 수 있다.

이 바다 물결은
예부터 높다.

그렇지만 우리 靑年들은
두려움보다 勇氣가 앞섰다.
山불이
어린 사슴들을
거친 들로 내몰은게다.
(중략)
아무러기로 靑年들이

平安이나 幸福을 구하여,
이 바다 험한 물결위에 올랐겠는가?

첫번 航路에 담배를 배우고,
둘째번 航路에 연애를 배우고,
그 다음 航路에 돈맛을 익힌 것은,
하나도 우리 靑年이 아니었다.

──임화, 「玄海灘」

　임화의 시는 대개 선이 굵고 우리 쪽의 기준으로서는 호흡이 긴 편이다. 「현해탄」은 이러한 임화 시의 경향이 잘 나타나 있는 작품으로서 작자도 애착을 가졌던 듯 시집의 표제로 삼고 있기도 하다. 시대의 고뇌에 충실하려 했던 그의 시적 성취가 그리 단단한 것도 드높은 것도 아니다. 〈먼 먼 앞의 어느날/우리들의 괴로운 역사와 더불어/그대들의 불행한 生涯와 숨은 이름이/커다랗게 記錄될것을 나는 안다〉는 구절에 엿보이듯 젊은 날의 그는 미래에 대한 낙관적 믿음을 간직하고 있었다. 앞서 인용한 마지막 넉 줄이 정지용의 시행을 딛고 있음은 분명하다.

火筒옆 사닥다리에 나란히
濟州道 사투리 하는 이와 아주 친했다.

스물한살 적 첫 航路에
연애보담 담배를 먼저 배웠다.

──「다시 海峽」

임화는 시인으로서 정지용과는 대척적인 위치에 있었다. 또 실제 비평의 자리에서도 정지용에 대해서는 매우 비판적이었다. 가령 〈혼란이 내방하고 많은 시인들은 집잃은 어린아이들처럼 방황하였다. 이 동안의 에어 포켓을 메운 사람은 지용이라도 좋고 혹은 누구라도 무관한 일이다〉라고 말함으로써 그의 시사적(詩史的) 위치를 있으나 마나했던 것으로 격하하고 있다.[5] 그러한 임화의 비판적 관점은 「현해탄」의 인유에서도 선명하게 드러난다. 담배와 연애에 임화는 돈맛을 추가하고 있지만 이러한 사적 영역에 골몰하는 부류는 그의 눈에는 전형적인 조선청년이 아니었다. 〈하나도 우리 靑年이 아니었다〉고 적음으로써 정지용의 시세계가 당대 현실에서 동떨어져 있다고 비판하는 동시에 〈希望을 안고 건너가/결의를 가지고 돌아왔다〉는 청년들을 앞세워 이들을 통해 당대 사회 현실을 전경화(前景化)시킨다. 특별히 매력 있는 시편은 아니나 그냥 읽을 만한 「다시 해협」의 세계가 임화 시의 맥락 속에서는 지극히 옹졸하고 한심스러운 평안이나 안락의 세계로 드러난다. 현실에서도 그러한가 하는 것은 별개의 문제일 것이다. 이르는바 소시민적인 행복 추구는 「현해탄」에서 준열하게 폄하되고 있지만 지용 시를 그러한 범주의 문학으로 격하시키는 효과를 인유가 발휘하는 것이다. 담배와 연애라는 당초의 맥락에 〈돈맛〉을 추가한 것이 그 효과에 크게 기여한다. 임화의 정지용 비판은 다른 시편에도 보인다.

그대 소식 나는 알 길이 없구나!

---

5) 임화, 「시단의 신세대」, 『문학의 논리』(학예사, 1940). 그러나 위의 대목은 점잖은 것이고 아주 혹독한 발언이 많다. 가령 〈하나의 어린 자식의 죽음을 만 사람의 동포의 死와 불행보다 아프게 정감하는 '영혼'과 '감성'에 대하여 나는 금할 수 없는 적의를 느낀다〉는 대목도 보인다(같은 책의 「기교파와 조선시단」 참조). 정지용의 시 「유리창」에 대한 언급일 것이다.

어느 누군 사랑에 입맛도 잃는다더라만,
이 바다 위 그대를 생각함조차 부끄럽다.

——「밤 甲板위」

시집 『현해탄』에는 실제 현해탄을 배경으로 한 시편들이 아주
많다. 위엣작품도 그중의 하나다. 위의 인용시행이 〈사랑을 위하
얀 입맛도 잃는다〉는 「또 하나 다른 태양」 속의 구절을 빈정댄 것
임은 분명하다. 시와 종교를 아울러 비판하고 있는 일거양득의 솜
씨다. 임화가 정지용을 그만큼 의식하고 있었다는 것은 지용 시를
인정했다는 반증이 될지도 모른다. 「현해탄」을 위시한 몇 편의 임
화 시는 대중집회의 낭독시로서는 어느 정도 규격을 갖추고 있다
고 생각된다.

누구나 歷史의 거센 물가로 닥아서지 않으면
영원히 진리의 방랑자로 죽어버릴지 누가 알것인가?
青年의 누가 과연 이것을 참겠는가? 두말 말고 江가로 가자.
넓고 자유로운 바다로 소리쳐 흘러가는 저 江가로!

——「江가로 가자」

임화 시에 가장 빈번히 출몰하는 낱말은 청년이다. 현해탄을 다
룬 시편에서는 특히 그러하다. 식민지 현실의 변혁 담당자로 상정
되어 있는 〈청년〉은 동시에 이 땅의 양심을 가리키기도 한다. 시
인 임화가 독자로 상정하고 호소한 것도 이러한 〈청년〉들에게일
것이다. 그렇지만 시인으로서의 임화는 청년기를 넘어서서 시적
성숙에 이르지는 못했다. 「수향」「현해탄」「우리 오빠와 화로」 등
몇 편을 우리는 계속해서 시로 읽을 것이다. 그러나 대부분의 시

는 일제 식민지하의 깨어 있던 지식인의식의 실증적 자료 이상의
홀로서기 가치는 없어 보인다. 시인을 판단하는 평가자료는 어디
까지나 시요 글이다. 그 밖의 어떠한 것도 질적 빈곤이라는 문학
적 죄과의 면책사유가 되지 못한다. 그의 작품 속에 언뜻언뜻 비
치는 병고와 병마는 독자의 가슴을 뻐근하게 한다. 그의 평탄치
못했던 생애와 무위로 끝난 〈투쟁경력〉의 도로(徒勞) 또한 우리의
마음을 아프게 한다. 그러나 위로받아 마땅한 그의 삶의 역정이
미숙한 시를 기억할 만한 시로 올려놓지는 못한다. 사상가와 혁명
가로서의 엄청난 무게가 청년 마르크스가 써서 남긴 몇 편의 습작
적 졸작을 시로 올려주지 못하는 것과 같다. 모든 정성을 시에 바
치지 않은 시인에게 뮤즈는 영락없이 앙갚음한다. 높은 뜻을 빙자
해서 광대짓하며 어리광을 떠는 아마추어 시정신은 독자들의 호응
을 받지 못한다. 앞으로는 설 자리도 없을 것이다. 임화로서는 식
민지 현실의 반영을 위한 조처였지만 시집 표제 현해탄이 일본말
이라는 것은 시인으로서의 그의 한계를 시사한다고 생각된다. 정
지용의 「해협」과 임화의 「현해탄」은 같은 지점인데 표제로서는 뜻
깊은 대조를 이룬다. 「진달래꽃」 「님의 침묵」 「백록담」 「사슴」
「낡은 집」 「하늘과 바람과 별과 시」 등과 나란히 놓고 볼 때 표제
만으로도 끼울린다. 이름은 상징이요 시집 표제의 선택은 상징의
선택이다. 현해탄은 이 땅의 모든 청년이 건너간 바다가 아니었
다. 「현해탄」의 청년은 성숙에 이르지 못한 채 구호에 매달려 있
는 감상적 미성년이다.
　비판적 인유의 사례는 근래의 작품에서도 심심치 않게 발견된
다. 시가 시를 낳는다는 원리를 생각할 때 이것은 자연스러운 일
이기도 하다. 어떻게 보면 예술작품은 선행 작품을 밑그림으로 해
서 겹쳐놓는 두겹 세겹의 겹그림에 비유할 수도 있을 것이다. 우

리는 아주 짤막한 시편을 골라서 읽어볼 것이다.

　　저 얼어붙은
　　무한천공 위에서
　　곤두박혀 떨어져내리는
　　쌩쌩한 눈보라

　　그 어디메
　　새 한 마리 날아가더냐?

——민영, 「凍天」

　쌩쌩하게 눈보라치는 언 하늘에 새 한 마리 보이지 않는다는 소
묘적인 소품이다. 오싹하게 하는 한기를 감득하면서 독자들은 이
소품이 단순한 기상(氣象) 소묘 이상의 것을 나타내고 있다고 생
각하게 될 것이다. 혹독한 눈보라 속에서 새 한 마리 날지 않는
것을 지적하는 화자의 기개 같은 것을 느낄 것이다. 이러한 막연
한 느낌은 이 소품이 잘 알려진 선행 시편을 딛고 있다는 것을 확
인할 때 보다 분명한 것으로 드러난다.

　　내 마음 속 우리님의 고은 눈섭을
　　즈문밤의 꿈으로 맑게 씻어서
　　하늘에다 옴기어 심어 놨더니
　　동지 섣달 나르는 매서운 새가
　　그걸 알고 시늉하며 비끼어 가네

——서정주, 「冬天」

〈반달 같은 눈썹〉이라는 직유는 우리가 옛 소설이나 민담을 접할 때 흔히 보게 되는 전통적 수사법의 하나이다. 비슷한 것에 〈외씨 같은 버선〉〈고사리 같은 손〉 등이 있다. 위의 작품에서는 이 옛 수사법이 〈눈썹 같은 반달〉로 역전되어 있고 아예 반달을 눈썹으로 만들어놓고 있다. 겨울하늘에 걸려 있는 반달은 마음속에서 그리는 임의 눈썹으로서 화자가 오랜 세월 동안 꿈으로 씻어서 하늘에 심어놓은 것인데 겨울새가 이를 알고 피해 간다는 것이다. 외국시에서 말하는 형이상파적 기상(奇想)의 한 사례라 할 수 있는데 그 기초가 되어 있는 것은 앞서 말한 전통적 비유법이다. 하늘을 나는 새와 반달이라는 그림 모티프가 시인의 상상력에 의해서 독창적인 심상 풍경으로 변용되어 있다. 가령 한안(寒雁) 같은 것은 현대 동양화 같은 데서 낯익은 것이지만 이 기본적 구도가 전통적 비유법의 교묘한 활용을 통해 위의 작품으로 완결된 것이다. 화자의 말을 액면 그대로 받아들일 독자는 없을 것이다. 사실 진술이 아니라는 점에 작품의 묘미가 있다. 꾸미고 만들어내는 것이야말로 예술이나 문학의 한 속성이다.

그런데 바로 이러한 기발한 상상적 변용에 대해서 민영의 「동천」은 반발하는 것이다. 눈보라 치는 겨울 하늘에 새 한 마리 날지 않는다고 지적하는데 그것은 힐난에 가까운 어조이다. 민영은 미당 시가 보여주고 있는 사실세계의 상상적 변용에 대해서 비판적인 입장을 보여준다. 따라서 사실세계에 대한 경험적 충실성을 존중하는 입장이며 그것은 자연히 사회현실에 대한 직접적인 관심으로 이어진다. 민영 작품 속의 눈보라는 물리현상이면서 동시에 사회현실에 대한 우의적 소도구가 되어 있는 셈이다. 민영의 「동천」은 미당의 「동천」을 일변 비판하면서 미당의 시세계와 접근법을 풍자하고 있다. 미당의 밑그림에 겹쳐놓은 의문부호인 셈이다.

미당의 밑그림을 알지 못할 때 민영 작품은 문자 그대로 단순한 소묘로밖에 비치지 않을 것이다. 미당의 「동천」이 같은 이름의 미당시집 첫머리에 수록되어 있으며 민영의 「동천」역시 민영 시집 『엉겅퀴꽃』 첫머리에 수록되어 있다는 것도 참고할 만한 사안 이다.

세계 병원

우리는 위에서 문학적 과거를 어느 정도 적극적 혹은 의식적으 로 활용한 사례를 검토해 보았다. 어느 정도라고 한 것은 검증할 길 없는 추정사항이기 때문에 덧붙인 단서일 뿐이다. 작자의 의도 와 관계없이 우리는 주체적 독자의 입장에서 문학적 과거와 현재 의 공존을 살펴보기로 한다.

살구나무 그늘로 얼굴을 가리고, 病院뒤뜰에 누워, 젊은 女子가 흰 옷 아래로 하얀 다리를 드러내 놓고 日光浴을 한다. 한나절이 기울도 록 가슴을 앓는다는 이 女子를 찾아오는 이, 나비 한마리도 없다. 슬 프지도 않은 살구나무 가지에는 바람조차 없다.

나도 모를 아픔을 오래 참다 처음으로 이 곳에 찾아왔다. 그러나 나의 늙은 의사는 젊은이의 病을 모른다. 나한테는 病이 없다고 한다. 이 지나친 試鍊, 이 지나친 疲勞, 나는 성내서는 안 된다.

女子는 자리에서 일어나 옷깃을 여미고 花壇에서 금잔화 한 포기를 따 가슴에 꽂고 病室안으로 사라진다. 나는 그 女子의 健康이 —— 아니 내 健康도 속히 回復되기를 바라며 그가 누웠던 자리에 누워본다.
——윤동주, 「病院」 전문

젊은 여성이 하얀 다리를 드러낸 채 일광욕을 하는 장면은 매우 인상적인 그림이 되어 있는데 제법 그럴싸한 근대식 병원의 정경 도입이다. 폐결핵을 앓는 여성환자의 홀로 있음이 찾아오지 않는 나비와 바람기조차 없는 살구나무를 통해서 더욱 선명해진다. 군더더기가 없는 고전적 간결성이 특징이다. 화자와 의사와의 대면에서 작품은 절정에 이른다. 병이 없다고 하는 늙은 의사의 진단에 화자는 시련과 피로를 경험한다. 세대간의 이해 단절에서부터 인간 사이의 근본적인 소통 단절에 이르는 많은 것의 집약적인 암시이다. 실제로 젊은 화자는 육체의 질환 없는 신경증 환자일지도 모른다. 혹은 늙은 의사의 역부족이 젊은 환자의 골병을 간과하는 것인지도 모른다. 어쨌건 젊은 화자는 찾아간 병원에서 아픔의 정체 확인보다는 몰이해의 시련만을 경험한다. 그는 여성환자가 누웠던 자리에 누워보며 그녀와 자신의 건강 회복을 바라본다. 피곤한 화자는 일광욕을 즐길 수 있는 여성환자가 부러웠던 것이다. 지금 그에게 필요한 것은 요양이나 입원이 아니라 휴식일는지도 모른다. 어쨌거나 도입부와 종결부는 화자와 의사의 대면과 그 자초지종에 현실감을 부여하기 위한 상황 세목이라 보아도 틀림이 없을 것이다. 중요한 것은 화자의 시련과 피로이다.

윤동주 자신은 한때 간행되지 않은 초고시집의 표제를 〈병원〉이라고 구상했었다고 한다. 세상이 환자투성이의 병원이라고 생각되었기 때문이었다고 한다. 이 세계를 무대라고 생각하는 관점은 고전고대부터 있어온 유서 깊은 것이다. 병원이라는 제도는 근대의 소산이기 때문에 세계를 병원이라고 간주하는 생각은 그리 오래된 것은 아니다. 걸출한 산문가이자 의사였던 17세기 영국인 토머스 브라운은 『의사의 신앙』이란 책에서 〈이 세상은 객주집이 아니라 병원이라고 나는 생각한다. 사는 곳이 아니라 죽는 곳이란 말이다〉라고 적고 있다. 보들레르도 산문시 「이 세상 밖이라면 어느 곳에나」에서 삶을 병원에 비유하고 있다.

인생은 환자들이 제가끔 침대를 바꿔 눕고 싶어하는 욕망에 들린 하나의 병원이다. 어떤 환자는 난로 앞에 누워 괴로워하고 싶어하는가 하면 어떤 환자는 창문 옆자리라면 회복이 되리라고 믿고 있다.
내게는 내가 현재 자리하고 있는 곳이 아닌 다른 곳에서라면 항상 만사가 좋으리라고 생각된다. 이 자리를 바꾸는 문제가 바로 내가 나의 영혼과 끊임없이 논쟁하는 문제 중의 하나이다.

드물게 〈Anywhere out of the World〉란 영어 표제로 되어 있는 이 산문시는 보들레르가 되풀이 노래한 모티프의 하나인 탈출과 출발지향의 작품이다. 마지막 끝내기에서 영혼은 〈어디라도 좋다! 이 세상 밖이기만 하다면!〉 하고 외친다. 환자들이 침대를 바꿔보고 싶어하는 병원으로 삶을 파악하고 있는데 환자를 부러워하는 건강인도 있는 법이다. 깨끗한 병실에서 보호받고 누워 있는 환자가 부럽기도 했던 경험은 누구에게나 있다. 그 휴식과 타인의 배려와 행방이 묘연한 환자의 탐욕과 악의의 교호(交互)작용이 매력 있기 때문이었을 것이다. 윤동주 「병원」의 화자도 젊은 여성이 누웠던 자리에 가서 누워본다. 그것은 관능적 동작이기도 하지만 피로한 화자의 요양환자 선망과도 관련될 것이다. 알아주는 이 없다는 젊은이의 시련에도 불구하고 윤동주의 「병원」은 절망적으로 어두운 세계가 아니다. 그것은 화자의 젊음에서 오는 것이기도 할 것이다. 그는 화를 내지 않는다. 보들레르의 산문시에서 화자의 영혼은 〈폭발하여〉 절규한다. 보들레르가 죽은 해인 1867년 사후에 발표되었으니 최만년(最晩年)의 작품이다. 〈나는 천 년을 살았던 것보다 더 많은 기억을 가지고 있다〉고 보들레르는 「우울」이라는 『악의 꽃』 시편에서 적고 있다. 「이 세상 밖이라면 어느 곳에나」에는 죽음에의 소망이 거의 명시적으로 드러나 있다. 이와 견주어볼 때 윤동주의 「병원」은 건강하다. 행복의 예감조차 담고 있다. 비록 폐결핵 환자라 하더라도 젊은 여성이 등장하는 것과 관련될 것이다.

유명한 릴케의 「말테의 수기」에서도 근대도시는 병원인 양 제시된다. 〈그렇다. 사람들은 살기 위하여 이곳으로 온다. 그렇지만 여기 와서 죽는다는 생각이 들었다. 외출을 하였다. 내가 본 것은 병원들이었다.〉 수기는 이렇게 시작한다. 파리로 온 지 3주일밖에 지나지 않았는데 몇 해가 지난 것 같은 느낌이 든다. 말테는 편지를 쓰려다가 만다. 〈내가 변하고 있다고 전하는 것이 무슨 소용이 있는가? 내가 변하고 있다면 나는 분명 옛날의 내가 아니다. 그리고 내가 종전의 내가 아니라면 아는 사람이 없다는 것도 분명하다. 나를 알지 못하는 낯선 사람들에게 편지쓰기는 불가능하다.〉 스물여덟 살 된 이 청년이 매우 섬세하고 민감한 심성의 소유자라는 것은 곧 드러난다. 이르는바 병적인 섬세함이요 민감성이다. 이 청년도 병원을 찾아갔다. 〈의사는 나를 이해하지 못하였다……그들은 전기치료해 보길 원하였다. 좋다. 나는 종이쪽지를 건네받았다.〉 가끔 발열증세를 갖고 있는 말테는 자기 병에 대해서 이렇게 적고 있다. 〈내 병으로 말하면 아주 이상한 증세를 일으킨다. 내 병이 과소평가되고 있다고 확신한다. 다른 질병의 중요성이 과장되어 있듯이 말이다. 이 병은 이렇다 할 특징이 없다. 환자의 특징에 따라 다르다.〉이렇듯이 말테의 병도 의사가 알지 못하는 병이다. 그것은 젊음과 외로움과 도시에서 생겨난 병이다. 그것은 자의식의 병이다. 건강할 때 우리는 우리의 육체를 의식하지 않는다. 창자와 송곳니와 어깨와 허리를 의식하지 않는다. 병은 육체의 의식이다. 혹은 육체기관의 명령 불복종이다. 따라서 과도한 자의식도 질병이요 말테나 윤동주의 화자가 앓고 있는 것도 이러한 병일 것이다. 릴케에게 있어 파리는 병원이었다. 말테는 파리로 감으로써 자동적으로 환자로 편입된다. 미구에 그도 천 년을 산 것보다 더 많은 기억을 갖게 될 것이다.

　체호프의 걸작 중편소설 「6호실」에서 병원은 감옥과 가까운 거리에 있다. 성직자가 되고 싶었으나 의사가 되지 않으면 부자 관계를 끊겠다는 의사아버지의 강권에 못이겨 의사가 된 안드레이 예피미치는 성실하고 독서를 좋아하는 위인이었다. 또 이성과 정직을 열렬히 사랑했다. 부패와 타락에 찌든 시골 소도시에서 그의 정직과 양식은 도리어 일탈로 간주되어 마침내 자기가 의사로 근무하는 병원의 정신병 환자실에 수용된다. 밖에 내보내달라는 호소 때문에 구타까지 당한 그는 뇌졸중으로 사망한다. 그의 장례식에 참례한 사람은 단 두 사람뿐이었다. 숨막히는 체호프의 「6호실」에서 사회는 병원으로 드러난다. 그것도 정신병원이다. 의사 자신이 환자로 수용되는 이 병원에서 치유와 구원은 불가능한 것으로 나타난다. 「6호실」은 기막히는 상황이다. 한 걸음 더 나아가 우리는 또 토마스 만의 압도적인 「마의 산」을 추가할 수도 있을 것이다. 스위스 고산지대에 있는 결핵요양소는 그대로 1차대전 이전 유럽 시민사회의 상징이자 축도가 되어 있다. 또한 이 요양소에서 일어나는 일은 모두 가시적인 것 이상의 사회적 개인적 의미를 띠고 있다.

윤동주의 「병원」은 토머스 브라운과 보들레르와 체호프와 릴케의 세계로 우리를 인도한다. 엷게든 진하게든 이들은 세계가 병원이며 우리는 이해받지 못하는 환자라는 공통인식을 나누어 갖고 있다. 윤동주의 「병원」은 그래도 가장 가볼 만한 곳으로 드러난다. 그것은 「태양을 사모하는」 그의 향일성(向日性)과 연관될 것이다.

가슴 속에 하나 둘 새겨지는 별을
이제 다 못헤는 것은
쉬이 아침이 오는 까닭이오,
來日 밤이 남은 까닭이오,
아직 나의 靑春이 다하지 않은 까닭입니다.
(중략)

나는 무엇인지 그리워
이 많은 별빛이 내린 언덕 위에
내 이름자를 써보고,
흙으로 덮어버리었습니다.

딴은 밤을 새워 우는 벌레는
부끄러워 이름을 슬퍼하는 까닭입니다.

그러나 겨울이 지나고 나의 별에도 봄이 오면
무덤우에 파란 잔디가 피어나듯이
내 이름자 묻힌 언덕우에도
자랑처럼 풀이 무성할게외다.

——「별 헤는 밤」

모티프의 유사성을 설명하는 이론의 하나에 쿠르티우스의 토포이topoi란 개념이 있다. 고대의 수사학자들은 공적인 토론에 임할 때 토론 때의 논거가 될 만한 설득력 있는 사례들을 수집하라는 권고를 받았다. 어떠한 경우에도 즉각적인 응답을 할 수 있도록 대비하기 위해서였다. 이들이 수집한 사례들은 loci communes(공통되는 장소)라 하였다. 영어의 commonplace란 단어는 앞에 적은 라틴말의 단수형을 그대로 영어로 옮겨놓은 것이다. 참고나 인용을 위해서 중요하다고 표시해 둔 글이나 책 속의 개소(個所) 혹은 대목의 뜻이다. 이런 대목이 되풀이 인용되어 인구에 회자되다 보니 자연 평범 진부해지고 말았다. 그래서 평범하다는 뜻을 갖게 된 것이다. 이렇게 수집된 화제의 사례를 쿠르티우스는 토포스(복수는 토포이)라 부른다. 세계가 무대라는 것도 토포스의 하나로서, 플라톤에서 셰익스피어를 걸쳐 지금껏 누누이 활용되고 있다. 그는 모티프의 유사성을 토포이의 의식적인 모방의 결과라고 하면서 문학적 연속성의 이론을 세운다.[6]

의식적인 모방의 측면도 있을 것이다. 그러나 무의식적인 국면이 더 클 것이다. 또 우연의 일치인 경우도 많을 것이다. 전파이론에 의해서 설명될 수 없는 모티프나 표현이나 이미지의 유사성은 너무나 많다. 그것을 획일적으로 영향관계로 추적하는 것에는 무리가 따른다. 중요한 것은 유사한 모티프나 표현이 특정 맥락에서 얼마만큼 유효성을 발휘하느냐 하는 점이다.

　　이브가 解産하는 수고를 다하면

---

6) K. K. Ruthven, *Critical Assumptions*(Cambridge University Press, 1979), 제8장.

無花果 잎사귀로 부끄런 데를 가리고

나는 이마에 땀을 흘려야겠다.

──윤동주, 「또 太初의 아침」

〈부끄런 데〉는 치부(恥部)를 그대로 옮긴 것이다. 그런데 〈형제여, 내가 부끄러운데를 싸매였으니/그대는 코를 불으라〉란 대목이 정지용의 「말 1」에 보인다. 정지용 이후 언어에 대한 시인들의 태도가 크게 바뀌었다. 좋은 쪽으로의 이러한 변화에 윤동주도 당연히 동참하였다. 사소하지만 위의 표현에서도 지용의 영향이 보인다. 그러나 그것을 모방이나 실례로 보는 것은 편협한 관점일 것이다.

보르헤스의 유쾌한 비평적 소품인 「카프카와 그의 선배들」이란 에세이는 편협한 호사적(好事的) 관심을 겨냥한 것이다. 처음 그는 카프카를 불사조처럼 유례없는 단독자같이 생각했다. 그러나 카프카의 문학적 선구자에 대한 연구에 착수한 그는 여러 시대와 나라에 걸친 문학 텍스트에서 카프카의 목소리와 글솜씨를 발견하게 되어 그중 몇 가지를 소개한다는 취지의 글이다. 제노·한유(韓愈)·키에르케고르·브라우닝 등이 이를테면 카프카의 선배들이다. 보르헤스는 사례를 구체적으로 들고 있지만 모두 지어낸 농담이다. 결론 부분에서 다시 한 번 독자들을 유쾌하게 해준다.

비평가의 어휘 속에서 선배란 말은 필요불가결하다. 그렇지만 이 말에서 논쟁이나 경쟁의 함의는 말끔하게 씻어내야 한다. 사실은 모든 작가가 자기자신의 선배를 만들어내는 것이다. 작가의 작품은 우리의 과거관을 수정한다. 미래를 수정하게 되듯이. 이러한 상관관계 속에서

숨어 있는 부호　143

관련된 작가가 복수인가 특정인가 하는 것은 중요하지 않다.[7]

　그래서 〈소급적 영향〉이라는 환상을 얘기하는 이도 있다. 엘리엇이 17세기 영국 형이상파 시인들에게 강력한 영향을 미쳤고, 에즈라 파운드는 이백(李白)에게 영향을 끼쳐 중국학자들에게 구금되어 있던 그를 해방시켜 주었다는 것이다. 16세기 프랑스의 프랑수아 라블레에게 가장 깊은 영향을 끼친 것은 20세기 영국의 제임스 조이스가 된다. 이를 본따 우리도 윤동주가 릴케와 체호프와 보들레르에게 적지 않은 영향을 미쳤다고 말할 수 있다. 적어도 한국의 독자들 사이에서는 그러하다.

---

7) J. L. Borges, "Kafka and His Precursors," in *Labyrinths* (Penguin Books, 1970).

맹아적 힘

여우는 많은 것을 안다. 그러나
고슴도치는 큰 것 하나를 안다.
———아르킬로쿠스

〈산이 거기 있으니까〉란 것은 왜 산에 오르느냐는 물음에 대한
에베레스트 등반가의 답변이었다. 그 후 인구에 회자되는 명구가
되었다. 그러나 산이 거기 있다고 해서 옛적부터 사람들이 산에
오른 것은 아니다. 신의 계시를 받기 위해서 산에 오르는 일도 있
었고, 한니발처럼 전쟁 목적을 위해서 산을 넘은 적은 많았다. 그
러나 실제적·실용적 목적과 거리를 유지한 채 산이 있기 때문에
산에 오른 것은 근자의 일이다. 서양 쪽에서는 르네상스 무렵의
일로 알려지고 있다. 이탈리아 르네상스의 선구자인 시인이자 인
문학자 페트라르카는 1336년에 아우와 함께 방투 산 원정에 착수
하여 정상까지 올라갔다. 공간의 광활함에 감동한 페트라르카는
시간의 광막함에 관해 명상하기 시작하고 자신의 과거의 생활과
그 의미를 생각하게 되었다고 옛 스승에게 보낸 편지에서 적고 있
다. 산을 내려오며 그는 외적 경험으로 지식을 추구하고 자기 영
혼의 내적 성장을 등한히 해온 자신을 반성하고 부끄럽게 여겼다
고 한다. 페트라르카가 경관만을 보기 위해 산에 오른 최초의 근

대인은 아니지만 등산경험이 정신적 변모의 계기가 되어주었음을 증언하고 있는 최초의 근대인의 하나라는 것은 분명하다.[1]

르네상스 이후 고산(高山) 등반은 널리 퍼져갔다. 그것은 서구 도구적 이성의 자연 정복의 역정과 맥락을 같이하는 것인지도 모른다. 그렇지만 목숨을 건 고산준령의 정복은 인간 정신과 의지의 척도로서 또 가능성의 극한적 표현으로서 얘기 듣는 사람들에게도 어떤 감동을 준다. 타인의 불행을 통해서 체념을 배우는 것도 사실이지만 타자의 의지와 노력을 통해 격려받는 것 또한 사람의 일이다. 등산뿐이 아니다. 남극지방의 탐사대원, 고난도의 기계체조나 리듬체조의 선수들이 보여주는 정신과 훈련에 의한 육체의 완벽한 관장은 우리를 서늘하게 감동시켜 준다. 인간 한계에 대한 부단한 도전을 통해서 인간의 가능성을 높이고 넓히는 것은 그것 자체가 아름답고 뜻있는 일이다. 인간의 존엄성이란 이념이 공연한 〈보비위 초상화〉가 아님을 실감시켜 주는 사례이기도 하다. 바둑이나 서양장기와 같은 순수 놀이의 경우에 사정은 더욱 뚜렷해진다. 그 최고의 경지는 인간 정신의 한 극한을 보여주어 사람들을 감동케 하고 그렇게 함으로써 인간 존엄성의 이념에 기여한다. 유감스러운 것은 우리 모두가 모든 분야에서 도통할 수 없다는 점이다. 인생은 짧고 실없이 분주하다. 허구한 날 이마에 땀 마를 사이가 없다.

순수 놀이에 해당되는 사안이 시와 문학에 당치 않을 리가 없다. 시에는 말놀이의 요소가 있게 마련이지만 그 최고의 경지는 고난도 경기나 순수 놀이의 그것 이상으로 우리를 황홀하게 하고 감동시킨다. 인간 정신의 가능성과 기율에 의한 탄복할 만한 언어

---

1) 도널드 J. 윌컥스, 차하순 옮김, 『신과 자아를 찾아서』(이화여대 출판부, 1985), 제4장.

관장과 거기 바쳐진 인간 노력의 궤적은 뜻있고 아름다운 것이다. 네발짐승에서 출발하여 오늘의 우리가 있기까지 인류가 탐구하고 시도하고 성취한 노력의 흔적이 그 속에도 고스란히 겹쳐 있는 것이다. 우리가 허술하고 성의없이 다루어진 모든 것을 업수이 여기는 것은 그것이 볼품없고 단단하지 못하기 때문만이 아니다. 인간을 고귀하게 하는 노력과 기율과 안목에 대한 원초적인 불경(不敬)이 깔려 있기 때문이다. 솜씨없음은 허용이 되지만 정성없음은 용서할 수 없다. 재주없음은 보는 이를 안타깝게 하지만 성의없음은 우리를 불쾌하게 한다.

　글쓰기에 해당되는 사안은 책읽기에도 적용된다. 말 한마디, 글한 줄이라도 꼼꼼히 읽는 것은 글쓰기에 바쳐진 인간 노력에 대한 경의의 표시이기도 하다. 너무나 쉽게 씌어진 글들이 유행하고 공허한 소동을 일으킴에 따라 책읽기도 점점 허술한 소일거리가 되어가는 것 같다. 쉽게 책이 나올 수 있다는 사정과도 관련될 것이다. 고전읽기의 중요성이 새삼스레 통감된다. 고전은 대체로 인간 정신의 가능성을 극한에서 보여주는 노력과 심사숙고와 정성의 소산이다. 따라서 고전읽기에는 그에 상부한 정성이 따르게 마련이며 또 따라야 한다. 유감스러운 것은 허술하고 정성 들이지 않은 많은 책을 읽어보아야 비로소 고전에 담긴 누적된 정성이 감득된다는 것이다. 깨달음에는 슬픔이 따른다. 깊은 슬픔이 깨달음과 함께 온다. 최상의 문학에는 인간 존재에 대한 제어된 슬픔이 인지의 충격과 함께 배어 있다. 비평담론도 예외는 아니다. 삶에 대한 비극적 인식이 없는 지도와 교시의 언어에는 자신감만 있을 뿐 슬픔은 없다. 비싸지 못한 청승떨기를 가리키는 것이 아님은 말할 것도 없다.

프삼메니투스의 슬픔

고대의 것이건 근대의 것이건 늘 고전의 무게를 상기시켜 주곤
하는 발터 벤야민은 자신의 고전적 에세이 「얘기꾼과 소설가」의
한 대목을 이렇게 시작하고 있다. 〈레스코브는 고전을 통해 문학
적 수업의 기초를 닦은 작가이다. 그리스의 최초의 얘기꾼은 헤로
도토스이다. 그의 『역사』의 3권 14장에는 다음과 같은 얘기가 있
는데, 우리는 이 얘기로부터 많은 것을 배울 수가 있다. 이 얘기
는 프삼메니투스에 관한 얘기다.〉[2] 그러면서 벤야민이 들려주는
것은 몽테뉴가 『수상록』 제1권 2장인 「슬픔에 대하여」에서 약술하
고 있는 것과 얼추 비슷하다.[3] 이집트의 왕 프삼메니투스가 페르
시아의 왕 캄비세스에게 패배하여 붙잡혔을 때, 캄비세스는 이 포
로에게 모욕을 주고자 하였다. 그는 페르시아의 개선행렬이 지나
가는 거리에 프삼메니투스를 세워둘 것을 명령하였다. 또 그는 포
로로 하여금 딸이 하녀의 복장을 하고 물동이를 가지고 우물로 가
는 모습을 보도록 하였다. 이 광경을 본 이집트 사람들이 모두 눈
물을 흘리며 슬퍼하였지만 프삼메니투스만은 땅을 내려다보며 꼼
짝않고 말없이 서 있었다. 곧이어 아들이 행렬에 섞이어 처형장으
로 끌려가는 것을 보고도 그는 여전히 꼼짝 않고 서 있었다. 그러
나 거지 같은 몰골의 늙은 하인 하나가 포로행렬 속에 있다는 것
을 알아차리자 바로 그 순간 그는 두 주먹으로 머리를 치면서 죽
는 자에게 보내는 깊은 슬픔을 나타내었다.

종으로 전락한 딸과 처형장으로 끌려가는 아들의 모습에도 묵

---

2) 발터 벤야민, 반성완 옮김, 『발터 벤야민의 문예이론』(민음사, 1983).

3) Montaigne, "Of Sadness," in *The Complete Essays of Montaigne*(Stanford
   University Press, 1958).

묵 무반응이었던 이집트의 왕 프삼메니투스가 죽음을 앞둔 늙은 하인의 모습을 보고 눈물 흘리며 슬퍼한 것은 어찌 된 까닭인가? 벤야민은 이 사실에서 애기의 본질을 읽어낸다. 정보란 것은 그것이 새로웠던 바로 그 순간에 가치를 상실한다. 그러나 애기는 스스로를 완전 소모하지 않는다. 애기는 자신의 힘을 유지하며 집중하고 오랜 시간이 지난 후에도 방출할 수 있다고 벤야민은 말한다. 이어서 벤야민은 프삼메니투스의 통곡에 대해 몇 가지 해석을 내린다. 먼저 그는 프삼메니투스가 이미 슬픔에 가득 차 있었기 때문에 슬픔이 조금만 불어나더라도 터질 수밖에 없었을 것이라는 몽테뉴의 해석을 소개한다. 슬픔의 억제가 늙은 하인의 목격을 계기로 제어 불능의 상태로 되어버렸다는 것이다. 이어서 벤야민은 자신의 추리를 개진한다. 1) 왕의 가족들의 운명이 왕의 마음을 움직이게 하지 못한 것은 그들의 운명이 바로 자신의 운명이었기 때문이다. 2) 삶의 현장에서 우리를 감동시키지 못하는 많은 것들이 무대 위에서는 우리를 감동시킨다. 늙은 하인은 왕에게는 한갓 배우였을 뿐이다. 3) 커다란 슬픔은 갇혀 있다가 이완의 계기가 와야 비로소 터진다. 이 하인을 보는 순간이 바로 이 이완의 순간이었다. 이어서 그는 이렇게 부연한다.

그러나 헤로도토스는 이에 대해서는 일언반구의 설명도 부가하지 않았다. 그의 보고는 건조하기 이를 데 없는 보고이다. 바로 그렇기 때문에 고대 이집트로부터 유래하는 이 애기는 수천 년이 지난 오늘날에도 놀라움과 깊은 명상을 불러일으키게 할 수가 있는 것이다. 그것은 마치 수천 년 동안 밀폐된 피라미드의 방에 놓여 있으면서도 오늘날까지 그 맹아적 힘을 보존하고 있는 한 알의 씨앗을 방불케 한다.

아무런 설명이 없이 사실을 보고만 하기 때문에 프삼메니투스의 얘기가 우리에게 놀라움과 깊은 명상을 자아내게 한다고 벤야민은 말한다. 그의 지적대로 해석과 설명이 배제된 얼마쯤 생소하고 이상해 보이는 얘기는 우리에게 놀라움을 일으키면서 그것을 해석해 보고 싶은 충동을 자아낸다. 이때 해석은 이해의 한 방식이다. 그러나 헤로도토스의 원전을 읽어보면 설명 없이 보고만 하는 것은 아니다. 그는 프삼메니투스의 얘기를 훨씬 자상하게 전해 주고 있는 것이다. 헤로도토스의 『역사』 제3권 14장은 이렇게 끝나고 있다.

프삼메니투스의 거동을 이상하게 생각한 캄비세스는 사람을 보내어 이렇게 묻게 하였다. 「프삼메니투스여, 그대의 윗전인 캄비세스가 묻는다. 딸이 학대받고 아들이 형장으로 향하는 것을 보고 소리도 내지 않고 슬퍼하지도 않았던 그대가, 들은 바로는, 혈연관계 없는 거지를 상심(傷心)을 드러내며 소중히 대한 것은 어찌 된 영문인가?」
캄비세스의 이 물음에 대해 프삼메니투스는 대답하였다.
「큐로스의 아들이시여, 우리 집안에 일어난 불행은 울며 슬퍼하기에는 너무나 엄청난 불행이었습니다. 그러나 유복한 터수에서 거지로까지 전락하고 게다가 늘그막에 이른 그 친구의 불우는 울어도 된다고 생각합니다」
이 대답이 캄비세스에게 보고되자 그는 그럴싸한 대답이라고 생각하였다. 이집트인들이 전하는 바로는 이 말을 듣자 크로이소스──그도 캄비세스의 원정을 따르고 있었다──도 함께 있던 페르시아인도 눈물을 흘렸고 캄비세스 자신도 슬며시 딱한 생각이 들어 곧 측근에게 명하여 프삼메니투스의 아들을 처형자로부터 구출하고 프삼메니투스 자신도 교외에서 옮겨 자기 처소로 데려오도록 하였다.[4]

헤로도토스는 이어 제15장에서 프삼메니투스의 뒤이은 불운을 적고 있다. 그의 아들은 1차로 처형당했기 때문에 파견자들이 현장에 도착했을 때는 벌써 목숨이 끊어져 있었다. 그러나 프삼메니투스는 캄비세스의 처소로 옮겨왔다. 그가 자중하여 음모를 꾀하지 않았더라면 이집트를 반환받고 총독으로 통치할 수도 있었다고 생각된다. 페르시아인들에겐 왕가(王家)의 후예를 존중하는 기풍이 있어서 페르시아에게 반기를 드는 경우에도 그 자손에게 언제나 주권을 반환해 주고 있기 때문이다. 그러한 몇몇 좋은 사례가 있다. 그러나 프삼메니투스는 이집트인에게 반란을 부추긴 것이 발각되어 캄비세스가 이를 알고 암소의 생피를 마시게 하여 죽게 하였다. 대충 이러한 사단이 15장에 기술되어 있다.

자세한 자초지종이 적혀 있음에도 불구하고 헤로도토스가 설명 없이 건조한 사실만을 전하고 있다고 말하고 있는 것이 벤야민의 의도적인 비평적 전략인지 혹은 무의식적 실수인지는 명확하지 않다. 〈심리적 분석이 배제된 질박한 간결성〉이야말로 얘기를 지속적으로 기억하게 하는 것임을 예증하는 사례로서의 적정성을 고려하여 거두절미하고 얘기의 힘을 보여주었을 가능성을 배제할 수는 없다. 또 헤로도토스의 원전을 참조함이 없이 몽테뉴의 글에만 의존하고 인용했을 가능성도 없는 것은 아니다(그러나 몽테뉴도 캄비세스의 의문에 대한 프삼메니투스의 답변을 인용하고 있다). 혹은 박람강기의 벤야민이 자신의 기억력을 믿고 구체적 참조 없이 헤로도토스를 잘못 원용하고 있는 것인지도 모른다(신비평 흐름의 신고전

---

4) Herodotos, *The Histories*(Penguin Books, 1972). 프삼메니투스를 통곡하게 하는 노인이 벤야민에게서는 〈늙은 하인〉으로, 몽테뉴 글에서는 〈手下者〉로, 헤로도토스 책에서는 〈프삼메니투스의 옛 친구로서 그와 식탁을 같이했던 적도 있지만 이제는 재산도 빼앗기고 거지꼴이 된 노인〉으로 나온다.

주의 시학에 반발하여 낭만주의 시와 장시를 재평가한 것으로 유명한 헤럴드 블룸은 밀턴의 『실낙원』을 종결부부터 거꾸로 외울 수 있다는 기억의 귀재(鬼才)이다. 그는 기억에만 의존하여 인용하기 때문에 부정확하다는 비판을 받고 있기도 하다). 이렇듯 사소한 삽화에 있어서도 사실과 해석과 이해는 불가분으로 얽혀 있는 것이다.

단초인 프삼메니투스의 슬픔으로 돌아가보자. 그가 이미 슬픔에 가득 차 있었기 때문에 슬픔이 조금만 불어나더라도 터질 수밖에 없었다는 몽테뉴의 해석은 가장 설득력 있는 해석이라고 생각된다. 그런데 그가 이렇게 해석한 것은 몽테뉴 당대의 유사한 사건에서 유추해 낸 것이다. 로렌의 추기경이었던 샤를르 드 귀즈Charles de Guise의 형이 암살을 당했고 2주도 채 안 되어 이번엔 아우가 죽었다. 그는 형제 두 사람의 사망 소식을 의연하게 받아들였다. 며칠 뒤 자기 수하자의 죽음을 접한 그는 이번엔 애통해 마지않았다. 슬픔의 억제와 고통의 인내가 한계점을 넘어섰기 때문이라는 해석은 몽테뉴 당대의 사건에서 유추한 것이다. 몽테뉴는 프삼메니투스 자신의 설명이 없었다면 프삼메니투스에 대해서도 같은 판단을 내릴 것이라고 가정법으로 덧붙이고 있다.

그런데 우리는 프삼메니투스의 대답이 과연 정확하고 진실된 것이냐는 의문을 제기할 수도 있다. 현대의 심층심리학은 개인이 자신의 행동에 부여하는 설명이 반드시 진실된 것이 아닐 수 있다는 것을 강조한다. 무의식적인 자기기만이란 것은 드문 것이 아니다. 또 프삼메니투스의 거동은 단일한 동기보다도 벤야민이 열거한 여러 해석의 복합적 산물일 수도 있다. 여기서 우리가 유의할 것은 프삼메니투스 삽화의 해석에 있어서도 성급한 단정보다도 여러 해석방식에 대한 꼼꼼하고 세심한 고려가 필수적이라는 것이다. 텍스트의 해석에 있어서도 사정은 마찬가지다. 몽테뉴의 당대적 사건에 대한 고려가 설득력 있는 해석의 원천이 되어 있다는 것도 계시적이다. 가까운 당대적 경험의 검토를 통해서 사람들은 옛사람의 경험을 확인하는 것이다. 역사를 현재와 과거의 대화라고 하는 것은 저간의 사정을 지칭하는 것이다. 또 텍스트를 해석하고 이해함에 있어서 단일한 방법에 의존할 필요도 없다. 해석과 이해에 도움이 되는 것이라면 어떠한 방법이라도 동원하고 활용해야 할 것이다. 이렇게 생각할 때 모든 문학 텍스트는 다른 텍스트를 이해하는 데 기여하며 이러한 의미와 해석의 교호작용(交互作用)을 통해 문학작품은 탕진되지 않는 의미를 부가적으로 축적하게 되는 것이다. 문학은 경험의 전달이고 작품 이해에 있어 문학 경험은 삶의 직접 경험 이상으로 중요하다.

맹아적 힘

위에서 우리는 심리적 분석이나 설명이 배제된 간결한 얘기가 지니고 있는, 생성하고 발전하는 〈맹아적 힘〉에 주목하였다. 시에서도 사정은 엇비슷하다. 군소리가 배제된 간결한 이미지나 비유는 시에 고유한 〈맹아적 힘〉을 부여한다. 그리하여 고도의 암시성과 다양한 해석 가능성을 갖게 한다. 지난날의 장시(長詩)가 너무나 많은 것을 얘기함으로써 스스로를 소모하는 경향을 가지고 있었다면 서구 현대의 단시는 과묵의 〈맹아적 힘〉을 지향함으로써 지속적인 자기충전을 실현하고 있다고 말하는 것도 가능하다. 우리는 그러한 사정을 가령 옛 시인의 수수께끼 같은 단편을 통해서 엿볼 수 있다.

아르킬로쿠스는 기원전 7세기의 그리스 시인으로 풍자시가 널

리 알려져 있었다 한다. 헤로도토스의 『역사』에도 이름이 보이는
데 지금 남아 있는 것으로는 얼마 안 되는 조각 시편뿐이라 한다.
〈여우는 많은 것을 안다. 그러나 고슴도치는 큰 것 하나를 안다〉
는 것도 그중의 하나다. 영국의 역사가 아이자이어 벌린은 톨스토
이의 역사관을 다룬 긴 에세이의 제목을 〈고슴도치와 여우〉라 붙
이고 이 수수께끼 같은 시행을 소개하고 있다.[5] 땅을 파서 굴을
만들 능력이 없고 썩은 나무둥지 같은 데서 겨울잠을 잔다는 고슴
도치는 위급하면 몸을 웅크리고 바늘을 세워 자기방어를 꾀한다는
것밖에는 별 특징이 없다. 여우는 이솝과 마키아벨리를 통해서 간
교한 짐승으로 호가 나 있지만 아르킬로쿠스 시대에도 벌써 그러
한 악명을 획득하고 있었던 것일까? 벌린에 따르면 이 시행의 정
확한 의미에 대해선 고전학자들 사이에서도 의견이 분분하여 정설
이 없다고 한다. 꾀 많은 여우도 고슴도치의 외통수 방어물에는
속수무책이라는 정도의 의미일지도 모른다고 그는 말한다. 동작도
굼뜨고 해질 무렵이나 되어서야 나다니며 벌레나 새알 따위를 먹
이로 삼는다는 고슴도치가 시사하는 것은 무엇인가? 왜 하필이면
여우와 짝을 이루고 있는가? 옛적 그리스의 속신(俗信)이나 그리
스 원어의 음운적 사실에 대한 소상한 지식이 없다면 이러한 수수
께끼는 잘 풀리지 않을 것이다. 다만 그 당돌한 대조가 우리에게
지워지지 않는 기억할 만한 이미지로 호소해 오는 것만은 확실하
다. 우리가 채워넣어야 할 빈칸이 너무 많기 때문에 그 〈맹아적
힘〉도 그만큼 커진다고 말할 수 있다.

　큰 뜻이 있는 게 아닐지도 모른다고 하고 나서 벌린은 이 시행
을 문인과 사상가를 대별하는 비유로서 활용한다. 이 세상의 사상

---

5) Isaiah Berlin, "The Hedgehog and the Fox," in *Russian Thinkers* (Penguin
　　Books, 1979).

가, 아니 모든 사람은 두 종류로 유별할 수 있다. 모든 것을 하나
의 중심적인 비전 혹은 체계와 관련짓고 그러한 관점에서 이해하
고 생각하고 느끼는 부류의 사람들이 있다. 그들은 이러한 단일한
조직원리로 모든 것을 바라보고 판단한다. 이러한 체계 속에서만
그들의 존재나 그들의 발언은 중요한 의미를 띠게 된다. 이와 달
리 도덕적·미적 원리와는 관계없이 심리적·생리적 이유 때문에
연관되어 있는, 언뜻 보아 무관하고 상호 모순되는 많은 목적들을
추구하는 부류의 사람들이 있다. 이들은 구심적이기보다 원심적인
이념들을 포용하고 다채로운 삶을 산다. 이들의 사고는 단일한 차
원에 머무르지 않고 다방면으로 확산하며 다양한 경험의 본질을
포착한다. 또 단일한 혹은 광신적인 내적 비전으로 경험과 사물들
을 조정하는 법이 없다. 첫번째 부류는 고슴도치족으로 분류할 수
있는데 단테·플라톤·헤겔·니체·프루스트는 여기에 속한다. 두
번째 부류는 여우족이라 할 수 있는데 셰익스피어·아리스토텔레
스·괴테·발자크·조이스가 여기에 속한다. 그런데 톨스토이는
이러한 이분법으로 분류하기가 극히 어려운 존재라는 것이 벌린의
생각이다. 타고난 여우이지만 스스로는 고슴도치라고 생각하였다.
존재와 자기정의 사이의 갈등이 가장 현저하게 드러나 있는 것이
바로 톨스토이의 역사관이라며 그 성격을 고찰하고 있는 것이 「고
슴도치와 여우」라는 긴 에세이 혹은 소책자이다.

　여기서 우리가 주목하는 것은 일원론적 인간 및 사상 혹은 다원
론적 인간 및 사상이라는 이분법의 타당성이 아니다. 우리가 주목
할 것은 그 이분법의 기원이 되어주고 있는 아르킬로쿠스의 시행
이다. 기발하고 당돌한 이미지가 내장하고 있는 〈맹아적 힘〉은 논
증과 서술을 배척하고 이미지와 상징을 지향하는 현대시의 특징이
되어 있다는 것을 확인하는 것은 중요하다. 설명과 분석이 배제되

어 있는 수수께끼 같은 요소가 독자로 하여금 텍스트의 해석을 요
구한다. 그리고 벌린이 보여준 바와 같은 해석에 의해서 시행은
비로소 더욱 실한 텍스트로서의 실체를 견고히 한다. 한마디 더
추가한다면 시행 자체는 지극한 평명성을 특징으로 하고 있다는
점이다. 고전적 평명성과 단순성 속에 내장되어 있는 〈맹아적 힘〉
이야말로 뛰어난 시의 특징이라 말해도 좋을 것이다.

상호부조

　들길에 떠 가는 담배 연기처럼
　내 그리움은 흩어져 갔네.

　사랑하고 싶은 사람들은
　많이 있었지만
　멀리 놓고
　나는 바라보기만 했었네.

　들길에 떠 가는
　담배 연기처럼
　내 그리움은 흩어져 갔네.

　위해주고 싶은 가족들은
　많이 있었지만
　어쩐 일인지?
　멀리 놓고 생각만 하다

말았네.

아, 못 다한
이 안창에의 속 상한
드레박질이여.

사랑해 주고 싶은 사람들은
많이 있었지만
하늘은 너무 빨리
나를 손짓했네.

언제이던가
이 들길 지나갈 길손이여

그대의 소맷속
향기로운 바람 드나들거든
아퍼 못 다한
어느 사내의 숨결이라고
가벼운 눈인사나,
보내다오.

——신동엽, 「담배 연기처럼」 전문

죽음을 예감한 듯 젊은 만년(晚年)에 씌어진 이 작품에는 사랑
의 실천에 등한했던 회오의 정이 간곡하나 간결하게 토로되어 있
다. 과장이 없고 축축한 감상이 없다. 죽음을 예감한 사람에게 특
유한 못다함의 정감이 티없이 정갈하다. 비슷한 감회가 또 한 편

의 짤막한 절창 속에 토로되어 있다.

아름다운
하늘 밑
너도야 왔다 가는구나
쓸쓸한 세상세월
너도야 왔다 가는구나.

다시는
못 만날지라도 먼 훗날
무덤 속 누워 追憶하자,
호젓한 산골길서 마주친
그날, 우리 왜
인사도 없이
지나쳤던가, 하고.

——신동엽, 「그 사람에게」 전문

이러한 서정시의 매력은 누구나 느낄 수 있는 친숙한 감정을 인상적으로 재경험시켜 준다는 점에 있다. 친숙한 감정이기 때문에 경험의 전달이 즉시적으로 성취된다. 정감의 경제적 처리가 때로 유창하고 때로 갑작스레 끊기는 리듬 속에서 기억할 만한 순간을 마련하고 있다. 어찌 보면 예스러운 소재이지만 이 예스러움이 작품의 퇴색을 방지해 준다. 퇴색하지 않는 예스러움이 순정 서정시의 강점이요 특징이다. 그러나 〈맹아적 힘〉을 가지고 있는 다음과 같은 시편에서 사정은 판이해진다.

나는 테네시에 단지 하나를 놓았다.
동그만 단지를 언덕 위에.
그러자 허술한 荒野가
그 언덕을 둘러쌌다.

황야는 언덕까지 솟아오르고
사방으로 퍼져서 황야이길 그쳤다.
단지는 동그맣게 지상에 서서
드높고 당당하였다.

단지가 사방을 지배하였다.
장식 없는 잿빛 민둥단지가.
그렇지만 테네시의 어떤 것과도 달리
새나 덤불과는 무관하였다.

──월러스 스티븐스, 「단지의 삽화」 전문

여우족이라기보다는 벌린이 말하는 고슴도치족에 속하는 듯이 보이는 스티븐스는 난해한 시인이고 그만큼 많은 해석과 분석의 대상이 되어온 장본인이기도 하다. 이 수수께끼 같은 삽화에 나오는 〈단지〉는 손잡이와 주둥이가 달리고 목이 좁은 용기이지만 적절한 말이 생각나지 않아 그냥 단지라고 옮겨보았다. 첫줄부터 작품은 독자의 허를 찌른다. 우리는 이러한 조그만 단지를 식탁 위나 선반에 올려놓는다. 그러나 작품의 화자는 단지 하나를 테네시 주에 놓았다고 말한다. 그랬더니 허술하고 단정치 못한 황야가 단지를 놓아둔 언덕을 에워쌌다는 것이다. 이 열두 줄의 시편에서 낱낱의 시행은 평명하고 또 투명하기까지 하다. 단지는 아무런 장

식이나 무늬도 없는 민둥단지이지만 황야이기를 그쳐버린 사방을
당당히 지배한다. 우리는 자연이 움직이고 거칢을 거두는 광경에
어떤 외경감과 함께 마술적 요기(妖氣)마저도 느낀다. 검토하고
분석하기 이전에 작품이 전해 주는 마술적인 풍경을 우선 시각적
으로 공감하는 것이 중요하다.

심리적 분석이나 해석 없이 전해지는 프삼메니투스의 슬픔이
그렇듯이 이 단지의 삽화도 갖가지의 해석을 가능하게 한다. 그
야말로 〈맹아적인 힘〉을 엄청나게 내장하고 있는 〈삽화〉이다. 존
재가 그대로 의미가 되어 있는 이러한 시편의 이해는 독자 쪽의
소홀치 않은 해석능력을 전제로 한다. 이때의 해석능력은 여러
가지 지력(知力)과 감응능력을 요구하지만 가장 중요한 것은 축
적된 문학경험 특히 독시경험이다. 시가 시를 낳는 것이기 때문
에 시 전통에 대한 소양은 풍부할수록 좋다. 그러나 외국의 난해
한 현대시를 이해함에 있어서도 우리 문학 속의 독시 경험은 중
요하다.

　　내가 미친놈처럼 헤매는
　　원성 들판에서
　　이리 뛰고
　　저리 뛴다
　　세상에 나온 지
　　한 달밖에 안된!
　　송아지

　　너 때문에
　　이 세상도

생긴 지 한 달밖에 안된다!

──정현종, 「송아지」 전문

　정현종과 스티븐스 사이에 직접적인 연관은 없다. 그러나 정현종의 「송아지」를 읽은 독자에게 「단지의 삽화」는 안 읽은 독자에게보다 훨씬 친근하게 다가올 것이다. 스티븐스의 〈삽화〉가 평명한 시행에도 불구하고, 아니 그 때문에 더욱, 수수께끼같이 느껴짐에 반하여 「송아지」는 낱낱의 시행도 전편의 의미도 평명하며 투명하다. 처리된 소재나 정감은 그리 생소한 것이 아니나 그럼에도 「담배 연기처럼」의 예스러움을 느끼게 하지 않는 것은 우리의 시 전통에서나 다소간 낯선 소재라는 국면보다도 〈너 때문에/이 세상도/생긴 지 한 달밖에 안된다〉는 마지막 어법 때문일 것이다. 갓난 송아지의 뛰놂이 세상마저도 젊게 만든다는 작은 것과 큰 것의 대조는 스티븐스의 〈삽화〉에서 더욱 극대화된다. 조그마한 단지 하나가 테네시 주와 대비되면서 황야가 움직이고 자연이 변형하는 것이다. 〈삽화〉가 내장한 맹아적인 힘이 촉발하는 〈얘기〉의 하나는 이 작품을 상상력의 작용으로 들려준다. 혼돈뿐인 현실에 질서를 주는 것이 상상력이라는 것을 시사하는 얘기라고 풀이한다. 단지는 황야나 언덕과는 달리 사람이 만든 그릇이다. 단지라는 초점이 주어지자 주위의 허술하고 제멋대로의 혼돈스러운 자연이 단정하고 정돈된 모양을 갖춘다. 단지의 당당한 지배는 상상력과 그것을 낳는 인간의 위엄을 극명하게 보여준다. 그렇지만 〈단지는 테네시의 어떠한 것과도 달리 새나 덤불과도 무관하였다〉. 상상력은 새 한 마리 덤불 하나 현실 속에 마련하지 못한다. 상상력에 의한 자연을 포함한 일체의 변형은 또한 한계를 갖게 마련이다.

　이러한 해석으로 〈삽화〉의 맹아적인 힘이 탕진되는 것은 아니다. 독자들의 당대적인 경험과 관심사는 이 〈삽화〉에서 끊임없이 새 삽화를 마련해 낼 것이다. 번역을 통해서 사라져버렸지만 마지막 두 줄의 시행이 평명하면서도 의외로운 일탈적 어법이라는 것이 〈삽화〉의 마술에 크게 기여하고 있다는 것은 인지해 두어야 할 것이다.

노인과 육지

시 해석에서의 문학경험의 중요성은 반드시 난해하고 수수께끼 같은 작품의 경우에만 해당되는 것은 아니다. 평이하고 투명한 작품의 경우에도 예외는 아니다. 상호 텍스트성이라는 것을 실감하게 하는 사례를 들어본다.

> 老人은 陸地에서 살았다.
> 하늘을 바라보며 담배를 피우고
> 시들은 풀잎에 앉아
> 손금도 보았다.
> 茶 한 잔을 마시고
> 情死한 여자의 이야기를
> 신문에서 읽을 때
> 비둘기는 지붕위에서 훨훨 날았다.
> 노인은 한숨도 쉬지 않고
> 더욱 아무것도 바라지 않으며
> 聖書를 외우고 불을 끈다.
> 그는 행복이라는 것을 말하지 않았다.

거저 고요히 잠드는 것이다.

老人은 꿈을 꾼다.
여러 친구와 술을 나누고
그들이 죽음의 길을 바라보던 전날을.
노인은 입술에 미소를 띠우고
쓰디쓴 감정을 억제할 수가 있다.
그는 지금의 어떠한 순간도
증오할 수가 없었다.
노인은 죽음을 원하기 전에
옛날이 더욱 永遠한 것처럼 생각되며
자기와 가까이 있는 것이
멀어져 가는 것을
분간할 수가 있었다.

──박인환, 「행복」 전문

박인환은 잊혀진 시인이다. 김수영의 「거대한 뿌리」에 짓눌린 탓도 있지만 그의 피상성과 연관될 것이다. 그는 1950년대의 모더니스트 가운데서 누구보다도 시의 음률성을 의식한 시인이었지만 바로 그러하기 때문에 그의 시는 깊이와 담을 쌓고 얄팍한 피상으로 흘렀다고 생각된다. 따라서 그가 「목마와 숙녀」「세월이 가면」으로 겨우 기억된다 해도 어쩔 수 없는 일이다. 〈지금 그 사람 이름은 잊었지만/그 눈동자 입술은/내 가슴에 있네.〉 이것은 진실이 아니다. 그 눈동자가 가슴에 남아 있는 사람의 이름을 잊을 리 없다. 잊지 않고 있던가 처음부터 이름을 모르고 있었던가 둘 중의 하나다. 그렇지만 〈이름은 잊었지만/그 눈동자 내 가슴에 있네〉라고 말하면 멋있고 그럴싸해 보인다. 그는 겉멋을 위해서 진실을 버린 것이고 그것은 그의 시 전체에 대해서도 부분적으로 해당된다. 신문기사적인 피상성과 당대 구미 영화의 장면에서 영감받은 감상성이 그를 시간의 풍화작용에 극히 취약한 시인으로 만들었다. 그러나 이 사실이 그가 1950년대의 가장 유능하고 유망했던 모더니스트의 한 사람으로서 김수영과 쌍벽을 이루고 있었다는 사실을 변경시키지는 않는다. 산문으로 치닫는 당대 경향에 저항하여 음률성의 확보를 지향한 그의 시적 노력은 무위로 끝난 감이 있으나 소중한 것이었다. 그 점 그는 우리가 기억해 두어야 할 반면교사(反面敎師)의 한 사람이다. 또 그의 「인도네시아 인민에게 주는 시」가 설정식의 「제신의 분노」 등 몇 편과 함께 가장 읽을 만한 당대 정치시의 하나라는 사실도 유의해 두어야 할 사항일 것이다.

> 三百年 동안 너희 자원은
> 구미 자본주의 국가에 빼앗기고
> 反面 비참한 희생을 받지 않으면
> 구라파의 半이나 되는 넓은 땅에서
> 살 수 없게 되었다. 그러는 사이
> 가메란은 미칠 듯이 울었다.
> 홀랜드의 五十八倍나 되는 면적에
> 홀랜드人은 조금도 갖지 않은 슬픔을
> 密林처럼 지니고
> 七千七十三萬人 중 한 사람도
> 빛나는 南十字星은 쳐다보지도 못하며 살아왔다.
> (중략)

사나이는 일할 곳이 없었다 그러므로
약한 여자들이 白人 아래 눈물흘렸다
數萬의 혼혈아는
살 길을 잊어 애비를 찾았으나
스라바야를 떠나는 商船은
벌써 기적을 울렸다.

——「인도네시아 인민에게 주는 시」

전언은 상투적이지만 언어 구사는 유례없이 활달하다. 1940년대 말의 소작으로서는 뛰어난 박력의 시편이다. 요절하기 직전에 씌어진 「행복」은 거부감없이 읽히는 그의 대표작의 하나가 아닐까 생각된다. 40년의 세월이 흐른 오늘 〈노인은 陸地에서 살았다〉는 첫 대목이 안겨주던 서늘한 충격은 이제 우리의 것이 아니다. 너무나 범상해지고 말았다. 〈낯설게 하기〉의 교체는 시간의 필연이다. 조용한 일상에서 욕심없이 살고 성서를 읽으며 다가오는 죽음을 분별력으로 수락하는 노인의 모습에서 행복을 보는 이 작품은 박인환의 작품으로서는 주류에서 다소 떨어져 있는 변두리 작품이다. 거부감없이 읽히는 것도 그 때문일 것이다. 뛰어난 것도 저절로 기억될 만한 작품도 아니지만 40년 후에 거부감없이 읽을 만한 작품이란 것은 언제나 드문 것이다. 이 작품은 헤밍웨이의 「노인과 바다」와의 대조에서 시의 활력을 얻고 있다. 〈노인은 육지에서 살았다〉는 첫줄도 「노인과 바다」의 반명제로 제기된 것이다. 헤밍웨이의 바다 노인에겐 영웅적인 고기잡이가 일상이지만 박인환의 육지 노인은 조용한 일상에서 행복을 말하지 않으면서 실은 행복하다. 그 점 육지 노인은 어디까지나 동양의 노인이다. 헤밍웨이의 바다 노인은 사자의 꿈을 꾼다. 육지 노인도 바다 노인처럼 젊

은 날을 꿈에 보지만 사자의 꿈을 꾸지는 않는다. 육지 노인의 조
용한 행복은 동양인의 이상이며 거기 타자와의 투쟁이나 패배라는
인식은 없다. 「바다와 노인」과의 대비 속에서 「행복」을 읽을 때
작품은 더욱 읽을 만한 것으로 변용한다. 작품도 풍경과 마찬가지
이다. 화가 코로가 바라보고 그린 풍경이 자신의 감정이었듯이 작
품 또한 독자가 투영하는 삶의 무게인 것이다. 문학이 문학을 낳
는다. 문학경험은 작품 이해에 있어서 삶경험 이상으로 중요하다.
가벼운 작품이라고 해서 예외가 되지 않는다. 한 작품을 읽을 때
우리는 우리가 읽은 모든 책을 겹쳐놓는 것이다. 꼼꼼히 읽는다는
것은 그러므로 넓게 읽는 것이기도 하다.

시와 은유

　말과 글 그리고 문체에 대해서 널리 퍼져 있는 통념이 있다. 이른바 내용과 형식을 딱 갈라서 생각하는 경향이 그것이다. 말해지는 것과 말하는 방식, 〈무엇〉과 〈어떻게〉를 분리해서 생각하는 경우 흔히 비유가 동원된다. 가장 빈번히 동원되는 비유는 의상(衣裳)의 그것이다. 언어를 생각이나 사고의 의상으로 파악하는 것이다. 전(前)언어적인 사고가 미리 있고 그 다음에 언어라는 의상을 걸치게 된다는 것이다. 이러한 관점에 선다면 문체를 파악하는 것도 비교적 간단하다. 언어는 생각이 걸치는 의상이요 문체는 이 의상의 마름질이나 매무시가 된다. 문체를 단순한 장식이라고 보는 것도 비슷한 발상이다.

　이러한 생각은 언어와 사고에 관한 매우 단순한 접근법의 소산이어서 투박하고 평면적이다. 그렇지만 많은 사람들이 수용하고 있음은 널리 목격된다. 비록 피상적 수준에서라 할지라도 많은 사람들이 끈질기게 수용하고 있는 생각이란 것은 그 나름의 어떤 근거가 없다 할 수 없을 것이다. 뿐만 아니라 이러한 생각은 옛적의 수사학이 전파한 것이어서 그 흔적이 도처에 남아 있다는 것은 자연스러운 일이라 할 수도 있다. 그렇지만 작품을 꼼꼼히 읽으려는 입장에 선다면 이 문제는 우리가 되풀이 원점에 돌아가서 심사숙고하지 않을 수 없는 사안이다. 가령 우리는 낭만주의 시인과 고전주의 시인의 문체가 다르다는 것을 어렵지 않게 인지할 수 있다. 그들은 똑같은 것을 다른 방식으로 쓰고 있는 것인가? 아니면 다른 것을 쓰고 있기 때문에 다른 방식이 될 수밖에 없는 것인가? 이 물음에 대하여 어떻게 대답하는가에 따라 문학과 작품을 바라보는 관점은 판이하게 달라지게 마련이다. 언어와 사고에 관해서 결정적인 통찰을 제공해 줄 수 있을 것이라 기대되는 언어학 쪽에도 정설이 있는 것은 아니다. 형식적으로 다른 발언은 언제나 의미도 다르다는 가설을 수용하는 이들이 많다. 그러나 문장의 심층 구조는 모든 언어의 보편적인 의미론적 기초이며 특정 언어 안에서의 단일한 의미론적 복합체는 동의적(同意的)이긴 하나 서로 다른 문법형식을 취한다는 가설로 한때 기세를 올렸던 생성문법이론은 이에 반대하는 함의를 가지고 있다. 분명한 것이 있다면 대범한 정보 전달을 위한 일반 산문이 아니고 언어예술로서의 시나 문학 산문의 경우 형식의 차이는 의미의 차이를 빚는다는 점이다. 형식의 차이가 의미의 차이로 드러나는 것이 문학언어의 특징이라 할 수도 있다. 그 점 문체도 의미의 일부를 이룬다. 이러한 관점을 거부할 때 작품의 정독이나 꼼꼼히 읽기는 부질없는 일이 될 것이다. 꼼꼼히 읽는다는 것은 공연한 까다로움 지향이 아니다. 미묘하고 섬세한 의미의 차이에도 우리의 감수성을 활짝 열어놓아 두자는 취지이다. 섬세하고 미묘한 것에 대한 무신경은 예술세계에 있어서 맹목증상임을 면치 못한다.

문학언어 특히 시언어의 중요 특징의 하나는 은유를 비롯한 비유의 다채로운 등장이다. 언어와 문체를 의상이나 장식으로 간주하는 관점에서 본다면 비유언어는 특정 효과를 위한 장식품에 지나지 않을 것이다. 그러나 일정한 성취를 이룬 작품에서 비유는 단순한 장식이 아님은 물론이다. 나무 하나 돌 하나에 대해서도 꼭 적절한 유일의 적정어를 찾아 쓰라고 한 대가의 충고는 유명하다. 성공적인 경우 비유의 활용도 그것이 아니면 이루어낼 수 없는 유일성과 공유성을 획득하고 있는 것이다. 우리는 아래에서 대표적 비유법인 은유의 이모저모를 살펴볼 것이다. 비유법은 옛 수사학에서 특히 비중있게 다룬 사항이다. 따라서 문체 분석이나 시 분석에서 과도하다 할 정도로 검토의 대상이 되고는 한다. 그리고 거기에 위험이 따른다. 구체적인 은유를 적발해서 그 특징을 검토하는 것이 반드시 의미있는 것은 아니다. 작품 전체에 효과적으로 기여하지 못하는 〈수사적〉 장치는 별 의미가 없다. 작품 성취에 기능적으로 기여하는 세부만이 분석과 검토에 값한다. 그렇지 않고 기계적으로 처리하여 분석을 위한 분석으로 끝나는 경우 작품 이해와는 무관한 과정이 되어버린다(점수화하기 위해서 우격다짐으로 만들어낸 시험문제에서 우리는 그러한 사례를 종종 보게 된다. 일정한 성취도에 이른 시행이나 구절만이 검토에 값하는 것이라는 점은 되풀이 강조해야 할 것이다). 어떤 대목이나 은유에 끌리기 때문에 우리는 거기 주목하고 검토를 시도하는 것이다. 주목하고 검토해 보니 좋다고 한다면 그것은 수용과 이해에 있어서의 역순에 지나지 않는다. 분석 이전의 직관적인 파악이 중요하다. 검토와 분석은 하나의 추인과정에 불과하다. 이 점을 분명히 인식할 때 부질없고 때로 유해하기조차 한 분석놀이는 설 자리가 없어지게 될 것이다.

말과 은유

　아리스토텔레스의 『시학』은 서구 최초의 문학이론서로서 형성적인 영향력의 원천이 되어왔다. 문학을 바라보는 준거점을 제공해 주었기 때문에 저쪽의 이론치고 그 영향권을 완전히 벗어나 있는 것은 없다시피 하다. 이것은 이 책이 빗나간 바 없는 무류성(無謬性)을 구현하고 있기 때문이 아니다. 그것은 전례가 없다는 이를테면 강요된 독창성이 고전 고대의 뛰어난 재능으로 하여금 중요 쟁점을 명료하게 부각시켰기 때문이다. 쟁점의 공식화가 그대로 이 책의 특장(特長)이다. 뒤엣사람들은 그가 제기한 쟁점을 서로 다른 시각으로 바라보고 정교화하는 데 기여했을 따름이라 해도 지나치지 않다. 『시학』 22장은 시어와 그 적정성의 문제를 다루고 있는데 거기 이런 대목이 보인다.

　　그러나 가장 중요한 것은 은유에 능한 것이다. 이것만은 타인으로부터 배울 수 없는 것이고 천재의 징표인 것이다. 왜냐하면 은유를 잘 마련한다는 것은 사물의 유사성을 보는 것이기 때문이다.[1]

　많은 한계에도 불구하고 원전 정독의 중요성을 강조함으로써 후속 세대에게 꼼꼼히 읽는 법을 전수한 공적이 있는 리처즈는 은유에 관한 아리스토텔레스의 견해를 혹독하게 비판한 바 있다. 리처즈를 따르면 아리스토텔레스의 은유론은 은유 연구와 이해에 장애가 되어온 온당치 못한 세 가지 가정을 포함하고 있다. 첫째 유사성을 보는 눈이 특수한 사람만이 가지고 있는 재능이라고 보고

---

1) S. H. Butcher, *Aristotle's Theory of Poetry and Fine Art*(Dover Publications, 1951), 제22장.

있는데 사실과 부합하지 않는다. 우리는 유사성을 보는 눈을 통해 말을 하고 살고 있다. 사람들 사이에 있는 이러한 능력의 차이는 정도의 차이일 뿐이다. 두번째 은유 구사능력을 타인으로부터 배울 수 없다는 것도 당치 않다. 우리가 배우는 언어를 통해서 우리는 그것을 타인으로부터 배우는 것이다. 세번째 것은 가장 고약한 것으로 은유가 언어 구사에 있어서 특수하고 예외적인 것이며 정상적인 언어 작동양식으로부터의 일탈이라는 가정이다. 그러나 캐고 보면 은유는 언어 작동의 편재적 원리라는 것이다.[2]

학문의 세분화가 미미했던 기원전 4세기에 피력된 견해가 언어학·심리학·의미론 등으로 중무장한 현대의 접근법에 취약하다는 것은 당연한 일이기도 하다. 아리스토텔레스 은유론의 허점은 은유가 언어의 장식이나 첨가물이 아니라 사실은 그 구성요소임을 간과하고 있다는 점에 있다. 〈세월이 흘렀다〉고 우리는 말한다. 강물이 아니고 도랑물은 더욱 아닌 〈세월〉이 흘렀다고 말할 때 그것은 은유이다. 뿐만 아니라 해〔歲〕와 달〔月〕이 결합하여 오랜 시간을 뜻하는 세월이란 말이 생겨날 때 말 자체가 은유이다. 기원전 399년 소크라테스는 501명의 배심원이 입회한 아테나이의 인민 법정에서 281 대 220 표로 유죄 평결을 받았다. 겨우 하루 동안에 진행되고 결판 난 단심제도의 유죄 판결로 소크라테스는 독배를 들고 죽었고 그 후 가장 풍요한 화제의 하나를 인류에게 남겼다. 소크라테스는 문자 그대로 독배를 들고 죽었다. 그러나 어떤 일에 실패했거나 좌절한 사람이 〈고배를 들이켰다〉 하고 더 나아가 〈독배 한잔 들이켰다〉 할 때 그것은 어디까지나 비유다. 〈역사학계의 태두 김 아무개〉라고 소개할 때의 태두(泰斗)는 태산북두(泰山北

---

2) I. A. Richards, *The Philosophy of Rhetoric*(Oxford University Press, 1936), 제4장.

斗)의 준말이다. 산으로 치면 태산과 같은 큰 산이요 별로 치면 북두칠성처럼 뚜렷한 존재라는 점에서 권위자의 뜻이 되었다. 은유인 것이다. 대개 추상적인 것을 나타내는 말도 구체적인 것으로부터의 은유이다. 서양철학의 핵심적 개념의 하나가 된 그리스말의 이데아idea는 본시 〈본다〉는 말에서 나왔다. 각급 학교에서 배우는 제1외국어에서 〈이해한다〉고 할 때 〈나는 본다〉는 투로도 얘기한다는 것을 우리는 익히 알고 있다.

은유가 언어의 편재적 원리라는 것은 새로 만들어내는 비속어의 경우에 더 잘 드러난다. 어떤 집단에서 실력자가 전횡적으로 힘을 행사할 때 〈아무개가 다 말아먹는다〉고 하는데 갈데없는 은유이다. 〈목에 힘준다〉〈찬밥 먹고 있다〉〈치마폭에서 놀고 있네〉 따위가 모두 그렇다. 재래 수사학에서 은유의 유별난 전시장이라고 생각한 시만이 그것을 일탈적으로 숭상한 것은 아니다.

　　네가 가던 그날은
　　나의 가슴이
　　가녀린 풀잎처럼 설레이었다

　　하늘은 그린 듯이 더욱 푸르고
　　네가 가던 그날은
　　가을이 가지 끝에 울고 있었다

　　구름이 졸고 있는
　　산마루에
　　단풍잎 발갛게 타며 있었다

——김춘수, 「네가 가던 그날은」

　　쉬운 말로 내재율을 몹시 의식한 채 씌어진 이 순정 서정시에서
비유는 아주 편안하게 자리잡고 있다. 〈가슴이 가녀린 풀잎처럼
설레이었다〉는 직유를 우리는 별나게 의식하지 않는다. 〈가을이
가지 끝에 울고 있었다〉는 은유는 매우 창의적으로 씌어 있으며
또 전체 작품 효과에도 기능적으로 기여하고 있는 빼어난 시행이
다. 이 순정 서정시의 성취는 이 시행과 〈네가 가던 그날은〉의 되
풀이에 의존하고 있다 해도 지나치지 않다. 파란 가을하늘과 가을
나뭇가지의 어울림이 빚어내는 은유 효과는 절묘하다. 그렇지만
〈그린 듯이 푸른 하늘〉 같은 직유나 〈구름이 존다〉〈단풍잎이 탄
다〉 같은 은유에서 우리는 별다른 흔들림을 경험하지 않는다. 〈가
을이 가지 끝에 울고 있었다〉는 것과 같이 시인이 창의적으로 마
련한 은유라기보다도 언어 작동의 편재적 원리의 사례에 지나지
않기 때문이다. 그것은 우리가 비유임을 거의 의식하지 않는 죽은
비유이다. 〈집값은 올랐다〉고 우리는 말한다. 그러나 널뛰기에 쓰
는 널빤지도 아니고 헬리콥터는 더욱 아닌 〈집값〉이 어떻게 상하
운동을 한단 말인가? 〈힘을 합쳐서 전진하자〉고 우리는 말한다.
그러나 이때의 전진이 앞으로 걸어나가는 것이 아님은 너무나 분
명하다. 그것이 〈죽은 비유〉라는 것을 새삼스럽게 자각할 때 과연
그렇구나 하고 재확인할 뿐이다.
　　우리는 위의 시행을 통해서 직유나 은유를 통틀어 비유가 언어
의 장식이나 생각의 의상이 아니라 언어의 구성요소임을 다시 확
인한다. 말은 은유이며 또 우리가 은유임을 별나게 의식하는 법이
없는 〈죽은 은유〉 혹은 〈파묻힌 은유〉이다. 또 은유에 대한 이러
한 기본적 이해가 위의 시행을 이해하는 데 필수적인 것은 결코
아니다. 은유의 인지가 이해에 있어 추인적인 효과를 지닐 수도
있다. 그렇지만 꼭 필요한 것이 아니라 있어서 나쁠 것 없는 추가

적 인지일 뿐이다. 위의 시행의 수용에 있어서 가장 중요한 것은
그 내재율을 통해서 조성되는 정감이 의미의 주요 부분을 이루고
있다는 것을 실감하는 일이다. 그것을 실감할 때 이해가 완성된
다. 몇몇 은유에 대한 분석이 작품 의미의 중요성분으로서의 정감
에 대한 공감을 대체할 수는 없다. 재래 수사학에 의존한 비유의
기계적 분석이 작품을 향수하거나 이해하는 데 별 도움이 되지 못
할 뿐만 아니라 유해하기조차 한 것은 이 때문이다.

〈취지〉와 〈수단〉

아리스토텔레스의 은유론을 비판한 리처즈가 은유 이해에 기여
한 것은 은유를 구성하는 두 항목에 이름을 붙여 혼란 방지를 꾀
한 것이다. 가령 〈사람은 생각하는 갈대이다〉란 유명한 은유가 있
다. 이 파스칼의 은유에서 검토의 대상이 되어 있는 것은 〈사람〉
이다. 〈갈대〉는 〈사람〉이 비교되어 있는 구체적 이미지다. 리처즈
는 이 은유구조에서 〈사람〉에 해당하는 것을 〈취지 tenor〉라 부르
고 〈갈대〉에 해당하는 것을 〈수단 vehicle〉이라 부르자고 제안해서
어느 정도 통용되기에 이르렀다.
　〈법률은 미물만이 걸리는 거미줄이다.〉
　〈삶은 눈물의 골짜기 사이로 나 있는 나그네길이다.〉
　〈내가 다닌 것은 경험의 학교뿐이다.〉

위에 적은 은유에서 법률·삶·경험은 〈취지〉요 거미줄·나그네
길·학교는 제가끔 〈수단〉인 셈이다. 이러한 용어가 규격있게 씌
어지기 전에는 생각과 이미지, 의미와 은유, 주제와 유사물이라는

투로 쓰는 사람에 따라 자의적으로 이름붙여 혼란이 생겼던 것이다. 언제나 그렇다고 할 수는 없지만 적어도 위의 예문에서 취지와 수단 사이에 어떤 유사성이 인정된다. 이 유사성은 자명한 것이라기보다는 은유 구사자의 상상력에 의해서 재치있게 발명된 것이기도 하고 부각된 것이기도 하다. 취지와 수단 사이의 유사성이 은유의 세번째 요소인 비교의 근거ground이다. 따라서 취지·수단·근거는 은유를 분석하고 설명하는 데 편리한 단위이다. 〈그는 사시나무처럼 떨었다〉라는 직유에는 취지·수단·근거가 모두 뚜렷하게 드러나 있다. 〈그〉가 취지이고 〈사시나무〉가 수단이고 〈떨었다〉가 근거인 셈이다.

산도 마을도 포푸라나무도 고개 숙인 채
호젓한 낮과 밤을 맞이하고
그 곳에
언제 꺼질지 모르는
조그만 生活의 촛불을 에워싸고
해마다 가난해 가는 고향 사람들   ──김광균, 「향수」

7번가에서 E를 내린다.
플랫폼에서 청년 가수 하나가
모자를 앞에 내놓고
기타를 치며 노래하고 있다.
여기도 답답한 진주가 하나 있구나!
귀기울이면 컨트리송,
이럴 때 상송이나 베싸메 무쵸라면 얼마나 좋으랴.
                            ──황동규, 「브롱스 가는 길」

김광균 시행에서 근근이 이어가는 고단하고 곤궁한 삶은 촛불로 비유되어 있다. 언제 꺼질지 모르는 가냘픈 촛불과 가까스로 이어가는 구차한 삶의 유사성은 아주 호소적이다. 그리하여 고향 사람들에 대한 화자의 공감을 아주 절실하게 전달해 준다. 황동규 시행에서 전철 플랫폼에서 기타를 치며 노래와 구걸을 하고 있는 가수는 〈답답한 진주〉로 비유되어 있다. 틀림없이 마음 가난한 진주이지만 그러기에 더욱 답답한 느낌도 들 것이다. 간결 적정한 은유가 화자의 감회를 직접적으로 또 경제적으로 전달해 준다. 은유가 말의 장식일 뿐이라는 생각이 얼마나 허망한 것인가를 드러내준다. 김광균 시행에서 〈생활〉이라는 취지와 〈촛불〉이라는 수단을 연결시켜 주는 근거는 가까스로 현상을 유지해 가는 불안정성과 그것이 촉발하는 안타까운 무력감이다. 그리고 그 유사성은 연상작용에 의해서 지각된 것이다. 그러나 황동규 시행의 〈답답한 진주〉라는 수단과 〈청년 가수〉라는 취지 사이의 근거는 보다 주관적인 것이다. 유사성이 화자의 관점이나 태도에 의해서 진하게 채택된 것이기 때문이다. 청년 가수 혹은 예술가와 진주에 대해서 공통적으로 지니고 있는 화자의 숭상이나 감탄이 유사성의 근거를 이루고 있다. 이처럼 유사성의 근거를 통해서 취지와 수단이 맺어져 있는 은유에서 유사성의 성질은 경우에 따라 다르다. 〈답답한 진주〉에서 청년 가수에 대한 공감에는 육친 혐오적인 안타까움의 배려가 곁들여져 있어 〈진주〉를 한정시켜 놓고 있음도 간과해서는 안 될 것이다. 어쨌거나 취지와 수단의 상호작용을 통해서 은유는 그것이 아니면 이룩할 수 없는 독특한 의미를 성취하는 것이다.

취지와 수단을 매개하는 근거가 일단 유사성임에 틀림은 없다. 그러나 유사성 아닌 차이성이 근거가 되는 경우도 없지 않다. 취지와 수단의 근거가 유사성이라는 은유의 구조를 생소화하고 충격

176

을 주기 위해서 의도적으로 차이성이나 무관한 것을 수단으로 설
정하기도 하는 것이다. 그것이 은유로서는 부적절할지 모르지만
틀에 박힌 규격으로부터의 일탈은 언제나 서늘한 충격과 함께 새
로운 인지를 제공해 주게 마련이다.

>   네 얼굴은 眞理에 도달했다
>   어저께 진리에 도달했다
>   어저께 환희를 잃어버렸기 때문이다
>
>   아아 보기 싫은 머리에 두툼한 어깨는
>   虛僞의 상징
>   꺼져라 二十년 전의 악마야
>
> ──김수영, 「네 얼굴은」

〈보기 싫은 머리에 두툼한 어깨〉가 취지라면 〈二十년 전의 악마〉
는 수단이다. 그런데 취지와 수단 사이의 근거는 무엇인가? 어떤
유사성이 근거를 이루고 있는가? 그것은 분명치 않다. 20년 전 젊
은 시절에 악마처럼 생각했던 보기 싫은 몰골인 〈보기 싫은 머리
에 두툼한 어깨〉를 〈네 얼굴〉이 갖추고 있는 것인지도 모른다. 그
저 악마처럼 흉한 몰골인데 악마다운 마성을 부여하기 위해 20년
전이란 자의적인 수치를 붙였는지도 모른다. 분명한 것은 취지와
수단 사이의 당돌한 병치에서 특유한 시적 긴장이 빚어지고 있다
는 점이다. 그리고 얼마쯤 당돌한 은유를 포용하고 있는 위의 시
행이 대체로 모호하고 느슨한 「네 얼굴은」이란 작품을 그런대로
벌충해 주고 뒷받침하고 있다는 점이다. 일반적으로 현대시가 취
지와 수단 사이의 근거가 극히 모호한 은유를 지향하여 기발하고

신선한 이미지를 추구하고 있음은 흔히 목도된다.

> 겨울 저녁은 자리잡는다
> 통로의 불고기냄새와 함께.
> 여섯시
> 연기낀 날들의 타버린 끄트머리.
> 이제 휘몰아치는 비가
> 그대 발치에 싸서 굴린다.
> 마른 잎의 더럽혀진 조각들과
> 공터의 신문지를.
>
> ——엘리엇, 「서곡」

눈이 오지 않은 겨울 저녁 무렵은 황량하고 을씨년스러운 느낌을 준다. 도회의 일상이 간결한 정경으로 드러나 있는 「서곡」의 첫머리에서 〈여섯시〉라는 취지는 〈연기낀 날들의 타버린 끄트머리〉라는 수단으로 병치되어 있다. 하루 일과가 끝나는 퇴근 무렵의 시각이 땔감의 타버린 찌꺼기의 이미지로 포착되어 있다. 취지와 수단 사이의 근거는 주관적이며 아마도 도회 직장 근무자의 심정일 터이다. 따라서 객관적이요 가시적인 유사성과는 거리가 있는 근거이다. 이보다 한결 대담하고 도전적인 이미지는 유명한 「J. 엘프리드 푸르푸로크의 사랑 노래」의 도입부이다. 다시 거론하기가 쑥스러울 정도로 널리 알려진 대목이지만 맹랑한 직유는 현대시의 충격성의 사례로서는 고전적이라 할 수 있다.

> 자 갑시다, 당신과 나
> 수술대 위에 누운 마취된 환자처럼

저녁이 하늘을 배경으로 온몸을 누이고 있는 지금……

여기서 비유는 은유 아닌 직유의 형식을 취하고 있다. 취지와 수단 사이의 유사성을 인지할 수 없을 정도로 양자 사이의 근거는 동떨어져 있다. 이 동떨어짐이 수단을 부각시키고 독자들의 주의를 독점하고 있다. 18세기에 나왔다면 적정성이 없다고 혹독한 비판을 받았을 비유구조이다. 그만큼 충격적이지만 이러한 대담성에 은연중 순치된 것이 현대시 독자들의 감수성이다. 현대인의 불안이 반영되어 있는 이러한 이미지는 불길한 느낌마저 주었지만 불결하고 비시적(非詩的)이라고 생각된 소재나 이미지의 점증적인 수용은, 문학과 미는 동의어가 아니라는 새로운 믿음을 널리 퍼지게 하였다. 보들레르를 현대시의 원천이라고 보는 관점이 어디에서 유래했는가를 보여주는 국면이기도 하다.

의미론적 연관

언어 자체가 은유적이요 말이 은유이다. 따라서 은유의 구조는 다양하고 다채롭다. 일목요연한 정식화는 불가능할 뿐 아니라 부질없는 일이기도 하다. 그러나 은유의 의미론적 연관을 몇 갈래로 나누어서 생각할 수는 있을 것이다.

1 구상화의 은유

추상적인 것에 구체성을 부여하며 신체적 특성을 부여하는 경우이다. 문명의 횃불, 별리의 고통, 전근대의 땅거미 따위가 그것이다.

> 나의 마음은 고요한 물결
> 바람이 불어도 흔들리고
> 구름이 지나도 그림자 지는 곳
>
> 돌을 던지는 사람
> 고기를 낚는 사람
> 노래를 부르는 사람

——김광섭, 「마음」

> 안타까운
> 마음은
>
> 은은히 흔들리는
> 강나룻배
>
> 누구를 사모하는
> 까닭도 없이
>
> 문득 흔들리는
> 강나룻배

——박목월, 「임에게 2」 전문

위의 시편에서 마음이란 보이지 않는 것이 가시적이고 구체적
인 수단을 통해 구상화되어 있다. 아주 흔한 은유임을 알 수 있

다. 그러나 되풀이하지만 이러한 은유의 구조를 인지하는 것은 추
인적인 것이다. 그러한 은유적 인지를 결여한다고 해서 작품이해
에 장애가 되지 않는다는 것은 분명하다.

2 애니미즘 성향 은유

무생물에 대해서 생명 있는 것의 특징을 부여하는 은유이다. 노
한 바다, 울부짖는 파도, 산허리, 대포의 포효 따위가 그것이다.

　안개는 걸어온다
　작은 고양이 발로.

　말없이 쪼그리고 앉아
　항구와 도시를
　바라보다간
　또다시 간다.

──칼 샌드버그, 「안개」 전문

　조개 껍질의 붉고 푸른 문의는
　멫千年을 혼자서 용솟음 치든
　바다의 바다의 소망이리라.

　가지가 찢어지게 열리는 꽃은
　날이 날마닥 여기와 소근대든
　바람의 바람의 소망이리라.

아——이 검붉은 懲役의 땅우에

洪水와 같이 몰려 오는 혁명은

오랜 하눌의 소망이리라.

——서정주, 「혁명」 전문

샌드버그의 소품에서 안개는 고양이로 되어 있다. 취지와 수단
사이의 근거는 시인이 창의적으로 마련한 것일 뿐 대상에의 충실
성에서 곧바로 나온 것은 아니다. 안개현상의 생소화에서 효과를
내고 있는 소품이다. 그러나 끼었다가 사라지는 물리현상이 정감
있게 처리되어 있다. 미당의 작품에서 바다와 바람은 모두 소망을
가지고 있다. 하늘도 소망을 가지고 있지만 여기서의 하늘은 앞서
나온 바다나 바람과는 성질이 다르다. 하늘 자체가 문자 그대로의
하늘이면서 동시에 천심(天心)의 뜻을 가지고 있다. 그 자체가 은
유인 것이다. 〈가지가 찢어지게 열리는 꽃〉의 〈열리는〉은 이중의
뜻을 가지고 있다. 꽃봉오리가 벌어진다는 뜻의 열림[開]의 뜻과
열매가 열린다는 뜻의 열림의 뜻이 겹쳐 있다고 할 수 있다. 후자
의 뜻으로 읽으면 말의 일탈적 사용에서 오는 생소화현상이 추가
된다고 할 수 있다. 열림의 이중성을 그대로 받아들일 때 이 시행
은 더욱 기억할 만한 것이 된다.

3 인간화 은유

인간 아닌 것에 인간의 특징을 부여하는 은유이다. 정다운 고향
산천, 황소 웃음 따위가 그것이다.

맑은 눈동자 그 작은 팔들을 내저으며

그렇게도 즐거이 땅끝까지 번져나던 너희
그러나 지금은?
등성이에 홀로 와 누우량이면
너희의 그지없는 탄식이 오슬오슬 등솔기에 스미노니
——유치환, 「秋草여」 전문

하늘은 날더러 구름이 되라 하고
땅은 날더러 바람이 되라 하네
청룡 흑룡 흩어져 비 개인 나루
잡초나 일깨우는 잔바람이 되라네
뱃길이라 서울 사흘 목계 나루에
아흐레 나흘 찾아 박가분 파는
가을볕도 서러운 방물장수 되라네
——신경림, 「목계 나루」

놀라울 것 없는 이 평범한 삶이
놀랍다는 생각이 든다

빈 새장 같은 죽음의 얼굴은
이빨에 앵무새 깃털을 문 채
웃고 있는데
——최승호, 「새장 같은 얼굴을 향하여」

  유치환 소품에서 풀은 사람의 몰골을 가지고 있다. 이슬을 가리
키는 것이겠지만 맑은 눈동자도 있었고 작은 팔들을 내저으며 번
져나갔다. 그러나 늦가을이 되어 이제 탄식하고 있다. 신경림의

시와 은유 183

시행에서는 하늘과 땅이 말을 한다. 화자의 떠돌이지향은 이렇게 하늘과 땅의 권유인 양 노래되어 있다.

　그런데 여기서 우리가 유의할 것은 위에서 살펴본 유형의 은유가 서로 중첩된다는 것이다. 인간화 은유나 애니미즘 성향의 은유는 모두 구체성을 띠며 목숨 있는 것의 성격을 부여하기 때문이다. 추상적인 것이 인간처럼 처리되는 의인화는 따지고 보면 앞의 세 가지 유형을 모두 합쳐 가지고 있다 할 수 있다.

4 공감각적 은유

　청각적 의미를 시각적인 의미로 옮겨 쓰는 것처럼 감각영역의 의미 전이를 꾀하는 은유다. 요란한 색깔, 요란한 향수(香水) 따위가 그것이다. 김광균의 〈분수처럼 흩어지는 푸른 종소리〉는 고전적인 사례로 굳어졌다.

　　담장을 끼고 기어오르던
　　덩굴이
　　담장 위에 와서
　　헛되이 허공만을 휘젓고 있다.

　　이 소리없는 고요의 絶叫

──김윤성, 「哀歌 7」

　　모래밭처럼 찌던
　　市街를 벗어나,

桔梗꽃빛 九月의 氣流을 건너면,

은피라미떼
은피라미떼처럼 반짝이는

아침 풀버레 소리.

──김종길, 「여울」

다만 멀찍이
훔쳐보는 것만으로도
다시 하늘에 대하여
죄를 짓는 것이 되리라

이 기미 제일 아는 듯
시방 풀벌레가 사방에서
너무 억울하다고
실개천을 긋느니.

──박재삼, 「풀벌레 울음에」

　　김윤성 시행에서 장미덩굴의 생명의지는 〈소리없는 고요의 절규〉란 공감각적 은유로 드러나 있다. 동시에 이것은 모순어법oxy-moron이기도 하다. 뻗어나가려는 덩굴의 내밀한 생명의지가 모순어법과 공감각적 은유로 드러나는 것은 당연해 보인다. 김종길 시행에서는 여울목에서 흔히 볼 수 있는 은피라미떼와 풀벌레소리가 겹쳐 있는데 쾌적하게 요란한 풀벌레소리가 은피라미떼의 반짝임을 통해서 실감 나게 전달되고 있다. 은유가 부가적인 장식이란

생각이 얼마나 맹랑한 것인가를 보여주는 설득력 있는 사례라고
할 것이다.

사고의 은유적 성격

위에서 은유의 의미론적 연관을 유형화해서 검토해 보았지만
그 경계는 유동적인 것이고 상호 수렴적인 것이다. 위에서 우리는
취지와 수단의 상호작용에 의한 은유의 고유한 의미 생성에 우리
의 주의를 집중하였다. 그러나 은유가 근본적으로 생각 사이의 거
래라는 것은 가장 중요한 국면이다. 생각이나 사고는 은유적인 것
이며 비교에 의해서 진행한다. 언어의 은유도 바로 여기서 유래하
는 것이다. 역사에서 말하는 종말론이라든가 마르크스주의에서 말
하는 (혹은 말하였던) 상부구조나 토대가 모두 은유적인 것임은 분
명하다. 토대나 상부구조가 바로 건축용어인 것이다. 사람들은 기
초를 닦고 그 토대 위에 구조물을 세우는 것이다. 은유와 사고와
의 연관을 유명한 연극대사를 통해서 재음미해 보기로 하자.

> 사람살이는 걸어다니는 그림자,
> 불쌍한 광대다, 무대 위에서 한껏 재보고 큰소리쳐도
> 종치면 끝장이다. 천치가 지껄이는
> 이야기, 소리와 노여움은 요란하지만
> 의미하는 것은 아무것도 없다.
>
> ——「맥베스」 5막 5장

〈사람살이는 걸어다니는 그림자〉라 하면 얼핏 인생의 정의(定

義)처럼 들린다. 그러나 사전적인 정의는 결코 아니다. 인생이 불쌍한 광대가 아니며 또 천치가 들려주는 얘기가 아니라는 것을 우리는 마음속에서 다짐하고 있다. 따라서 정의처럼 보이는 위의 진술을 은유로 파악하는 것이다. 삶이란 이를테면 걸어다니는 그림자요 불쌍한 광대와 같고 천치가 들려주는 얘기와 같다는 뜻이라고 이해한다. 문자 그대로의 진술로 읽으면 삶이나 사람살이와 걸어다니는 그림자는 같은 것이 아니다. 그러나 마치 같은 것이라고 생각하는 데서 은유가 생겨나는 것이다. 맥베스의 독백은 절망적이고 허무주의적인 인생 파악을 담고 있다. 도덕적 가치의 문제를 떠나 그것은 하나의 생각이다. 은유를 통해서 맥베스의 절망적인 인생관이 통절하고 간결하게 전달되어 있다. 다시 한 번 우리는 은유를 수사적 장식이라고 간주하는 관점이 얼마나 근거없고 취약한 것인가를 알 수 있다. 사람들은 말로써 생각하고 비유로써 생각한다. 반드시 시나 문학작품에서만 그런 것이 아니다. 문학 바깥쪽의 프로이트가 최후의 저작에서 적고 있는 바를 읽어보기로 하자.

  그렇다면 꿈은 정신병 특유의 주책없음과 망상과 환상을 갖추고 있는 정신병이다. 주체의 동의로 도입되고 주체의 의지로 끝이 나며, 유용한 기능을 떠맡은바 무해하고 잠시 동안 지속되는 정신병이다. 그렇지만 어쨌건 꿈은 정신병인 것이다. 그리고 우리는 이처럼 깊숙이 뻗치는 정신생활의 변경도 원상으로 회복되고 정상기능으로 자리를 내줄 수 있다는 것을 이로부터 알게 된다. 그렇다면 두려운 정신생활의 자연발생적인 질환을 우리가 관장토록 하고 그 치료를 도모하는 것이 가능하다고 희망하는 것은 너무나 대담해서 가망이 없는 일이라고 할 것인가?[3]

꿈은 누구나가 무시로 경험하는 일상적인 현상이다. 정신분석학적인 꿈의 연구가 유포되면서 그 내막이 많이 밝혀진 셈이지만 많은 사람들에게 그것은 독특한 신비경험으로 남아 있다. 꿈에 예언적이고 초자연적인 의미를 부여하여 지혜로운 사람들이 그것으로 미래를 점쳤던 것은 동서를 막론하고 옛사람들의 관행이었다. 요셉으로부터 카이사르를 거쳐 이성계에 이르는 해몽의 일화는 면면하다. 근래에 와서는 생리학적 설명이 들어서서 전날의 인상을 무질서하게 반영하는 대뇌피질의 활동 결과라는 해석도 있었다. 그러나 심리작용으로 꿈을 설명하는 관점이 널리 수용되고 있는 것으로 보인다. 의식이 이완된 수면시간에 무의식적인 소망을 충족하는 현상이라는 단순화되고 비속화된 정신분석적 이론이 많이 유포되어 있다. 소망충족의 꿈이론을 보강하는 강박적 공포의 꿈에 대한 해명도 프로이트는 시도하였고 그것을 문학이론의 일부로 적용한 비평가도 있다. 그런데 위에서 보았듯이 프로이트는 최후의 저서에서 꿈이 정신병 혹은 정신이상이라고 잘라 말한다. 지속시간이 짧고 또 무해하다. 꿈꾸는 이의 동의로 시작해서 그의 의지로 끝나며 유용한 기능을 떠맡은 것은 사실이지만 그럼에도 불구하고 정신병이요 정신이상이라는 것이다. 모든 새 이론이 그렇듯이 이것은 꿈의 근원적인 생소화 혹은 낯설게 하기이다. 누구나 꾸는 꿈을 정신병이라고 갈파함으로써 정상과 비정상의 경계가 유동적이며 종이 한 장의 얄팍한 차이임을 강력히 시사한다. 꿈이 정신병이라는 것은 꿈의 성질을 부각시켜 줄 뿐 아니라 정신병의 성질도 밝혀준다. 정신이상은 환자의 통제범위를 벗어난 밤낮을 가리지 않는 지속적인 꿈으로 드러난다. 꿈이 정신병이라고 프로

---

3) Sigmund Freud, *An Outline of Psycho-Analysis*, trans. by J. Strachey(W.W. Norton, 1969), 제2부 제6장.

188

이트가 말할 때 꿈은 취지요 정신병은 수단이다. 그리고 이 양자의 근거가 되어 있는 것은 망상과 환상과 주책없음이다. 정신분석에서 말하는 〈꿈작업 dream work〉과 꿈꾸기를 해명하는 무의식적 기제는 그대로 정신질환자나 신경증 환자의 징후를 설명하는 데 도움이 된다. 저간의 자세한 사정은 비전문인이 어깨 너머로 기웃거릴 문제가 아니다. 중요한 것은 꿈이 정신병이다라는 것은 은유란 사실이다. 그리고 이 은유는 꿈과 정신이상의 본질을 상호 조명해 준다. 은유는 단순한 장식이나 충격어법이 아니다. 취지와 수단의 상호작용을 통해서 특유한 진실과 통찰을 전달하며 의미를 창출하는 것이다. 꿈과 정신이상 사이에는 유사성 이외에도 상이성(相異性)이 많다. 은유는 유사성을 근거로 하지만 상이성을 배제하는 것은 아니다. 프로이트로부터의 인용문은 생각이나 사고가 얼마나 은유에 의존하고 있는가를 밝혀준다. 사고는 은유적이며 비교를 통해서 진행된다. 아울러 우리는 꿈의 언어가 생략과 축약을 특징으로 하는 은유임을 상기해 두어야 할 것이다. 언어 자체가 은유이기 때문에 당연한 일이다.

취지를 드러낼 필요가 없는 은유를 우리는 상징이라 한다. 가령 불꽃은 정열의 상징이요 비둘기는 평화의 상징이라고 일상어법으로 사람들은 말한다. 관습과 낯익음이 정열이나 평화의 뜻을 부여하였기 때문이다. 흥미 있는 상징은 대체로 은유적이다. 전통적·관습적인 상징에 만족하지 못하는 시인들은 독특한 상징체계를 만들어내기도 한다. 블레이크 같은 시인이 대표적인 사례다. 한편 취지가 드러나 있지 않은 은유도 허다하다.

아우스테를리츠와 워털루에 시체를 높이 쌓아라.
땅 속에 파묻어라 일을 하련다——

나는 풀이다. 모든 것을 덮는다.

게티스버그에도 높이 쌓아라.
이쁘께와 베르뎅에도 높이 쌓아라.
땅 속에 파묻어라, 일을 하련다.
이 년 십 년 지나, 손님들은 차장에게 물으리라.
　　여기가 어디오?
　　우리 지금 어디 있소?

　　나는 풀이다.
　　일을 하련다.
　　　　　　　――칼 샌드버그/이영걸 옮김, 「풀」 전문

이 시에서 풀이라는 수단에 대응하는 취지는 보이지 않는다. 따라서 풀은 상징이다. 그러나 무엇을 상징하는 것인가? 과거의 망각인가? 싸움터에서 죽은 사자의 명예의 망각인가? 전쟁의 잔혹성의 망각인가? 숨어 있는 취지를 찾아내는 것은 독자들의 몫이다.

관습과 모티프

관습의 굴레

근자에 우리 사회에서는 우리 옛것의 복원이나 부흥이 괄목할 만하게 이루어지고 있다. 탈춤에서 마당극, 사물놀이에서 판소리, 국악에서 고전무용에 이르는 다채로운 우리 옛것 되살림은 소홀치 않은 열의를 동반하고 있으며 뜨거운 반응을 불러일으키고 있다. 시골을 떠나온 후 오랜 도회지 생활의 신산(辛酸) 끝에 고향을 발견하게 되듯이 사람들은 근대화와 산업화의 현기증 나는 사회 변화 속에서 농경적 질서 아래서 생성하고 발전한 우리 옛것을 재발견하고 있다는 감개마저 있다. 우리 옛것의 복원과 부흥에는 그것을 뒷받침하는 정서적 필요조건과 함께 우리것 되찾기라는 의식적 노력이 가세하고 있음은 물론이다. 신토불이(身土不二)라는 동의학적 개념이 농산물 일반과 함께 문화 생산 일반에도 널리 적용되고 있는 것이라 해도 잘못은 아니다. 그것이 제공하는 무량한 편의에도 불구하고, 아니 바로 그 기계적 편의 때문에, 산업사회가 제공하는 순평치 못한 심리적·정서적 갈증은 보다 단순하고 직접적인 우리 옛것과의 해후를 더욱 소중하고 뜻있게 해주는 것 같다. 또 그것을 가능하게 하는 물질적 기반이 단단해지리라는 공산도 작지 않다.

이러한 우리 옛것 되찾기 가운데서 이렇다 할 양지 쪽을 누리지 못하는 분야도 적지 않다. 그중의 하나가 우리의 전통 시가(詩歌)인 시조가 아닐까 생각된다. 시조 생산이 꾸준히 이루어지고 있다는 것은 사실이다. 주요 일간지가 독자 시단을 시조작자를 위해 개방하고 있는 것도 사실이다. 그럼에도 그것이 따뜻한 반응을 얻고 있다는 증좌는 아무데도 없다. 많은 시집이 단편집을 능가하는 판매 실적을 올리고 있으며 개중에는 수십만 부가 나간다는 유례없는 세계적 현상을 기록한 것들도 있다. 그렇지만 시조집이 독자의 큰 호응을 얻었다는 소식은 들은 바 없다. 한국문학 연구의 선구자가 이렇게 말한 바 있다는 것을 상기할 때 사태의 기묘함이 돋보인다.

시조가 성립되기까지의 모든 시형은 필경 시조형식을 이루려는 준비에 지나지 못하였고, 성립된 후의 모든 시형은 시조의 발전적 형식이라 볼 수 있을 만치 시조의 성립은 詩歌上 중요한 사실이고 또 그가 가지고 있는 시가상 지위는 보통것과도 다르다. 실로 시조는 조선시가의 대표라 하겠고 또 과거 조선민족의 상징이 될 것이다.[1]

〈시조가 다른 어느 시가보다도 가장 조선민족의 국민성에 적합한 시형을 가지고 있다〉는 이 선구적 국문학자의 발언이 실증되지

---

1) 趙潤濟, 『朝鮮詩歌史綱』(박문서관, 1937), 제3장 제6절.

않은 관념적 수사라 치더라도 문화적 기억상실을 강요받았던 시절에 토로한 우리 것에 대한 애착과 경의로서 큰 무게를 가지고 있다. 그런데 그 후의 역사는 겨레를 시조로부터 또 시조를 겨레로부터 격리시키는 데 기여하고 있는 것이다. 그 주요한 이유는 어디에 있을 것인가?

이 물음에 충실하게 답변하는 것은 간단한 사안이 아니다. 갖가지 사회문화적 요인이 작용한 결과일 터이다. 그러나 이 글의 주제와 관련하여 시조 장르가 작자에게 부과하는 관습의 굴레를 지적할 수 있을 것이다. 평시조를 시조의 원형으로 삼고 검토해 볼 때 시조라는 장르에 고유한 관습의 구속력은 소홀치 않은 것이다.

3천 수가 넘는다는 옛 시조가 다양하고 다채로운 소재와 어조를 보여주고 있다 하더라도 은연중 소재 선택이나 어조 채용에 제한적 구속력을 발휘하게 마련이다. 시인이 시조 장르를 선택할 때 그는 이 관습의 굴레를 취택하는 것이기도 하다. 시조집 발문에서 〈시조 제작에 있어서 양과 질로서 가람의 오른편에 앉을 이가 아직 없다〉고 정지용이 상찬한 가람 이병기의 『가람시조집』을 일별하는 것만으로도 사정은 분명해진다.

5부로 구성되어 있는 『가람시조집』에는 표제별로 셈할 때 도합 80편의 시조가 수록되어 있다(표제작마다 3장으로 된 시조수는 다르다. 가령 「난초 1」은 단수(單首)로 되어 있고 「계곡」은 6수로 되어 있다). 제1부는 「도봉(道峯)」「월출산」 등의 표제가 알려주는 바와 같이 자연을 노래한 것이다. 자연 일반이 아니라 고유명사 달린 산천의 경개를 노래하고 있다. 제2부에는 파초나 포도 같은 화초나 과목을 포함하여 꽃과 나무를 노래한 시편이 수록되어 있다. 난초와 매화를 주축으로 한 매란국죽의 근대판이라 할 만하다. 제3부에는 어린 시절에 대한 추억 시편을 포함하여 일상생활의 감상을 표출한 통상적인 서정시편이 대종을 이루고 있다. 제4부에는 특정 인물의 추도시나 문화재 탐방 시편이 수록되어 있고 제5부에는 계절의 추이 및 비나 소나기 같은 자연현상에 대한 감개를 취급한 시편이 대종을 이루고 있다.

가람은 옛 시조의 규격화된 관습에 저항하면서 시조를 근대인의 심성에 맞도록 시조 근대화에 주력하여 어느 정도의 성공을 거둔 시인이다. 정지용이 〈마침내 시조틀이 시인을 만나서 시인한테로 돌아오게 되었다〉고 말한 것은 저간의 사정을 지적한 것이다. 그럼에도 오늘의 독자들에게는 가람 시조도 옛 시조와 큰 차이가 없어 보인다. 우선 소재 선택에서부터 옛 시조를 도습하고 있다. 계절의 추이나 자연을 노래함에 있어 그 결이 섬세하고 자상한 것은 틀림없지만 크게 보아 옛 시조의 지평을 계승하고 있는 것이다. 매화와 난초의 숭상은 옥잠화나 함박꽃의 도입으로 수정되어 있지만 거기에도 한계가 있다. 모더니스트들이 숭상하던 장미나 다알리아나 포플러 같은 귀화식물은 원천적으로 배제되어 있다. 어린 시절도 농경사회의 고담적(古談的) 세계로 그려진다.

병아리 어이 찾어 마당가에 뱅뱅 돌고
시렁위 어린 누에 한잠을 자고 날때
누나는 나를 다리고 뽕을 따러 나가오

누나는 뽕을 따고 집으로 돌아가도
금모래 은모래 쥐었다 놓았다 하고
나혼자 밭머리 앉어 해지는줄 모르오

소나기 三兄弟가 차례로 지나가고

언덕밑 옹달샘에 무지개 다리 노면

仙女들 머리 감으라 나려옴을 바라오

——이병기, 「그리운 그날 1」 전문

이 고담적 세계가 시조에 고유한 관습의 영향을 받은 것임은 가령 백석의 유년시절 시편과 비교해 보면 분명해진다. 정형의 요구에 호응하기 위한 서술적 설명과 무지개 및 선녀의 연상은 읽을 만한 이 시조시편에서 간결한 직접성을 박탈하고 있다. 발표 당시에는 참신한 소재요 작품이었겠지만 그 효과는 이제 우리의 것이 아니다(옛 시조에 어린 시절의 추억이라는 소재를 다룬 작품은 없다. 어린 시절이란 것 자체가 근대사회의 발견이자 발명이다). 옛 시조의 강력한 입김은 다음과 같은 자연시편에서 더욱 두드러진다.

깊고 깊은 뫼희 숲도 그리 그윽하다

반히 트인 곳이 저 아니 광릉인가

허울한 羊馬石 머리 지는 해는 잦었다

외롭고 쓸쓸하기 寧越과 어떠하리

해마다 봄이 오면 자규야 울지마는

오르고 눈물을 지을 누대 하나 없도다

——이병기, 「光陵」 전문

산과 숲에 대한 묘사적 접근은 확실히 새로운 시도로서 〈山村에 눈이 오니 돌길이 묻혔어라〉라는 옛 시조와는 정취를 달리한다. 근대시 경험이 시조의 근대화에 남긴 어떤 흔적을 인지하게 한다. 그러나 세조와 그 왕비의 무덤은 역사적 우의로 다가온다. 세조릉에서 단종릉이 있는 영월을 연상하는 것은 자연스럽다. 그렇지만 똑같이 쓸쓸하고 소쩍새 우는 곳이되 누각 하나 없는 광릉을 부각시킴으로써 어떤 역사적 우의를 시도하고 있음을 엿볼 수 있다. 의식적이든 심층적이든 시조시인은 조선조 사대부의 교훈주의의 영향을 받고 있는 것이다. 그리고 그것은 옛 시조의 관습이 부과하는 압력의 결과일 것이다. 시조 장르의 선택은 광릉이라는 소재와 함께 자규(子規)와 누대라는 시적 소도구의 선택을 준비해 준다. 그리고 우의적 어조와 회고적 영탄도 더불어 마련해 주는 것이다.

이렇게 해서 당초 도전적이고 참신하다고 생각되던 시조 근대화의 의욕은 오늘날 퇴색한 것으로 보인다. 옛 시조의 여러 특징을 고스란히 계승하고 있다는 국면이 두드러져 보인다. 그것은 시조 근대화가 자유시의 자기갱신 능력을 도저히 따라잡지 못했다는 사정 때문에 더욱 돋보인다. 자유시의 영역 확장과 변모의 궤적은 그만큼 과감하고 전면적이었던 것이다.

시조의 윤리

시조 근대화에 훨씬 과감하고 열의 있었던 시조시인의 경우에도 시조의 관습이 부과한 압력은 여전히 막중하였다. 소재나 어조에 있어서 한결 분방하였던 시인이 옛 시조와 동떨어진 당대적 소재를 다루었을 때 어떤 결과가 일어나는가 하는 것을 다음 작품은 생생하게 보여준다.

이 가을도 조상앞에

한 자리 못하는 형제

한 얼굴 江山이요
하나로 둥근 달을

萬古에 섧다는 은하엔
七夕이나 있어라.　　　　　　　　　——이호우, 「秋夕」 전문

　초·중·종장의 3장으로 되어 있다고 해서 3행으로 적는 것이
가람 시대의 의문 제기 없는 관행이었다. 처녀작에서부터 이호우
(李鎬雨)는 〈낙동강 빈 나루에 달빛이 푸릅니다〉라고 평서법을 시
도하는 등 시조의 틀 안에서 어법 변화의 야심을 보여주었다. 그
러나 그가 이르는바 분단 사실을 노래할 때 추석이라는 전래 명일
(名日)을 택하여 견우 직녀의 고래 전설을 차용하고 있는 것은 흥
미 있다. 시조 관습의 한정적 압력은 이렇게 무서운 것이다. 소재
의 갱신에도 불구하고 결과는 예스러움으로의 귀환으로 끝나고 있
다. 이러한 국면은 그의 대표적인 작품에서도 두드러진다.

　살구꽃 핀 마을은 어디나 고향 같다
　만나는 사람마다 등이라도 치고지고
　뉘집을 들어서면은 반겨 아니 맞으리.

　바람없는 밤을 꽃그늘에 달이 오면
　술 익는 초당마다 情이 더욱 익으려니
　나그네 저무는 날에도 마음 아니 바빠라.
　　　　　　　　　　　　　——이호우, 「살구꽃 핀 마을」 전문

이 작품은 소재면에서나 말씨에서나 옛 시조의 뼈대를 벗어나 있다. 언뜻 비슷해 보이면서 다르다. 제1연의 초장에는 근대시의 경험이 분명히 드러나 있다. 그러나 농경사회 공동체 특유의 이웃사촌 인정주의가 전편을 물들이고 있다. 그리하여 근대적 변용에도 불구하고 시조 특유의 예스러움을 내장하고 있다. 근대인의 소외나 고독감과 먼 이러한 특성은 시조독자의 기대 지평에서 그지없이 편안하고 안온하다. 그것은 작품의 어조에서 두드러져 보인다. 관습은 이렇게 작품세계를 한정시켜 준다.

고이 젖은 눈섶 불빛에 깜작이며
떨리는 손을 들어 가슴우에 짚으시고
고향에 늙은 어무니 뵙고싶어 하드이다

그밤에 맑은 혼은 고향으로 가셨든지
하그리 그린 이들 이름을 부르시고
입술만 달싹어리며 헛소리를 하드이다
——김상옥, 「누님의 죽음」 전문

내 앓고 누었으면 밖에도 안나가고
기침이 좀 늘어도 참새처럼 재재기고
남남이 겨운 그 情은 내게 이러 하도다
——김상옥, 「안해」 전문

이러한 가족시편은 시조이기 때문에 가능할 것이다. 가족 사이의 이기적 분열을 거의 당연시하는 현대 도시의 가족 정경과는 사뭇 다른 예스러움이 보인다. 시조라는 장르가 예고하고 당연시하는 것은 한 시절의 미풍양속에 속하는 인륜중시와 우애숭상이다. 그것이 지난날의 실상을 얼마만큼 충실하게 반영하며 표출하고 있느냐 하는 것은 어리석은 질문에 지나지 않는다. 조선조 사대부의 윤리관이 거부하는 어떠한 금기도 소재가 될 수 없다. 어버이는 어디까지나 효행의 대상으로 그려지고 인간관계는 대체로 삼강오륜의 규범세계를 벗어나지 않는다. 시조 장르의 선택은 부지중에 이러한 옛 미풍양속에의 순종을 수반한다. 관습의 구속력이 막강함을 우리는 도처에서 인지한다.

옛 시조가 사랑의 표현에 옹색한 것도 옛 체제의 미풍양속에 순종한다는 시조 장르의 관습이 빚어낸 결과일 것이다. 황진이를 비롯한 몇몇 여류만이 가까스로 사랑 노래에 있어 서슴없을 수가 있었다. 사설시조에 있어 에로스 충동은 조잡한 외설로 경사하고 있으며 평시조에서도 사랑 노래는 다분히 희작적(戱作的)으로 드러나고 그만큼 일탈적이다. 현대시조에 있어서도 사랑과 그리움의 표백은 극히 희소하다. 『가람시조집』에 사랑과 관능적인 것은 아주 없다시피 하다. 김상옥 시조집 『초적(草笛)』에 있어서도 사정은 같다.

위에서 검토한 시조 장르와 그 관습의 이모저모는 우리 옛것의 복원과 부흥의 열기 속에서 시조가 빠져 있는 곡절을 분명히 해준다. 시조의 수작들이 공유하고 있는 조선조 사대부의 가치관과 윤리관에의 암묵적 순종을 현대 독자들이 거부하고 있는 것이다. 또 시조의 관습은 제작자에게도 자유로운 자아 표현을 억압하고 있는 것이다. 자유시는 단순히 정형으로부터의 어법적 자유만을 추구하는 것이 아니다. 거리낌없는 분방한 정신과 자유의욕이 자유시를 낳은 것이다. 그러나 관습의 구속 없는 자유는 아슬아슬한 자기파괴를 딛고 있기도 하다. 참다운 시인은 관습의 구속에서 도리어 자유를 경험하는 사람이기도 하다. 관습의 굴레를 수락하면서 거

기서 자유를 향유할 수 있는 능력이 시적 재능이기도 하다. 예술
적 재능이 대체로 그러하다.
　시조 관습의 굴레를 다시 한 번 실감하기 위해서 최근 화제가
되고 있는 대담한 시행을 살펴보는 것도 도움이 될 것이다.

　　내 마음을 받아달라고
　　밑구녁까지 보이며 애원했건만
　　네가 준 것은
　　차와
　　동정뿐.

——최영미, 「차와 동정」

　이러한 소재와 발상과 말투는 시조라는 장르 안에서는 엄두도
내지 못할 것이다. 관습이라는 것은 저 나름의 뼈대로 시인의 정
신과 말투를 구속하고 한정하는 것이다. 우리 옛것에 대한 갈구는
특히 젊은 세대 사이에서 현저하지만 시조가 그들에게서 〈차와 동
정〉조차 얻지 못하는 이유가 이로써도 분명할 것이다. 위의 시행
이 보여주는 속마음 벗기기는 시조 장르가 원천적으로는 봉쇄하는
금기의 영역일 것이다. 이래저래 시조는 옛 시조임을 면치 못하는
듯이 보인다.

바다의 발견

　장르 관습의 한정성과 구속성은 이내 규격화현상으로 발전할
공산이 크다. 그리고 규격화현상에 몸을 맡기는 시인은 참으로 창

조적이고 도전적인 시인으로 발전할 가능성을 봉쇄하는 셈이 된
다. 반드시 시조 장르에 한하지 않는다. 가령 한국 여류 한시의
독자들은 우선 그 소재면에서의 규격성을 이내 발견하게 될 것이
다. 한국 한시가 중국시의 드높은 성취 아래서 그 관습의 굴레를
무겁게 의식하지 않을 수 없었다는 것은 족히 상상할 수 있다. 조
선조 여성의 사회적 지위는 다양한 세계경험의 가능성을 금지시켰
고 분방한 자기표현을 억압하였다. 그러한 문화적 조건 아래서 시
또한 협착하게 규격화되어 가리라는 것은 어쩔 수 없는 일일 것이
다. 그것은 여류시에 한하는 것이 아니겠으나 여류시인의 경우 한
결 두드러질 수밖에 없었을 것이다. 계절의 추이와 강호(江湖)의
경개, 꽃과 새와 안방의 한이 소재의 대종을 이루고 있다는 것은
당연한 일이다. 그런 가운데 가령 다음과 같은 작품은 이례적이고
일탈적인 것이어서 흥미 있다.

하늘과 땅이 넓다고 하나
깊은 안방이라 참뜻을 몰랐었네
오늘 술에 거나히 취해 보니
이 세상이 넓어 끝이 없네

——宋氏, 「酒醉」

나라 풍속은 그 언제부터
남자를 중히 알고 여자를 경멸했던가
나는 한편의 천자문을
아홉 살에 서재에서 배웠다

——吳小坡, 「九歲入學」[2]

그렇지만 이런 작품은 극히 예외적이고 그 시적 성취가 두드러진 것은 아니다. 오소파의 소작이 20세기에 씌어졌다는 사실도 참작해야 할 사항이다. 한시의 전통 아래서 직업시인이 아니었던 많은 사람들은 소재와 시상(詩想)에 대한 의문을 갖지 않았을 것이다. 선례를 따르면서 자기 목소리를 조금 울려보는 것이 최상의 방책이라고 생각했을 것이다. 전통이라는 것은 많은 것을 당연시하고 의문의 영역을 좁히는 것에 대한 자의적 동의이기도 하다. 글이 글을 낳고 시가 시를 낳는다는 말의 또 다른 함의가 여기에 있다. 시의 소재가 왜 한정적인 것인가에 대한 의문은 곧 관습에 대한 의문으로 발전하고 그것은 전통에 대한 도전으로 발전할 것이다.

이러한 사정은 얼마쯤 당돌한 관찰을 통해서 드러날 수 있다. 한국 한시나 시조를 막론하고 우리는 바다를 소재로 한 작품이 매우 희귀하다는 사실을 주목할 수 있다. 섬나라가 아니고 어업이 발달한 바 없는 지리적 특수성과 관련되는 사항이라 생각할 수도 있다. 또 한시의 본고장이었던 중국이 내륙지방에 문화 중심지를 가지고 있다는 사실과도 연결될 것이다. 그러나 1차적으로는 중국 시가 바다의 시라기보다 산의 시라는 사실과 연관될 것이다. 시가 시를 낳는 것이기 때문에 바다의 명시가 없는 시적 전통 아래서 바다의 시는 좀처럼 나오기가 어렵다. 남미 아르헨티나에는 황혼이 없다고 한다. 해가 지자마자 캄캄한 밤이 된다는 것이다. 그럼에도 불구하고 황혼을 노래한 현대시는 많다는 것이다. 황혼을 노래한 유럽시의 영향과 영감을 받아 씌어진 작품들이 있기 때문이다. 우리는 황혼 없는 고장에서 황혼을 노래하는 시인들의 현실감

---

2) 金達鎭 譯解, 『한국漢詩』 제3권 女流詩篇(민음사, 1989).

각을 의심하거나 비웃기 전에 이 삽화에서 시적 관습과 상상의 작
동원리를 읽어내는 편이 유익할 것이다. 이러한 맥락에서 한 여류
시인이 남긴 바다 시편은 아주 이례적인 것이다.

> 모든 냇물은 바다로 흘러들어
> 깊고 넓고 아득해 그 끝이 없네.
> 비로소 알겠구나, 크나큰 천지
> 모두가 그 태안에 들어 있는 걸.
>
> ──錦園, 「觀海」

　　19세기 순조 때의 원주사람이라는 금원은 여행시를 많이 남겨
놓고 있다. 금강산 만폭동이나 유점사를 노래한 시도 있고 충북
단양 제천의 풍광을 노래한 것도 있다. 위에 적은 바다 시편도 여
행시의 하나인 것 같은데 바다를 바라본 지점은 적혀 있지 않다.
바다를 세계의 태라고 한 것은 이를테면 원형적 이미지이다. 바다
의 감각적 구체보다는 우선 그 광막함에 대한 감탄이 주조를 이루
고 있다. 우리가 이 작품을 읽고 바다를 새롭게 인지하거나 새롭
게 발견하는 것은 아니다. 그러나 바다에 대한 선행 시편이 희귀
한 터전에서 바다를 노래했다는 것 자체는 매우 창의적인 발상이
다. 사실 20세기 들어서도 바다가 시의 당당한 소재로 처리된 것
은 1920년대 후반의 일이 아닌가 생각된다. 육당의 유명무실한
「해에게서 소년에게」에서 파도소리는 요란하지만 바다의 감각적
구체는 찾아지지 않는다. 김소월의 「하늘끝」에서도 〈불현듯/집을
나서 山을 치달아/바다를 내다보는 나의 신세여!/배는 떠나 하늘
로 끝을 가누나!〉로 사정은 마찬가지다. 모더니스트라 불리는 시
인들에게 와서 비로소 만경창파란 규격화에서 벗어난 바다가 감각

적 구체로서 그 모습을 드러내는 것이다. 『정지용시집』에는 바다를 다룬 시편이 근 20편이나 된다. 1920년대 후반 이후 바다 시편이 괄목할 만하게 많아지는 것은 개항 이후 외국체험과 항해체험의 부산물이라는 측면이 있다. 그렇지만 선구적 시인의 바다 시편이 즉각적인 영향력을 발휘한 것이라는 가설도 가능하다. 어쨌거나 바다란 새 소재가 빈번히 노래되고 있다는 것이 20세기 한국시의 소재적 특징이기도 하다.

순이……
우리들의 흰 손수건을
저 푸른 물에 새파랗게 물드립시다.
돌아가서 설합에 접어두고서
純潔이라 부릅시다.

——김기림, 「東海水」 전문

영원과 같은 그러한 것이 아득히 바라뵈는 그러한 꿈길을 끝끝내 돌아온 나의 청춘이요 바쁘게 떠나가는 검은 기선과 몰려서 우짖는 갈매기의 떼

구름 아래 뭉쳐선 흩어지는 먹구름 아래 당신네들과 나의 어깨에도 하늘은 골고루 머물러 얼마나 멋이었습니까……

희망과 같은 그러한 것이 가슴에 싹트는 그러한 밤이면 무슨 즘생처럼 우는 뱃고동을 들으며 바다로 보이지 않는 바다로 휘정휘정 내려가는 것이요

——이용악, 「항구에서」

海心에 깜박이는 등불로 말미암아
밤바다는 무한히 캄캄하다.

물결은
발 아래 바위에 부딪쳐서 출렁이고
자유는
영원한 우수를 또한 이 國土에 더하노라.

—— 김광섭, 「憂愁」

김광섭의 「밤바다」는 임화의 「현해탄」과 마찬가지로 물리적인 바다 이상의 뜻을 지니고 있다. 배경이나 원경(遠景)으로서의 바다 아닌 구체적인 바다의 도입을 거쳐 바다는 곧 내면풍경이나 사회현실의 은유로 변용한다. 그리고 그 사이의 시간 간격은 10년이 채 안 된다. 이것은 동시대 시인 사이의 상호작용이 밀접하고 즉각적인 것임을 시사한다. 넓은 의미에서 문학은 공동제작적인 특성을 지니고 있다. 일일이 분간할 수 없어서 그렇지 시의 목소리는 열 겹 스무 겹으로 얽혀 있는 복수적인 것이다.

모티프

위에서 우리는 관습의 제한적 구속력을 검토하였고 시적 관심의 급속한 전파력 혹은 전염성을 확인하였다. 시인의 창조란 말이 어디까지나 과장된 은유임을 인지하게 된다. 거기에 다시 되풀이 노래되고 처리되는 모티프를 고려할 때 시인 사이의 교호성(交互性)과 의존성의 두께는 더 두꺼워짐을 깨닫게 된다.

토마스 만의 「마의 산」에는 〈적응한다는 것은 적응이 안 되는 상태에 적응해 가는 것에 지나지 않는다〉는 말이 여러 계제에 되풀이해서 나온다. 바그너의 오페라에 나오는 이르는바 라이트모티프Leitmotiv의 문학적 변용의 하나다. 모티프는 문학에서 빈번하게 되풀이 나타나는 요소를 가리킨다. 가령 키츠의 「매정한 여인」처럼 남성을 유혹하여 파멸시키는 요부도 민담이나 전설에서 유래하는 유혹자의 모티프이다. 서정시에서도 이러한 모티프가 있어서 흔히 노래된다. 가장 유명한 것이 이른바 〈카르페 디엠 carpe diem〉 모티프이다. 〈오늘을 잡아라〉란 뜻의 라틴말로 호라티우스의 시에서 유래한 것이다. 가능할 때 즐기라는 뜻으로 흔히 이해되고 있다. 삶의 덧없음과 죽음의 불가피성을 인정할 때 언뜻 떠오르는 감회이기 때문에 옛 그리스나 로마 문학뿐 아니라 아마도 동서고금의 모든 문학에 편재하는 모티프라 할 수 있다. 이 모티프가 가능할 때 즐기라는 쾌락주의적 권고로만 쓰인 것은 아니다. 서양 중세의 기도문이나 설교에서는 인생은 짧으니 죽음 맞을 채비를 차리며 덕을 닦으라는 권면으로 쓰인 것도 사실이다. 그러나 세속문학에서는 젊음의 쾌락주의적 선용을 권하는 것이 보통이다.

딸 수 있을 때 장미 봉오리를 따모아라
늙은 시간은 끊임없이 날으고
오늘 미소짓는 바로 이 꽃도
내일이면 죽으리라.

하늘의 휘황한 램프, 태양이
높이 치솟으면 솟을수록
그만큼 빨리 그 운행은 끝나고

日沒에 더 가까워진다.

젊음과 피가 한결 뜨거웠던
첫 시절이 최고의 철
그게 지나면 더 궂고 제일 궂은
시절이 뒤따르리라.

그러니 수줍어 말고 때를 활용하라.
그리고 갈 수 있을 때 시집을 가라.
젊음의 한창 때를 한번 놓치면
그대들 영원히 기다려야 하리니.
　　　　　　——로버트 헤릭, 「아가씨들에게」 전문

행여나 삶의 비결 찾을까 하고
초라한 술항아리 입술을 찾네
입술에 입술 대고 속삭이는 항아리
「마셔라, 살아 생전, 한번 가면 못 오리라」

이런 노력, 저런 논쟁, 시간을 낭비 말라
부질없는 추구야 허망하기 짝이 없다
　쓴맛 나는 열매 먹고 슬픔 참느니
잘 익은 포도주로 즐거워하라
　　　　　　——오마르 카이얌/이상옥 역, 「루바이야트」 35·54

　로버트 헤릭은 17세기 영국 시인이요 오마르 카이얌은 12세기의 페르시아 시인이다. 「루바이야트」는 4행시를 뜻하는 루바이의 복수형인데 오마르 카이얌은 천 편이 넘는 작품을 남겼다. 영국의 에드워드 피츠제럴드가 19세기 중엽에 영어로 번역하여 세계적 명성을 얻게 되었다. 모두 동일한 모티프를 담고 있음이 인지된다. 〈노세, 노세, 젊어 노세, 늙어지면 못 노나니, 화무십일홍이요, 달도 차면 기우나니〉란 대목을 담고 있는 우리 쪽의 「수심가」도 사정은 같다.

　　한잔 먹세그려 또 한잔 먹세그려 꽃꺾어 잔놓고 무진무진 먹세그려
　　이 몸 죽은 후면 지게우에 거적덮어 주리혀 매어가나 流蘇寶帳의 萬人
　　이 울어내나 어욱새 속새 덤가나무 白楊숲에 가기곳 가면 누른 해 흰
　　달 가는 비 굵은 눈 소소리바람 불제 뉘 한잔 먹자할고
　　하물며 무덤위에 진나비 파람불제 뉘우친들 어떠리

　송강의 「장진주사」는 글자 그대로 권주가이지만 크게 보아 카르페 디엠 모티프의 변주라 할 것이다. 죽음의 상기와 술마시기가 연결되어 있다는 점에서 루바이야트의 시편과 닮은 데가 있다. 위에 든 사례는 서정시에 속하는 것이지만 비극의 대사에 이 모티프가 보이는 경우도 있다. 아이스킬로스의 「페르시아인들」에 나오는 다리우스의 망령은 무창단(舞唱團)에게 이렇게 말한다.

　　이제 나는 돌아가야 하네.
　　지하의 어둠으로. 백관들이여, 안녕.
　　슬픈 일 있더라도 나날의 낙을 즐기게나.
　　유복함이 死者에게 무슨 소용 있겠는가.

　이러한 모티프의 연원이 아주 오래이고 또 되풀이 노래되어 왔

음을 위의 사례는 보여준다. 비슷하게 널리 퍼져 있는 것에 〈우비 순트 ubi sunt〉 모티프가 있다. 〈어디 있는가〉란 라틴말인데 중세 라틴말 시에 크게 번졌던 모티프이다. 시에는 가고 없는 사람들의 이름이 한정없이 열거된다. 주로 영웅과 미녀의 이름이 거명되는데 이 모티프가 강조하는 것도 삶의 덧없음과 아름다움의 속절없음이다. 지난날의 영화를 되살림으로써 당대의 부패와 타락을 시사하기도 한다. 이 모티프를 지닌 가장 유명한 시편은 15세기 프랑스의 전설적 파락호(破落戶) 시인 프랑수아 비용의 작품이다.

> 말해다오, 지금 어드메 어느 나라에 있느냐
> 로마의 일색, 아름다운 플로라,
> 알키비아데 또 타이스
> 이들은 똑같이 아름다웠지
> 사람 눈에 뜨이지 않으나
> 가람과 연못가에서 들리기만 하는
> 사람됨을 넘어서는 아름다운 에코
> 작년의 눈은 어디 갔는가
>
> ——비용, 「유언집 42」[3]

영어권에서는 단테 로제티의 번역으로 「사라진 여인들의 발라드」라고 알려진 발라드 형식의 시다. 플로라는 로마의 유명한 고급 창녀이고 타이스는 기원전 4세기의 아테나이 기녀로서 알렉산더 대왕의 정부가 되어 이집트 원정 때 따라갔다. 약간 변형되어 아나톨 프랑스의 소설과 마스네 오페라의 여주인공이 되어 있다.

---

3) François Villon, *Selected Poems* (Penguin Books, 1978).

알키비아데에 관해서 여러 설명이 있으나 아르키비아데스를 프랑수아 비용이 잘못 알고 적었다는 해석이 수용되고 있다. 중세 때에 흔히 쾌남으로 거론되던 아테나이 남성이다. 이어진 시행에서는 엘뤼아르, 잔 다르크, 성모 마리아 등의 이름이 거명되면서 〈작년의 눈은 어디 갔는가〉란 후렴은 연 끝에 되풀이되고 있다. 원어로 읽을 때 그 음운적 효과는 압권이라는 절찬을 받고 있다. 그것을 떠나서도 후렴의 이미지는 가히 불멸의 것이라고 이를 만하다. 이 모티프는 엘리자베스 시대의 영국 서정시에서도 되풀이되어 나타난다. 영시 쪽에서도 명편이라 정평이 나 있는 작품이 있다.

> 아름다움은 꽃송이
> 미구에 주름살에 먹힌다.
> 빛은 하늘에서 떨어지고
> 젊고 아름다운 왕비들은 죽었다.
> 먼지가 헬렌의 눈을 감겼다.
> 나는 병들고 죽어야 하리
> 주여 우리에게 자비를 내리소서.
>
> ——토마스 내시, 「역병이 돌 때」

이러한 모티프는 추도시나 만가에 단골로 등장한다. 우리 쪽에서 굳이 예를 찾자면 압축된 채로 그 여운을 담고 있는 옛 시조를 지적할 수 있을 것이다. 딱 들어맞는 것은 아니지만 그 자신이 일색이었다는 황진이의 소작을 읽어보는 것도 그리 궁색한 일은 아니다. 한 현대시인의 소품도 마찬가지다.

> 산은 옛산이로되 물은 옛물 아니로다

晝夜에 흐르거든 옛물이 있을소냐
人傑도 물과 같아 가고 아니 오노매라

——황진이

하늘엔 드높은 저녁 노을
소년은 어디로 가버리고
고추장이만 고추장이만
축제일같이 모여노는데
소년은 어디로 가고 없는가

——유치환, 「幼日」 전문

　이러한 모티프를 더 예스러운 말로 하면 토포스가 된다. 그리고 문학을 토포스의 관점에서 분류하면 그 종류는 우리가 제어하고 관장할 수 있을 정도로 집약적으로 축소된다. 그리하여 그 외관상의 다양성에도 불구하고 문학의 소재 처리와 주제가 한정되어 있음을 알게 된다. 아울러 낭만주의자들이 강조했던 천재개념이나 독창적이란 생각이 과장되고 균형잡히지 않은 것임을 인지하게 된다. 전통과 관습의 구속력 앞에서 개개 시인 작가는 왜소하고 취약한 존재로 드러날 수밖에 없다. 그렇지만 우리는 이러한 토포스나 모티프 위주의 접근이 개개 작품의 예술적 성취도에 대해서 침묵할 수밖에 없다는 국면을 간과해서는 안 된다. 비용의 발라드에서 주목할 것은 우비 순트의 모티프 이상으로 〈작년의 눈은 어디 갔는가〉라는 기막힌 이미지와 음운형식이다. 개개 시인의 상이한 미적 동기와 의도를 극소화해서 토포스나 모티프의 범주로 유형화하는 것은 작품의 개별성과 독자적 질서를 거세하는 것이다. 크게 보아 그것은 대범한 문화결정론으로 떨어지고 만다. 특정한 시대

와 장소와 개개 시인의 예술적 기질은 배경으로 사라지고 크게 드
러나는 것은 거대한 수사적 전통과 관습일 뿐이다. 유사성만 강조
되고 차이성은 평가절하되는 것이다. 따라서 이러한 접근은 명시
적이든 암묵적이든 미적 평가로부터 멀어지게 된다. 구조주의 시
학은 모든 연극을 많지 않은 수효의 유형으로 축소해서 범주화할
수 있다. 그러나 이러한 접근법은 왜 「오이디푸스 왕」이 끊임없이
인간에게 호소해 마지않는가를 설명해 주지는 못한다.

그러므로 소망스러운 것은 모티프나 토포스의 한정성을 인지하
면서 동시에 개개 작품의 독자적인 글결을 두루 포괄하고 검토하
는 균형의 논리이다. 미술사가 뵐플린은 똑같은 풍경을 그렸던 젊
은 미술 지망생 네 사람이 그려낸 서로 다른 그림을 언급하면서
그 의미의 성찰을 권고한 바 있다. 〈루드비히 리히터는 그의 회고
록 속에서 젊은 시절 티볼리에서 세 친구와 함께 풍경화 그리러
갔던 일을 적고 있다. 네 사람은 모두 자연으로부터 조금치도 빗
나가지 않기로 굳게 결심하였다. 주제가 동일하였고 각자 자기 눈
에 비친 대로 그려냈지만 결과적으로 전혀 다른 네 개의 그림이
나오고 말았다. 그것은 네 화가의 사람됨만큼이나 서로 달랐다.
그래서 리히터는 객관적인 비전이라는 것은 없는 것이고 형태와
색채는 기질에 따라서 다르게 파악된다는 결론을 내렸다.〉 리히터
의 결론은 이른바 자연주의 이론에 대한 도전인 셈이지만 동일한
풍경을 그리고도 제가끔 다른 그림을 그려낸 네 화가지망생의 경
우는 동일한 모티프나 토포스를 다룬 시인들이 전혀 다른 시편을
마련해 낸다는 시인의 경우와 평행관계를 보여주고 있다고 할 수
있다.[4] 똑같은 카르페 디엠의 시이지만 로버트 헤릭의 「처녀들에

---

4) Heinrich Wölfflin, *Principles of Art History*(Dover Publications, 1950), 서론.

게」와 앤드루 마블의 「수줍어하는 애인에게」 사이에는 커다란 차이가 있다. 이른바 주제비평은 이 중요한 차이를 간과한다. 꼼꼼히 읽는다고 해서 졸렬한 작품이나 습작기 청년의 미숙한 작품을 검토해 보아야 소득도 수확도 없다. 그것은 학문적 탐구도 비평적 노동도 아니다. 문학 분석은 제아무리 꼼꼼하고 세밀하다 하더라도 그 자체로써 그 무엇을 증명하거나 평가하지 못한다. 또 구조적 분석이나 모티프 범주 유별 앞에서는 걸작이나 졸작이나 모두 평등하다. 습작기의 되다 만 작품에서도 우리는 원형적 이미지나 은유를 찾아낼 수 있고 2항대립이나 대칭구조의 흔적을 적발해 낼 수 있다. 그렇지만 되다 만 작품을 두고 이러한 분석놀음을 시도하는 것은 사무용 서류 뒤지기나 넝마찾기와 진배없다. 시와 예술은 검토에 값하는 한 남루가 아닌 것이다.

시와 정치적 전언

범죄자들은 죄없다는 증거를 가지고 있다.
무고한 사람들은 증거를 갖고 있지 않다.
────베르톨트 브레히트

우리 시대의 특징적 사고를 사회학적 사고라고 규정한 사람이
있다. 가령 서구 중세의 중심적 학문은 신학이었고 따라서 신학적
사고가 지배적이었다. 지난 세기에는 역사학이 중심적 학문이었던
시기가 있었는데 오늘날 사회학이 그 자리를 차지하고 있으며 사
회학적 사고가 지배적이라는 것이다. 거창한 일반론이 대체로 그
렇듯이 일단의 설득력과 함께 비판에 취약한 공허성을 아울러 갖
고 있다. 그렇지만 폭로의 모티프가 사회학적 사고의 일부를 이루
고 있다고 좁혀 생각한다면 이러한 생각은 아주 그럴싸해 보인다.
가령 현대에 와서 지칠 줄 모르고 전개되는 이데올로기 논의만 하
더라도 〈불신의 기술〉에 의한 〈불신의 기술〉 검토이며 근본적으로
사회학적 사고의 전개라 할 수 있다.

우리 사이에서 불신의 기술이 통상적 수준에서 가장 활발하고
광범위하게 향해지는 것은 정치 쪽이 아닌가 한다. 정치행태 일반
과 정치인 일반에 대한 우리 쪽의 불신은 사회학적 사고에 고유한
방법적인 것이 아니라 심리적이고 피부적인 것이다. 그리하여 불

신의 기술에 능한 사람이 바로 유식한 소식통으로 간주되고 내막과 진상의 해설을 위임받게 되는 것 같다. 원시부족의 전쟁이나 화평 교섭으로부터 현대의 외교전에 이르기까지 불신기술의 적절한 활용은 공동체의 사활이 달린 중요 사안일 수 있었다. 따라서 불신기술의 구사는 그대로 총명한 두뇌의 척도가 된다. 오디세우스가 20년의 부재 끝에 고향으로 돌아갈 수 있었던 것은 제신(諸神)의 도움은 물론이지만 그의 뛰어난 불신의 기술 때문이기도 하였다는 것을 우리는 기억한다.

우리 사이에서 정치행태와 정치인의 언행이 곧잘 불신의 대상이 되는 것은 그럴 만한 역사적·현실적 근거를 가지고 있다. 어쨌건 정치인의 말을 액면 그대로 받아들인다는 것은 정치현실 오독(誤讀)의 첩경이 된다. 적정 수준의 불신기술의 획득과 구사야말로 정치현실을 바로 읽는 시민적 지각의 일부이다. 정치와 정치인에 대한 심리적이고 피부적인 불신이 널리 퍼져 있음에 반하여 시인 작가가 공언하는 문학적 발언은 대체로 액면 그대로 받아들이는 경향이 있는 것 같다. 문인들의 문학적 발언이 곧이곧대로 수용된다면 이 또한 역사적·현실적 근거가 있기 때문일 것이다. 또 그것은 문인들의 명예를 위해서도 도움이 될 것이다. 정치 일반이나 정치인의 언행은 나라를 잡고 흔드는 크나큰 권력과 연관되어 있고 따라서 사람들의 이해관계와 직간접으로 닿아 있다. 그러니만큼 일반 시민들의 특별한 관심과 주시와 의혹의 대상이 된다. 이에 반해서 문인들의 문학적 발언은 문학독자라는 국민적 극소수파의 관심사항으로 머무를 뿐이다. 또 그것이 설령 권력과 연관되어 있다 하더라도 독자들의 이해관계와 직접적으로 얽히는 것은 이론상으로는 모르지만 실질적으로는 드문 일이다. 결국 모든 것은 종이 위의 파문이요 감정상의 파란일 뿐이다.

8·15 이후 우리는 자나 깨나 앉으나 서나 밤낮 나라걱정과 나라사랑에 몰두한다고 자처하는 직업적 애국자들의 쉰 목소리에 시달려왔다. 정치 일반에 대한 불신이 이러한 직업적 애국자들의 소음 공해와 연관되어 있다는 것도 부분적인 진실이다. 그리하여 이러한 쉰 목소리를 이제 국민들은 곧이곧대로 받아들이지 않는다. 문학에서도 밤낮 나라사랑과 겨레사랑을 외치는 직업적 애국자들이 많다. 또 입만 벙긋하면 민중사랑과 약자사랑을 외치는 직업적 전도사들이 많다. 그런데 문학독자들이나 풍문으로 자기 의견을 대체하는 많은 사람들이 아직도 문학 속의 직업적 전도사나 애국자들의 쉰 목소리를 액면 그대로 받아들이는 경향이 있다. 종이 위의 파문이나 감정의 파란에 대해서는 불신을 유보하고 포기하는 것이다.

시의 경우에도 우리는 불신의 기술을 적절히 적용하고 활용해야 한다고 생각한다. 직업적 애국자의 나라사랑 타령에 현혹될 필요가 없는 것과 마찬가지로 직업적 전도사의 백성사랑 타령에 현혹되어서도 안 된다. 그러기 위해서는 시적 전언이 시의 전부가 아니며 중요 부분도 아니라는 사실을 재확인해 두는 것이 필요하다. 또 정치적인 전언이 전경화(前景化)되어 나타날수록 그것은 시인 자신의 절실한 느낌이나 사고에 기초해 있기보다도 집단적 피암시성이 수용한 수동적이고 기계적인 반응인 것처럼 보인다. 이러한 상황에선 으레 이러한 반응을 보여야 한다는 미리 설정하여 부과한 판에 박힌 태도가 보이는 것이다. 그리하여 즉각적 소비와 효과를 노리는 대중집회의 구호적 연설을 닮게 된다.

전언의 전경화

언 살결에
한층
바람이 차고

눈을 떠도
눈을 떠도

틔끌이
날려오는 날

봄보다도
먼저
三月一日이
온다.

불행한
동포의
머리 우에
자유 대신
〈南朝鮮
民主議院〉의
旗빨이
늘어진

外國官署의
지붕 우
조국의 하늘이
刻刻으로
나려앉는 서울

우리는
흘린 피의
더운 느낌과
가득하였든
만세소리의
기억과 더불어
인민의 자유와
민주조선의 旗빨을
가슴에 품고

눈을 떠도
눈을 떠도

틔끌이
날려오는 날

봄보다도
일찍 오는
三月一日 앞에
섰다.   ——임화, 「三月一日이 온다」 전문[1]

해방 직후 사납게 활약하였던 한 떼의 정치시인 가운데서 임화는 단연 빼어난 시인이었다. 위에 든 작품에서 볼 수 있듯 그는 리듬을 위시한 기초적 음악성의 확보에도 세심히 배려하였고 또 판에 박힌 증오유발적인 상투어구도 절제한 편이었다. 따라서 〈놈들의 모진 회초리/야수같은 착취!/자비없는 압박!〉이라 적은 권환(權煥)이나 〈나라를 세우는데/거짓이 있겠소/人民의 뜻을 제치고 나서는건/어리석고 못난 者/그것이 민족반역자외다〉라 적어놓은 박세영(朴世永)과는 처음부터 일정한 거리를 유지하고 있다. 위의 작품에서는 눈을 떠도 티끌이 날려오는 2월 말 혹은 3월 초의 사실적 소묘를 사회상황의 암시로 끌어올리는 솜씨를 보여주면서 적절한 되풀이를 통해 해방되어 처음 맞는 3·1절의 특별한 감회를 전해 주기도 한다. 그리하여 도입부의 11행과 종결부의 8행은 시의 체모를 세우는 결정적인 부분이 된다. 정치적 전언이 지배적인 중간부분에서도 〈조국의 하늘이/刻刻으로/나려앉는/서울〉과 같이 정치상황은 부분적으로 소묘의 형태로 제시된다. 이 작품은 많지 않은 임화의 해방후 소작 가운데서 가장 뛰어난 시편이라고 생각되는데 그것은 그가 휘둘렀던 정치적 전언이 비교적 절제된 형태로 전해지고 있기 때문일 것이다. 그것은 다음 시편과 비교해 볼 때 선명하게 드러난다.

    노름꾼과 강도를
    잡던 손이

---

1) 김승환·신범순 엮음, 『해방공간의 문학』(돌베개, 1988)을 원본으로 했다. 이 밖에 박산운의 시도 위의 책을 따랐다. 설정식의 몇몇 시편은 그의 『諸神의 憤怒』 원본을 따랐다. 브레히트 시편 중 역자 명기 안 된 작품은 필자의 試譯이다.

위대한 혁명가의
소매를 쥐려는
욕된 하늘에
무슨 旗빨이
날리고 있느냐

同胞여!
일제히
旗빨을 내리자

가난한 동포의
주머니를 노리는
外國商館의
늙은 종들이
廣木과 통조림의
密賣를 의론하는
廢 王宮의
상표를 위하여
우리의 머리 우에
國旗를 날릴
필요가 없다

同胞여
일제히
旗빨을 내리자

殺人의 自由와
약탈의 神聖이
晝夜로 방송되는
南部朝鮮
더러운 하늘에
무슨 旗빨이
날리고 있느냐

同胞여
일제히
旗빨을 내리자

──임화, 「旗빨을 내리자」 전문

대중집회에서의 낭독을 겨냥한 탓이기도 하겠지만 간결한 시행과 후렴의 되풀이가 그런대로 박력 비슷한 것을 취득하고 있다. 그렇지만 〈가난한 동포의/주머니를 노리는/外國商館의/늙은 종들〉을 말하는 대목에서 뚜렷하게 드러나듯이 작품의 정치적 전언은 판에 박힌 상투성이 특징을 이루고 있다. 누구나 으레 하는 공식화된 현실 매도가 과격한 언사로 토로되어 증오촉진적이다. 그것은 피암시성이 강한 대중들에게 불끈 쥔 주먹과 욕설의 함성을 유도할 수 있다. 그러한 한에서는 즉흥적 행동을 유발한다는 효과를 발휘할 수도 있다. 그렇지만 이러한 즉행적(即行的) 효과는 현실의 과도한 단순화에 힘입고 있다. 〈늙은 종들〉만 숙청하고 제거하면 현실이 깨끗해질 것이라는 환상을 부추긴다. 대중 앞에서 〈旗빨을 내리자〉고 호소하는 시인은 정의와 자유의 편에 선 투사처럼 보인다. 자기최면에 의해서 이러한 착각은 강화되고 확대될 것이다.

이러한 정치적 전언과 즉행성 유도의 시인들이 호소하는 이상적인 독자는 이러한 호소에 즉시 행동으로 화답하는 피암시성이 강한 독자이다. 신중하게 숙고하면서 현실에 대처하는 주체적 인간이기보다는 지시와 암시에 의해서 움직이는 수동적인 대중이다. 대중조작의 대상이 되는 대상화된 군중 속의 인간이다. 시인이 아무리 좋은 소리로 추켜세운다 하더라도 내심으로는 개별적 경의를 가지고 있지 않은 피동형의 인간이요 대중이다.

우리가 이러한 정치적 전언의 시에 유보감을 갖고 비판하는 것은 정치적 전언의 당파성에 대한 거부감이 아니다. 의식적이건 심층적이건 또 원하든 원치 않든 모든 문학적 입장이 궁극적으로는 정치적 입장이요 당파적 입장이다. 우리가 거부하는 것은 정치적 전언과 함의의 안이함과 피상성에 대해서이다. 기독교 신자가 아니더라도 산상수훈에 감동할 수 있고 불자가 아니더라도 부처님 말씀에 혼신적 경청을 수행할 수 있다. 프랑스인이 아니라 하더라도 「라 마르세예즈」를 좋아할 수 있고 열렬한 반공주의자라 할지라도 구소련의 군가를 노래로서 좋아할 수 있다. 정치적 전언의 피상성과 구호성은 어느 쪽의 것이건 우리를 감동시키지 못한다. 정치적 전언이나 함의를 거부하는 것과 시로서의 체모 인지를 거부하는 것은 별개의 것이다. 정치적 전언이 한결 전경화되어 있고 즉행 촉진적인 「기빨을 내리자」보다 그러한 요소가 엷은 「삼월일일이 온다」가 훨씬 읽을 만한 작품으로 남아 있다는 것은 주목해서 마땅하다. 그러한 사정은 비슷한 시기에 씌어진 다른 시인의 소작을 검토해 볼 때 다시 분명해진다.

때를 굶다가 어쩌다가 한꺼번에
밥을 많이 먹으니 취한듯

머리와 아랫두리가 후들거린다

어제는 감자로 아침을 때우고
이번에는 비지를 싸게 삶는 벗들과
너털우슴을 크게 우서보아도
이것은 자랑이 못되는구나

오늘도 하늘에는 구름이 유유히 흐르고
자동차와 電車는 제멋대로 달린다
누가 상관할 배냐 우리의 가난
구름은 다만 희기만 하다

나의 머리가 흔들리는 저쪽에
白米와 같이 빛나는 祖國이여
여기 당신의 아들이 섰다
여기 나의 계급이 있다!

──박산운, 「노래」 전문

1946년에 간행된 『전위시인집』이라는 5인 합동시집에 참여했기 때문에 전위시인이라는 칭호를 얻은 바 있는 이의 작품이다. 아쉬운 대로 이 시기에 씌어진 〈좌파〉 시인들의 소작 가운데서 그래도 읽을 만한 것이 아닌가 생각된다. 이 작품에도 당대 정치시편의 얼마쯤 규격화된 가락이 전혀 없는 것은 아니다. 가난의 강조가 그러하고 〈비지〉니 〈계급〉이니 하는 낱말도 낯익은 것이다. 그렇지만 증오유발적이며 구호적인 말씨와는 일정한 거리를 유지하고 있다. 기아선상에서 허덕이는 사람들의 심정도 소박한 대로 작위성과는 멀다. 〈白米와 같이 빛나는 祖國이여〉라는 다소 일탈적인 시행은 시 전체의 맥락에 어울린다면 어울린다. 종결부의 두 줄은 정치시편다운 끝맺음이지만 군더더기가 없고 결연한 박력을 얻고 있다. 이만한 성취도 예외적으로 보일 만큼 당대의 정치시편은 생경하고 엇비슷하고 또 안이하게 씌어져 있었다. 어떻게 하여 대중을 감정적으로 움직이게 할 것인가, 라는 일반적인 발상법을 넘어서 생활인의 감개를 솔직하게 토로하련다는 규격화의 거부가 「노래」를 이만 수준의 시로 귀착시킨 것이다. 그럼에도 더 이상 부가할 말이 없는 것은 이 작품이 근본적으로 빈약한 것이기 때문이다. 그저 당대 시편과의 대비를 통해서 상대적 안정감이 드러나는 것이다. 시적 전언에 비교적 무심하였기 때문에 작품의 됨됨이가 실해진 것이다.

자명한 결론

정치적 전언의 시가 가지고 있는 우리 쪽의 특징은 사고의 계기나 과정은 보이지 않고 자명한 공리처럼 결론을 제시한다는 점이다. 독자들은 시인과 함께 시적 과정에 참여하여 더불어 느끼고 함께 생각하는 것이 아니라 지혜를 독점한 시인의 완제품 전언을 배급받을 뿐이다. 주체적 사고와 결단의 계기는 처음부터 배제되어 있고 시적 화자로부터의 지시와 암시가 떨칠 뿐이다. 2항대립의 구조로 명확히 판별되어 있는 현실 파악에 대한 의문은 제기될 여지가 없다. 선과 악, 정의와 불의는 분명히 구획되어 있으며 선과 정의의 실천만이 남았다. 주체적인 사고의 괴로운 과정을 면제시켜 준 대가로 시인은 독자와 청중의 자동기계적인 피암시상태를 요구하는 것이다. 〈旗빨을 내리는〉 것은 너무나 당연한 정의의 요구이고 독자에게 남겨진 과제는 〈旗빨 내리기〉의 실천뿐이다. 8·15에서 6·25에 이르는 저 정치적 계절의 감격시대에 활동하였던 정치시인 가운데서 그래도 읽을 만한 시인은 임화·이용악·오장환 등의 해방전파가 대부분이다. 유일하게 해방후파로 시적 성취에 이른 이는 설정식(薛貞植)이라 생각된다. 대부분의 전위시인들은 습작기 수준에 머물러 있었고 문학적 성숙에 이르기 전에 전쟁을 맞아 시적 이력이 중단된 것이다. 짤막한 5년 동안에 세 권의 시집을 내어 당시로서는 괄목할 만한 대량생산을 보여주었던 설정식은 작품 성취의 들쭉날쭉이 심한 시인이다. 그것은 그의 다작 및 의도적이기는 하나 결과적으로 자기훼손적인 〈기교〉 경시와 연관된다고 생각한다. 그렇지만 제3시집 『제신의 분노』에 수록된 몇몇 시편은 가장 읽을 만한 정치시편이다.

하늘에서
또 하나 다른 소래있어 일렀으되 ——
일즉이
내 너의를
꿀과 젖이 흐르는
福地에 살게 하과저
埃及땅에서 너의를 거느리고 떠나
曠野를 헤매기 三十六年
이슬에 자고 뿌리를 삼키니
이는 다
〈아모라잇〉 기름진 땅을 기약한 것이어늘

이제 너이가
權勢있는 이방 사람 앞에 무릎을 꿇고
銀을 받고 정의를 팔며
한켜레 신발을 얻어 신기 위하여
형제를 獄에 넣어 〈에돔〉에 내어주니
내 너에게
흔하게 쌀을 베풀고
깨끗한 잇발을 주었거늘
어찌하여 너희는 同族의 살을 깨무느냐

──설정식, 「諸神의 憤怒」

『구약』을 빌려 해방 직후의 정치상황을 질타하고 있다. 특히 「출애굽기」를 빌려 일제 36년간이 사실은 가나안 땅을 향한 민족 시련의 시기였음을 상기시키고 이 시련으로부터 아무것도 배운 바 없음을 질타하고 있다. 〈銀을 받고 정의를 판다〉는 대목에서 엿볼 수 있듯 성서의 수사법이 활용되어 무게와 예기를 얻고 있다.

그러므로
헛된 수고로 혀를 간사케 하고 또
돈을 모으려 하지 말며
異邦人이 주는 꿀을 핥지 말고
원래의 머리와 가슴으로 돌아가
그리로하여 가난하고 또 義로운
人民의 뒤를 따라
〈사마리아〉 山에 올라 울고 또 뉘우치라

그리하면
비록 허울벗기운 너의 祖國엘지라도
〈이스라엘〉의 처녀는 다시 일어나리니
이는 다 生産의 어머니인 소치라.

──설정식, 「제신의 분노」

이 작품은 타락한 현실을 질타할 때 최고의 순간을 드러낸다. 타락한 현실은 낱낱 세목의 사실적 충실보다는 옛 예언자나 성현의 말과 같은 우의적 추상을 통해 제시된다. 〈보고도 모르는 쓸데없는 너의들 눈〉〈가난한 사람들의 허리를 밟고 지나가는 무리들〉과 같은 대목은 구체적인 듯하면서도 사실은 우의적이고 추상적인 대목이다. 〈애비와 자식이 한 처녀의 감초인 살에 손을 대고〉와 같은 대목에는 한결 구체적이고 또 발명적인 언어 구사가 안겨주게 마련인 서늘한 신선감이 있다. 그렇지만 전체적으로 보아 하늘의 소리로써 전언을 마련하고 있다는 작품 구성의 원리에서 엿보이듯 시적 화자가 아랫것에게 질타하고 지시하고 위협하는 투로 되어 있다. 독자 편에서의 사고나 자유로운 판단은 처음부터 그 가능성이 배제되어 있다. 선과 악, 정의와 부정의의 구획은 너무나 분명하다. 따라서 그것을 검토하는 것은 부질없는 일이 된다. 하늘의 소리인 만큼 권위도 있지만 또 전횡적이기도 하다. 현실 판단을 일방적으로 끝낸 시적 화자에게는 그러므로 지시하고 권유하고 즉시적 행동으로 유도하는 일만이 남아 있다. 많은 설정식 시편에서 발견하게 되는 지시와 권유와 충동질의 말투는 훨씬 조잡하고 우둔한 형태로 당대의 정치시편을 특징지어 주고 있다. 다음과 같은 대목은 따라서 성공적이면서도 상징적인 경우이기도 한 것이다.

시와 정치적 전언 227

가자

가자 이렇게 푸르고 또 뜨겁게하며

꿀과 노래로 靑春과 총알 사이로 가자

뻐근하게 살아갈 보람도 있는

삶을 弔喪하며 또 꿀범벅 피범벅

붉은 아가웨 열매를 삼키면서

南朝鮮으로 가자

——설정식, 「붉은 아가웨 열매를」

커가는 신문은 傳令이다

八時間 노동제의 실천을 戰取하기 위하여

二十四時間 땀과 피와 분간없는 것을 흘리는

섬과 本土와 地下가 있는 것을 알리라

그리하여

우리로 하여금 자손에 전하게 하라.

——설정식, 「신문이 커졌다」

　진리와 정의의 판단은 오류를 범할 리 없는 지도부가 전담하고 시인은 진리에 기초하고 정의의 실현에 합당하다고 생각되는 행동과 실천을 독자에게 호소하고 지시한다. 시는 이러한 지시와 호소를 효과적으로 수행하는 것을 목표로 삼으면서 그것을 도덕적 정당성으로 높인다. 또 거기 바친 일편단심에 의해서 시인이 평가된다. 따라서 이때 가장 큰 미덕으로 떠오르는 것은 이미 결정된 판단에 대한 교조적 충직성이다. 모든 시가 은연중에 근친성을 띠어 사전 훈련받은 매스 게임의 시범과 같은 양상을 띤다. 충직성이 평가받기 때문에 유연한 신축성이나 일탈은 회피된다. 해방 이후

의 정치 시편이 얼마나 구호적이며 획일적인가 하는 것은 그 자신
교조적 충직성의 희생이 된 시절과 작품을 갖고 있는 한 시인을
읽어보면 확연히 드러난다.

> 위험한 지식이 담긴 책들을 공개적으로 불태워버리라고
> 이 정권이 명령하여, 곳곳에서
> 황소들이 끙끙대며 책이 실린 수레를
> 火刑場으로 끌고 왔을 때, 가장 뛰어난 작가의 한 사람으로서
> 추방된 어떤 시인이 분서목록을 들여다보다가
> 자기의 책들이 누락된 것을 알고
> 깜짝 놀랐다. 그는 화가 나서 나는 듯이
> 책상으로 달려가, 집권자들에게 편지를 썼다.
> 나의 책을 불태워다오! 그는 신속한 필치로 써내려갔다.
> 나의 책을 불태워다오!
> 그렇게 해다오! 나의 책을 남겨놓지 말아다오! 나의 책들 속에서
> 언제나 나는 진실을 말하지 않았느냐? 그런데 이제 와서 너희들이
> 나를 거짓말쟁이처럼 취급한단 말이냐! 나는 너희들에게 명령한다.
> 나의 책을 불태워다오!
>
> ——브레히트/김광규 옮김, 「焚書」 전문

번역을 통해서 사라지는 것이야말로 바로 시라는 것은 미국시
인 로버트 프로스트의 정의이다. 위에 인용한 「분서」는 번역을 통
한 훼손도가 적은 종류의 시편이다. 나치의 책태우기 야만주의에
시인이 격앙된 심리적 반응을 보였으리라는 것은 의심의 여지가
없다. 그렇지만 악명 높은 역사적 사건을 다룸에 있어 그는 담담
하고 냉정하다. 격한 시적 반응이 도리어 비효과적이라는 것을 알

아차렸기 때문일 것이다. 시인은 어떤 작가의 격앙된 반응을 보여줌으로써 분서행위가 얼마나 치욕적이고 야만적인가 하는 것을 반어적으로 드러낸다. 유머러스한 느낌마저 드는 풍자시다. 이렇게 여유있는 관점이 사실은 풍자문학의 전통이 면면히 이어져 내려오고 있는 지적 풍토의 소산이요 개인적 자질의 문제만이 아니라는 것도 사실이다. 그러나 한편으로는 사회문제에 대한 시인의 독자적 반응과 거기 얽힌 문제를 숙고하는 반성적 습성의 산물이라는 것도 분명하다. 공통적인 반응을 일으킬 것임이 분명한 정치적·사회적 문제를 대하고 다루는 방식은 독자적이고 개성적이다. 브레히트에게는 너무나 쉽게 씌어진 하찮은 시편도 많이 있지만 어느 것이나 개성적이라는 국면이 뚜렷하다. 그 때문에 그는 우리 시대의 기억할 만한 정치시인이 될 수 있었다.

선악이 명확히 구획되어 있는 세계는 본질적으로 멜로드라마의 세계이다. 또 그러한 세계에서는 지배 교조에 대한 충실이냐 거부냐 하는 선택지가 있을 뿐 모색이나 탐구는 없다. 진실은 모색하고 탐구하고 발견해서 지켜야 할 어떤 것이 아니고 잘 포장된 상자 속에 모셔져 있는 신주이다. 시인은 교조의 대중화를 위한 광고 대행인으로 전락한다. 비극 속에서는 모든 등장인물이 정당성을 가지고 있다고 어느 극작가는 말했다. 세계와 인간에 대한 이러한 비극적 인식 없이 깊은 진실은 찾아지지 않는다. 최상의 문학은 예외없이 이러한 비극적 인식에 기초하고 있다. 우리의 정치시편에 가장 결여되어 있는 것은 너른 의미의 이러한 비극적 인식이다. 정치시편 속에 전경화되어 있는 정치적 전언이 그것을 증거하고 있다. 그 점 다음과 같은 단시는 정치시가 있어야 하는 하나의 방식에 대해서 뜻깊은 시사를 던져준다.

악한들은 너의 발톱을 두려워한다.
선인들은 너의 우아함을 즐긴다.
이런 말이
나의 시에 대해 나온다면
참 좋겠다.
──브레히트, 「어느 중국 獅子像에 부쳐」 부분

진실을 우아하게 보여주어야 한다고 말하고 있는 이 작품은 추상적인 차원에서는 진(眞)과 미(美)의 일치를 다시금 강조하고 있을 뿐이다. 그렇지만 중요한 것은 이렇게 요약할 수 있는 생각이 우아하게 다듬어진 동양의 옛 사자상을 통해서 구상적으로 토로되어 있다는 점이다. 전언이 드러나 있는 작품이지만 그것은 과도하게 생경하거나 지령적이지 않다. 우리 쪽과 사정이 사뭇 다르다. 이 또한 문학적 풍토의 특성에서 유래한 것이다. 그렇지만 주체성을 억압하는 지령적 언어보다 예사로운 술회가 훨씬 호소적이라는 것은 엄연한 진실이다.

각박한 정치상황 속에서 성장해 온 20세기의 우리 시가 많은 정치시편을 낳은 것은 당연하고 또 자랑스러운 일이다. 그렇지만 악한들을 두려워하게 하는 데도 미흡하고 선인들의 즐거운 향수에도 별 도움이 되지 않는 작품들이 많았다. 위에서 우리는 그 원인의 일단을 검토해 보았다. 명시적이고 지령적인 정치적 전언이나 미리 책정된 선과 정의에 대한 교조적 충직성이 우아함을 배제하고 있는 것이 그 일단임을 확인하였다. 그런데 아직도 시를 그 정치적 전언이나 편협하게 정의된 도덕적 열정으로 판단하는 버릇이 우리 사이에는 널리 퍼져 있다. 일제시대의 시적 노력에 대해서 특히 이러한 가치판단의 적용이 두드러진 것 같다. 시적 성취에 대한 작품적 고려 없이 일정한 정치적 관점에서 그 전언을 평가하는 것은 문학적으로나 정치적으로나 정당화될 수 없다. 우리는 여기에 수반되는 많은 의문을 새롭게 던져야 할 것이다. 애국심을 일삼아 휘두르는 직업적 애국자가 과연 진정한 애국자인가? 그것을 액면 그대로 받아들이는 것은 과연 현명한 일인가? 독자가 많아야 천 명밖에 되지 않는 지면에서 설사 그것이 정당한 것이라 하더라도 단순화된 저항의 감정을 토로하는 시편을 발표한다는 것은 어떠한 실천적 효용성을 갖는 것인가? 몇 편의 저항시는 시인의 상처 많은 도덕적 삶과 불결한 인품에 대한 넉넉한 부재증명이 될 수 있는가? 40년의 죄과가 이틀 낮밤 사이에 씌어진 짤막한 저항시에 의해서 벌충되고 사함받을 수 있는 것인가? 그렇다면 그것이야말로 저항시의 주물숭배가 아닌가? 저항하는 시인은 시인의 직업윤리를 포기해도 되는가? 불멸의 시편을 써내는 것이 정치와 시간에 대하여 저항하는 가장 시인다운 저항은 아닌가? 당파성에 근거한 정치적 향배(向背)에 의해서 판단할 수 있도록 인간은 단순한 존재인가? 무대에서 정의로운 인간의 역할을 맡았던 광대가 정말로 정의의 인간인가? 역사는 광대의 역할을 진이라고 청사(靑史)에 남기는 위서(僞書)인 것인가?

　문학과 인간은 다르다. 그렇지만 이러한 기초적인 의문에 대한 진지한 모색이 결여된 터전에서는 참과 아름다움이 어울린 문학이 점점 설 자리를 잃어버리고 말 것이다.

시적이라는 것

산문시란 말이 있다. 〈소리없는 아우성〉이란 비유와 같은 일종의 모순어법이다. 조화되지 않고 언뜻 보아 모순되는 낱말이나 의미를 특정 효과를 위해 결합한 것이 모순어법이다. 모순어법을 가리키는 서구어의 어원은 〈명백하게 어리석다〉는 뜻의 그리스말이라고 알려져 있다. 역설이나 대조법과 근친성을 보여주고 있는 모순어법은 고전 고대부터 있어온 수사법이다. 이러한 모순어법도 단순히 수사적 효과를 위해 덧붙인 부가적 장식은 아니다. 그것은 지칭하고 있는 대상에 대한 충실성에서 나오는 것이다. 로미오가 〈오 사랑의 미움이여!〉 하고 말할 때 그것은 초조한 사랑의 이중적 심성에 대한 충실한 토로가 되어 있다. 또 알렉산더 포프가 인간을 두고 〈어두우면서도 지혜롭고 거칠면서도 위대한 존재〉라고 말할 때 그것은 단순화된 인간 파악에 대한 거부에서 나온 것이다. 모순어법을 가능하게 하는 것은 여기서 인간됨의 복합성과 중층성이다.

시와 산문은 흔히 정반대되는 것으로서 대조적으로 거론된다.

2항대립의 한쪽 항을 이루고 있다. 그렇게 생각할 때 산문시는 당연히 모순어법이다. 그렇지만 〈운문에 기대지 않은 시〉라고 고쳐 써보면 모순어법의 성격은 많이 누그러지게 마련이다. 운율이나 압운을 갖추었다고 시가 되는 것은 아니다. 운문으로 씌어진 과학 논문이 시가 아니라는 것은 분명하기 때문이다(아리스토텔레스는 『시학』 9장에서 〈역사가와 시인의 차이점은 운문을 쓰느냐 혹은 산문을 쓰느냐 하는 점에 있는 것이 아니라——헤로도토스의 작품은 운문으로 고쳐 쓸 수도 있을 것이다. 그러나 그것은 역시 운이 있든 없든 간에 일종의 역사임에 다름이 없을 것이다——전자는 실제로 일어난 것을 말하고 후자는 일어날지도 모르는 것을 말하는 점에 있다〉고 적고 있다. 이때의 시는 우리가 알고 있는 좁은 의미의 시뿐 아니라 문학 일반을 가리킨다. 따라서 9장은 문학과 역사의 차이점을 거론하고 있다. 그렇지만 얼마쯤의 수정을 가해서 운문으로 쓴다고 곧 시가 되는 것은 아니라고 말하고 있는 것으로 파악해도 크게 잘못은 아니다. 한편 영시에서는 가령 무운시(無韻詩)라고 흔히 번역되는 시형이 있지만 압운만 빠졌을 뿐 약강5보격의 엄연한 운문이다).

우리말 속에서 산문시의 모순어법적 특성은 한층 더 가려지는 것 같다. 산문과 운문의 경계가 아주 모호하기 때문이다. 우리 말의 운율적 구조를 찾아내려는 노력이 있었지만 비평적·학문적 합의에 이르지는 못한 것으로 보인다. 시를 쓰려고 하는 사람들이 반드시 거쳐야 할 운율법prosody이 확립되어 있지 않다는 것 자체가 운문 개념이 우리 쪽에서 모호하다는 사실을 시사한다. 그 점 추종이나 일탈의 모형으로서의 운율법이 확립되어 있는 쪽과는 사정이 다른 것이다. 이것은 평가와 관계없는 기술적(記述的) 발언이다. 그런 점에서 지난날의 시조작가들이 의식했던 음수율은 그 자체가 유동적이고 모호하다 하더라도 좀더 심도 있는 검토가 이

루어져야 하리라고 생각한다. 최고의 시편을 생산해 낸 시인들이
전혀 의식하지 않은 음보 개념의 도입과 거기 의존한 운문구조의
검토에는 많은 난점이 따른다. 인간 심리와 언동에서의 무의식의
큰 역할을 인정한다 하더라도 사정은 다르지 않다. 분명한 것은
확립된 운율법의 부재에도 불구하고 혹종의 내재율에 의거한 음률
성을 훌륭한 시들이 갖추고 있다는 점이다. 또 같은 시인의 작품
가운데서도 음률성이 현저한 것과 그렇지 않은 것이 구별된다는
점이다.

음률성

운문성을 의식하고 지향한 현대시인들이 실천한 것은 적절한
길이의 행갈이를 통한 음률성의 확보였다고 생각된다. 구비적 전
통에 대한 청각적 충실을 도모했던 것으로 생각되는 김소월에게
있어 음률성은 가장 중요한 시적 자산이 된다.

> 산산이 부서진 이름이여!
> 허공중에 헤어진 이름이여!
> 불러도 주인 없는 이름이여!
> 부르다가 내가 죽을 이름이여!
>
> 심중에 남아 있는 말 한마디는
> 끝끝내 마저하지 못하였구나.
> 사랑하던 그 사람이여!
> 사랑하던 그 사람이여!
>
> ——김소월, 「초혼」

엄마야 누나야 강변 살자,
뜰에는 반짝이는 금모랫빛,
뒷문 밖에는 갈잎의 노래
엄마야 누나야 강변 살자.

──김소월, 「엄마야 누나야」

정지용은 2행 단위로 띄어쓰기를 선호하였고 이러한 시형으로 아래 예로 든 「고향」을 비롯하여 「석류」 「해협」 「춘설(春雪)」 「따알리아」 등 수많은 명편을 남겼다. 이러한 2행 단위 띄어쓰기 시형은 박목월과 조지훈에 의해서 한때 새로운 정형으로 굳어져 가는 듯한 경개마저 띠고 있었다. 누구나 한번쯤 시도해 본 시형이다.

고향에 고향에 돌아와도
그리던 고향은 아니러뇨.

산꿩이 알을 품고
뻐꾸기 제철에 울건만

마음은 제 고향 지니지 않고
머언 항구로 떠도는 구름

오늘도 뫼끝에 홀로 오르니
흰 점 꽃이 인정스레 웃고

어린 시절에 불던 풀피리 소리 아니나고
메마른 입술에 쓰디 쓰다.

고향에 고향에 돌아와도
그리던 하늘만이 높푸르구나.

──정지용, 「고향」 전문

하나 모래알에
삼천 세계가 잠기어 있고

반짝이는 한 星芒에
천년의 흥망이 감추였거늘

이 광대무변한 우주 가운데
오직 비길 수 없이 작은 나의 목숨이여

비길 수 없이 작은 목숨이기에
아아 표표한 이 즐거움이여

──유치환, 「목숨」 전문

이러한 2행 단위 띄어쓰기 시형은 1930년대와 1940년대에 크게
퍼진 바 있다. 요즘은 행갈이 사이를 띄어쓰지 않는 시형이 주조
를 이루고 있는 것 같다. 이러한 시행이 제가끔의 음률성을 확보
하고 있는 것은 확실하다. 그러나 그것이 일정한 음수율로 고정되
어 있지 않은 데 묘미가 있다. 다만 고정되지 않은 음수율이 빚어
내는 음률성이 3·4·5란 기본단위의 자유로운 배치를 통해서 이
루어지고 있는 것은 분명하다. 가령 띄어쓰기와 상관없이 소월의
「초혼」은 다음과 같이 읽힌다.

산산이/부서진/이름이여!
허공중에/헤어진/이름이여!
불러도/주인없는/이름이여!
부르다가/내가죽을/이름이여!

심중에/남아있는/말한마디는
끝끝내/마저하지/못하였구나
사랑하던/그사람이여!
사랑하던/그사람이여!

이것은 숫자로 표시하면 3·3·4/4·3·4/3·4·4/4·4·4가 되고, 또 3·4·5/3·4·5/4·5/4·5가 된다. 역시 띄어쓰기와 상관없이 「엄마야 누나야」를 읽으면 그 음수율은 3·3·4/3·4·4/5·5/3·3·4가 된다. 이것을 바꾸어 말하면 3·4·5의 기본음수를 일정한 정형 없이 배열하면 우리말에서 어떤 음률성이 확보된다는 것이다. 따라서 행갈이를 하지 않은 줄글에서도 독특한 음률성이 감득되는 것이다. 이러한 3·4·5의 기본단위에 1·2와 같은 변칙이나 일탈이 끼어든다 하더라도 그 음률성은 깨어지지 않는다. 도리어 변조의 쾌감을 더해주기도 한다. 따라서 굳이 간결한 시행으로 행갈이를 하지 않은 경우에도 기본적 음수단위를 활용할 때 독특한 음률성이 확보되는 것이다. 우리는 이미 「그늘의 시학」이라는 장에서 조지훈의 「봉황수」가 그 행갈이 없는 산문체에도 불구하고 유려한 음률성을 내장하고 있음을 주목한 바 있다. 정도의 차이는 있지만 비슷한 말을 정지용의 「백록담」에 대해서도 말할 수 있다. 가령 제일 마지막 대목은 이러하다.

가재도 기지 않는 白鹿潭 푸른 물에 하늘이 돈다. 不具에 가깝도록 고단한 나의 다리를 돌아 소가 갔다. 쫓겨온 실구름 一抹에도 백록담은 흐리운다. 나의 얼굴에 한나절 포긴 백록담은 쓸쓸하다. 나는 깨다 졸다 祈禱조차 잊었더니라.

맞춤법상의 띄어쓰기와 관계없이 위의 대목은 다음과 같이 읽힌다.

가재도/기지않는/白鹿潭/푸른물에/하늘이돈다/不具에/가깝도록/고단한/나의다리를/돌아/소가갔다/쫓겨온/실구름/一抹에도/백록담은/흐리운다/나의얼굴에/한나절포긴/백록담은/쓸쓸하다/나는/깨다졸다/祈禱조차/잊었더니라.

이것을 행갈이를 해서 음수를 표시하면 다음과 같이 된다.

3·4·3·4·5
3·4·3·5·2·4
3·3·4·4·4
5·5·4·4
2·4·4·5

여기서도 우리는 3·4·5란 기본적 음수의 적절한 배열이 일정한 음률성을 조성한다는 것을 다시 확인한다. 또 2라는 일탈적 음수가 드물게 섞일 때 음률성의 변조에 긍정적으로 작용하지 파괴적으로 작용하지 않는다는 것도 알게 된다. 줏대되는 흐름으로부터의 참으로 작은 탈선이기 때문이다. 행갈이는 시각적 효과를 덤으로 빚어내지만 음률성에 큰 변화를 주지 않는다. 이렇게 생각해 본다면 시와 산문의 구분은 더욱 어려워 보인다.[1] 만약 일부의 사람들이 주장하는 것처럼 평시조의 음수율도 고정적인 것이 아니라면 정형시의 개념은 더욱 취약해진다. 운문과 율문의 구분도 모호해진다. 우리가 확인할 수 있는 것은 음률성이 돋보이는 경우와 그렇지 않은 경우가 있고 그것은 대체로 음수율과 연관된다는 점이다. 그리고 1920년대나 1930년대일수록 적어도 음률성을 지향하는 한 위에서 말한 기본적 음수단위를 존중한 반면 뒤로 내려올수록 일탈적 음수의 채용이 서슴없어진다는 점도 발견된다. 정지용의 경우에도 후기 작품에서는 일탈적 경향이 두드러지는데 그것은 기본적 음수단위의 배열이 얼마쯤 옛 가락으로 느껴진 탓이 아닐까 생각된다.

문 열자 선뜻!
먼 산이 이마에 차라.

雨水節 들어
바로 초하로 아침

새삼스레 눈이 덮인 뫼뿌리와
서늘옵고 빛난 이마받이 하다.

——정지용, 「春雪」

---

1) 수필로 발표된 김기림의 「길」이란 짤막한 글이 김기림의 다른 시편보다 한결 산문시로서의 성취를 보여준다는 사실을 필자가 지적한 일이 있다. 졸저, 『문학이란 무엇인가』 중 「시와 산문」 참조.

위엣대목은 띄어쓰기와 관계없이 다음과 같이 읽힌다. 〈문열자/
선뜻/먼산이/이마에차라/雨水節들어/바로/초하로아침/새삼스레/눈
이덮인/뫼뿌리와/서늘옵고/빛난/이마받이/하다〉 즉, 3·2/
3·5/5·2·5/4·4·4/4·2·4·2가 된다. 2라는 일탈적 음수가 많아
지는데 이것은 그보다 앞서 씌어진 「고향」의 첫머리 6행과 대조적
이다. 「고향」은 3·3·4/3·3·4/3·4/3·3·3/3·3·5/5·5로 한결
기본음수에 충실하다. 이것은 뒤로 내려올수록 시인들이 기본적
음수단위에서 벗어나려는 일탈지향을 보여주고 있는 것으로 해석
된다. 너무 낯익은 것으로부터 생소한 것으로의 발걸음인 셈이다.

산문시적 성격

뚜렷한 운문 개념이 형성되어 있지 않으며 사실상 음수율에 기
초한 음률성이 시의 특징이 되어 있다시피 한 우리 문학에서 시와
산문의 구분은 대체로 관습을 따라 이루어진다. 소재와 그 처리에
있어서의 특정 경향, 비교적 짤막하게 압축된 간결성, 또 적절한
행갈이에 의해서 시로 처리하고 또 그렇게 인지한다. 어느 나라
문학에서나 시도 관습의 하나요 또 제도이다. 그렇지만 운문 개념
의 불확정성은 우리의 시에 대체로 산문시적 성격을 부여하고 있
다. 음률성을 지향한 김소월과 터놓고 산문시를 지향한 한용운이
1920년대 초의 우리 시를 대표하고 있다는 것은 매우 시사적이다.
이후 현대시는 이 두 가지 경향 사이에서 주저하고 선택하고 절충
하는 방식으로 전개되어 왔다. 음률성을 지향할 때 말의 되풀이와
함께 밀도가 엷어지는 경향이 있고 터놓고 산문시를 지향할 때 깊
이를 얻는 대신 시 고유의 음률성은 소홀히 되는 것이다. 뜻과 깊

이를 지향할 때 시는 노래말됨을 잃게 되는 것이다.

오늘 저녁 좁다란 방의 흰 바람벽에
어쩐지 쓸쓸한 것만이 오고 간다
이 흰 바람벽에
희미한 十五燭 전등이 지치운 불빛을 내어던지고
때글은 다 낡은 무명샤쓰가 어두운 그림자를 쉬이고
그리고 또 달디단 따끈한 감주나 한잔 먹고 싶다고 생각하는 내 가
지가지 외로운 생각이 헤매인다
그런데 이것은 또 어인 일인가
이 흰 바람벽에
내 가난한 늙은 어머니가 있다
내 가난한 늙은 어머니가
이렇게 시퍼러둥둥하니 추운 날인데 차디찬 물에 손을 담그고 무우
며 배추를 씻고 있다
또 내 사랑하는 사람이 있다
내 사랑하는 어여쁜 사람이
어늬 먼 앞대 조용한 개포가의 나즈막한 집에서
그의 지아비와 마조 앉어 대구국을 끓여놓고 저녁을 먹는다
벌써 어린 것도 생겨서 옆에 끼고 저녁을 먹는다
그런데 또 이즈막하여 어늬 사이엔가
이 흰 바람벽엔
내 쓸쓸한 얼골을 쳐다보며
이러한 글자들이 지나간다
　　——나는 이 세상에서 가난하고 외롭고 높고 쓸쓸하니 살어가도록
　　　　태어났다 그리고 이 세상을 살어가는데 내 가슴은 너무도 많이

뜨거운 것으로 호젓한 것으로 사랑으로 슬픔으로 가득찬다
그리고 이번에는 나를 위로하는 듯이 나를 울력하는 듯이
눈질을 하며 주먹질을 하며 이런 글자들이 지나간다
──하늘이 이 세상을 내일 적에 그가 가장 귀해하고 사랑하는 것
　들은 모두 가난하고 외롭고 높고 쓸쓸하니 그리고 언제나 넘치
　는 사랑과 슬픔속에 살도록 만드신 것이다
초생달과 바구지꽃과 짝새와 당나귀가 그러하듯이
그리고 또 〈프랑시스 쨈〉과 陶淵明과 〈라이넬 마리아 릴케〉가 그러
하듯이

──백석, 「흰 바람벽이 있어」 전문

「남신의주 류동 박시봉방(南新義州 柳洞 朴時逢方)」과 함께 백석의 대표작이면서 우리 현대시의 정상 시편의 하나라고 생각된다. 서슴없이 산문 쓰듯이 씌어진 작품이다. 이 작품을 시라고 규정하게 하는 것은 산문 쓰듯 했으면서도 길이가 비교적 짧고 또 불규칙적인 대로 행갈이를 하고 있다는 점에서 우선 찾을 수 있다. 고독의 슬픔이라는 시적인 소재를 다루고 있다는 것도 이에 기여할 것이다. 화자는 흰 바람벽이 있는 방 안에 혼자 앉아서 떠오르는 느낌과 생각을 술회하는 셈이나 그것을 직접화법이 아닌 일종의 간접화법으로 극화한 것도 여느 산문과는 다르다는 생각을 조장할 것이다. 자기 생각을 직접 토로하는 것이 아니라 흰 바람벽에 지나가는 글자를 통해 간접적으로 적는 간접술회와 그렇지 않은 직접술회가 교차하고 있다. 이러한 요소들이 이 작품을 시라고 규정하게 한다. 언뜻 대범해 보이지만 사실은 오랜 시적 모험의 연마 끝에 도달한 최고의 순간이다. 「사슴」 시절의 시적 모험은 이 같은 몇몇 후기 작품에 오르는 통과의례에 지나지 않는다고 말해도

시적이라는 것　243

과언은 아니다. 그렇지만 높은 시적 성취에도 불구하고 이 작품은 음률지향의 시편이기보다는 서슴없는 산문시라 할 것이다. 이렇게 산문시적 요인이 많다는 것이 우리 시의 한 특징이고 이런 지적은 윤동주나 서정주 등의 명편에도 그대로 해당될 것이다.

시적 기능

그렇다면 산문시다운 성격을 지닌 우리 현대시에서 그 음률성 말고도 시적인 요소로 간주될 수 있는 것으로 어떠한 것들이 있는 가? 여느 산문과 산문시를 구분해 주는 것은 무엇인가? 이러한 물음에 대해서 문학연구에 언어학을 적용한 러시아 형식주의나 그 흐름의 이론은 하나의 해답을 시도한다. 문학은 이를테면 어떤 언어 특성을 확장하고 응용한 것이며 그 이외의 것일 수 없다는 생각은 형식주의 접근법이 의존하고 있는 기본적인 발상이다. 시라는 것의 개념이 시간적으로 조건지어진 것인 만큼 불안정한 것이긴 하지만 시적 기능은 분리해서 독립시킬 수 있는 것이라고 생각한 젊은 시절의 그쪽 이론가는 이렇게 적고 있다.
〈그러나 어떻게 시적 기능 혹은 시적인 것이 드러나는가? 낱말이 지칭하는 대상의 단순한 묘사나 감정의 폭발이 아니고 낱말로서 감지될 때, 낱말들과 낱말들의 구성, 그들의 의미와 외적 및 내적 형태가 그저 현실을 지칭하는 대신 무게와 그들 자신의 가치를 획득할 때 시적인 것은 나타나 있는 것이다.〉[2] 그런데 4반세기 후에 발표된 논문에서 위와 같은 취지는 다음과 같이 더욱 극명하

---

2) Roman Jakobson, "What is Poetry?," in *Language in Literature*(The Belknap Press of Harvard Univ. Press, 1987).

게 요약된다. 〈시적 기능은 언어예술에 있어 유일한 기능은 아니
며 단지 그 지배적이고 규정적인 기능에 지나지 않는다. 한편 그
것은 여타의 언어활동에서는 부차적이고 부수적인 요소로서 작동
한다. 그 기능은 기호의 촉지성(觸知性)을 높이고 기호와 대상물
사이의 근본적인 분리를 증진시킨다.〉[3] 이와 같이 시적 기능을 정
의하고 있는 야콥슨의 소론을 이해하기 위해서는 그가 말하는 의
사소통의 여섯 가지 요소를 이해해야 한다. 그것은 다음과 같은
도식으로 설명된다.

맥락
메시지
발신자 ——————— 수신자
접촉
코드

  편지건 일상적 연설이건 모든 의사소통은 〈발신자〉와 〈수신자〉
그리고 발신자가 수신자에게 보내는 〈메시지〉로 성립된다. 그러나
이 과정은 단순하지만은 않다. 메시지는 발신자와 수신자 사이의
〈접촉〉을 필요로 한다. 이 접촉은 청각적일 수도 시각적인 것일
수도 있다. 또 메시지는 일정 〈코드〉 속에 담겨 있어야 한다. 또
메시지는 발신자와 수신자 쌍방이 이해하고 있는 〈맥락〉을 지시해
야 한다. 이 맥락이 메시지로 하여금 의미있게 한다. 예컨대 지금
이 글의 경우 발신자인 필자가 수신자인 독자에게 메시지를 보내
고 있다. 메시지는 현대 한국어의 하위 코드인 문학 코드를 통해
서 전달되고 있다. 시적인 것에 관한 토론이라는 〈맥락〉이 개개
문장을 의미있는 것으로 만들어준다. 그런데 메시지가 모든 의미

---

3) Roman Jakobson, "Linguistics and Poetics," in *Language in Literature*. 그 아
래 나오는 야콥슨의 인용도 이 글에서 따온 것이다.

를 공급하는 것은 아니다. 소통된 것 중의 많은 부분이 맥락·코드·접촉매체에서 유래한다. 그러니까 의미는 의사소통의 행위 전체 속에나 있는 셈이 된다. 그런데 특정한 의사소통행위에서 이요소들 중의 어느 하나가 우위를 차지할 수 있다. 발신자 편에서 본 언어는 마음의 상태를 나타내는 〈감정표출적〉인 것이며 수신자의 관점에서 본 언어는 어떤 효과를 노리는 〈능동적〉인 것이다. 또 의사소통이 맥락에 관계된다면 그것은 〈지시적〉인 것이다. 발신자와 수신자 두 사람이 서로를 이해하고 있는가에 관해서 토론할 때처럼 의사소통이 코드 자체를 향해 있을 때는 〈메타언어적〉이다. 말을 배우고 있는 어린이의 발화는 고도로 메타언어적이다. 접촉에 초점을 둔 의사소통은 〈교화적(交話的)〉인 것인데 야콥슨은 순수히 교화적인 요소로 진행되는 대화의 예를 미국 여류작가의 작품에서 인용하고 있다. 의사소통이 메시지 자체에 초점을 두고 있을 때 지배적인 것이 〈시적〉 기능이다. 메시지의 단어들 자체가 우리의 주의력 속에서 전경화될 때 시적 기능이 지배적이 되는 셈이다. 다시 말하면 메시지가 소리의 패턴이나 어법이나 구문에 주의를 당겨서 메시지 자신을 강조하는 경우이다. 이것이 시적 기능이며 모든 언어에 보이는 것이고 결코 예술에 한정된 것은 아니다. 위에서 야콥슨이 〈기호의 촉지성〉을 높인다고 한 것은 이러한 맥락에서이지만 기능이라는 관점에서 보면 앞의 도식은 다음과 같이 된다.

지시적 기능
시적 기능
감정표출적 기능 —————————— 능동적 기능
교화적 기능
메타언어적 기능

발화가 메시지 그 자체를 지향할 때 시적 기능이 지배적이다. 언어가 그 자신을 의식하고 무엇보다도 그 자신의 성질에 주의를 당긴다. 그리하여 음상(音相)이나 구문에 유의토록 하고 언어 바깥에 있는 〈현실〉을 1차적으로 지칭 혹은 지시하지 않는 것이 언어의 시적 사용의 핵심이다. 언어의 시적 기능이 〈기호의 촉지성〉을 증진시킬 때 언어는 조직적으로 기호와 대상, 기표와 기의 사이의 〈투명한〉 연관이라는 생각을 뒤엎는다. 그리하여 〈기호와 대상 사이의 근원적인 이분법을 심화시킨다〉고 야콥슨은 말한다. 이러한 논리를 극단으로 몰고 가면 시로 대표되는 언어예술은 자폐적이고 자기지시적인 것이 된다.

이와 관련하여 야콥슨은 이렇게도 말한다. 〈시적 기능은 선택의 축에서부터 결합의 축에로 등가의 원리를 투사한다.〉 또 〈유사성이 인접성에 덧붙여지는 시에 있어서는 어떠한 환유도 얼마쯤 은유적이며 어떠한 은유도 환유적인 낌새를 지닌다.〉 가령 시인이 〈가지가 찢어지게 꽃이 열려 있다〉고 적었을 때 열려 있다는 것은 꽃봉오리가 벌어진 것을 뜻할 수 있다. 한편 열매가 열려 있다는 뜻일 수도 있다. 시인은 이러한 양의성을 겨냥한 것일 수 있다. 편의를 위해 이 경우는 열매가 맺혀 있다는 뜻의 열려 있다라고 생각해 보기로 하자. 시인은 〈피어 있다〉〈웃고 있다〉〈터져 있다〉 등등의 가능성으로부터 〈열려 있다〉를 선택한 것이다. 즉 수직적인 선택의 축에서 그것을 선택한 것이다. 그리고 시인은 꽃과 그것을 결합하고 있는데 이렇게 하면 꽃핌과 열매맺음이 등가적이 된다는 원리를 딛고 결합한 것이다. 시적 기능이 선택의 축에서 결합의 축에로 등가의 원리를 투사한다는 것은 이런 뜻이다. 그리하여 소리·리듬·이미지·함축에 의해서 생겨난 패턴 또는 유사성이나 대립 등의 패턴에 따라 단어들이 결합된다. 이렇게 해서 시는 언어의 밀도가 높아지고 수신자의 주의를 그 형태상의 특징 쪽으로 끌어당김으로써 지시적 의미로부터 멀어지게 한다. 기호의 촉지성을 높인다는 뜻은 이와 같은 사정을 가리키는 것이다. 따라서 아무리 산문시적 성격을 지니고 있다 하더라도 산문과 비교하여 시에서는 기호의 촉지성이 강화되어 있는 것이다. 그리고 야콥슨 시학이 가장 설득력있게 들리는 것은 말라르메나 랭보와 같이 언어의 지시적 기능을 소홀히 한 시인들의 작품을 대할 때라는 것은 분명하다. 가령 랭보의 시에서는 유사성을 찾을 수 없는 비유가 많이 나온다. 「밤샘」이라는 시에는 〈내 밤샘의 이 바다는 아멜리의 젖가슴과 같다〉[4]는 대목이 나온다. 동기 부여가 정당화될 수 없는 비유라고 할 수밖에 없다. 밤샘의 바다는 아멜리의 젖가슴처럼 우리에게 불명(不明)이다. 따라서 지시적 기능이 극소화되는 그만큼 언어의 밀도는 두꺼워지고 기호의 촉지성은 높아지는 것이다. 따라서 그의 시가 시적이란 것은 통상적인 뜻으로 언어의 가능성을 극대화하여 고도로 조직되어 있다는 것보다는 지시성의 거부에 의한 기호촉지성의 극대화에 있다고 할 수 있다. 야콥슨의 시적 기능은 어디까지나 지배적인 경우를 검토한 것이고 따라서 거기서 유래하는 시학도 랭보나 말라르메와 같이 극단적인 기표놀이의 경우에나 가장 잘 적용되는 것이라 할 수 있다.

소리와 뜻의 균형

유사성에 의해서 동기지어지지 않은 비유나 지시적 기능의 극

---

4) Arthur Rimbaud, "Vigils," in *Complete Works*, trans. by Paul Schmidt(Harper & Row, 1976).

소화가 야기하는 불투명성은 따라서 〈시적〉인 것의 한 요소가 된다. 따라서 이르는바 난해성이라는 것도 시적인 것의 일부가 될 수 있다. 그리고 난해성으로 일관되지 않은 시에도 불투명성은 발견되는 것이다.

> 바보야 하이얀 멈둘레가 피였다.
> 네 눈섭을 적시우는 용천의 하눌밑에
> 히히 바보야 히히 우숩다.
>
> 사람들은 모두다 남사당派와같이
> 허리띠에 피가묻은 고이안에서
> 들키면 큰일나는 숨들을 쉬고
>
> 그어디 보리밭에 자빠졌다가
> 눈도 코도 相思夢도 없어진후
>
> 燒酒와같이 燒酒와같이
> 나도 또한 나라나서 공중에 푸를리라.
>
> ——서정주, 「멈둘레꽃」 전문

　해와 하늘빛이 서럽다는 「문동이」와 〈땅에 누워서 배암같은 계집〉을 노래한 「맥하(麥夏)」를 아우른 듯한 시편이다. 둘째 연에서 다루고 있는 것이 남녀간의 정사라는 것은 분명하다. 그렇지만 마지막 연에는 모호한 의미의 비약이 보인다. 〈공중에 푸를리라〉가 화자의 갈망을 나타내고 있으며 〈燒酒와같이 燒酒와같이〉의 대목이 증발의 이미지를 담고 있다는 것도 추측할 수 있다. 그렇지만

소주라는 말의 독하고 강렬한 연상을 중시하고 선택한 것일 터이
다. 그런 만큼 의미론적 연관에는 어떤 불투명성이 따르고 있다.
그리고 이 불투명성이 몹시 음률적인 이 작품에 〈시적인 것〉을 첨
가하고 있다고 할 수 있다. 이 불투명성이 불확정성의 매력으로
남아 있지만 그것이 지나치면 작품의 취약성으로 마무리될 것이
다. 우리의 경우 최상의 시인들에게서 이러한 불확정성이 종종 발
견되기는 하지만 그것이 과잉현상을 보여주는 적은 없다. 불확정
성의 과잉조작은 시의 진정성을 회복할 수 없게 파손할 것이다.
한편 시적인 것이 생소하고 불투명한 방언에 의해서 조성된 경우
도 있다.

　　아배는 타관가서 오지 않고 山비탈 외따른 집에 엄매와 나와 단둘
이서 누가 죽이는 듯이 무서운 밤 집뒤로는 어늬 山골짜기에서 소를
잡아먹는 노나리꾼들이 도적놈들같이 쿵쿵거리며 다닌다.

　　날기멍석을 져간다는 닭보는 할미를 차굴린다는 땅아래 고래같은
기와집에는 언제나 니차떡에 청밀에 금은보화가 그득하다는 외발가진
조마구 뒷山 어늬메도 조마구네 나라가 있어서 오줌누러 깨는 재밤 머
리맡의 문살에 대인 유리창으로 조마구 군병의 새까만 대가리 새까만
눈알이 들여다 보는 때 나는 이불속에 자즈러붙어 숨도 쉬지 못한다.
　　　　　　　　　　　　　　　　　　　　　　　　──백석, 「古夜」

　　이 작품도 서슴없이 산문적이다. 산문 쓰듯이 써내려갔다. 혹은
산문 쓰듯 써내려갔다는 착각을 안겨준다. 그러나 유년 특유의 무
서움증을 상기시키면서 고담과 속신(俗信)과 맛난 음식 먹는 행복
의 분위기를 재현시켜 주고 있다는 소재 처리가 우리로 하여금 이

글을 시라는 제도 속에 편입시키게 한다. 그렇지만 야콥슨 시학의 이론을 따르면 기호의 촉지성을 높이는 시적인 요소도 풍성하다. 우선 통상적인 행갈이가 절제되어 있는 대신 문장은 지루할 정도의 장거리 구문에 기초하고 있다. 소 밀도살꾼을 가리키는 노나리꾼, 멍석의 일종인 날기멍석, 인절미를 가리키는 니차떡, 난쟁이를 가리키는 조마구, 꿀을 가리키는 청밀과 같은 방언이나 생소어가 독자의 주의를 당겨서 기표를 특별히 의식하게 한다. 되풀이와 나열 또한 비슷한 기능을 수행한다. 이러한 〈시적〉 요소는 작품이 진행함에 따라서 더욱 농도 짙게 전개된다. 장거리 구문은 더욱 길어지고 생소한 방언도 불어난다. 옛밤은 더욱 깊어지고 시적인 것 또한 진해져 간다. 백석의 많은 초기 시편이 이러한 시적 요소에 의존하고 있다. 이상 시에 보이는 붙여쓰기 산문도 유사한 언어 조작이라 생각된다. 표준어의 보급과 교육기관에 의한 배타적 표준어 숭상은 백석의 시를 더욱 생소화하여 그 시적 기능을 강화해 주었다고 할 수 있다. 그렇지만 이상의 붙여쓰기나 백석의 배타적 방언 숭상은 처음 생소했던 요소들이 익숙해지면서 의외로 빨리 〈시적인〉 요소가 퇴색할 가능성이 크다. 시인으로서의 백석의 절정과 참모습을 「사슴」 시대의 방언 시편이 아니라 시집 이후의 고독 시편에서 찾을 수 있다는 것은 그 점 우리에게 많은 시사를 준다. 구체적인 삶을 언어의 지시적 기능에 의거하여 노래했을 때 그는 자신의 최고 시편을 낳은 것이다.

　서정시가 소리와 뜻 사이의 망설임이라고 말한 시인의 말은 골똘히 음미되어야 한다. 최근의 우리 시는 소리와 음률성을 멀리하면서 뜻과 전언에만 골똘해 왔다. 그 결과 산문으로의 경사는 더욱 심해지고 그것을 보상하기 위한 〈시적인 것〉의 조성은 불필요한 시적 소음을 낳고 있다. 그리하여 소리와 뜻, 음률성과 의미

사이의 조화로운 균형을 통해서 세상과 사람살이를 노래한다는 한 길을 버리고 변두리의 소로길로의 잠행이 퍼지고 있는 것 같다. 이와 함께 부끄럼성을 잃어버린 노출증이나 비행촉진적인 비속 언어가 정직이라는 이름으로 숭상되는 경향까지 보여주고 있다. 욕설이나 비속어의 표출에 순간적이고 찰나적인 해방적 기능이 없는 것은 아니다. 그러나 구두상황 아닌 기록의 맥락에서 비속어를 남발하는 것은 우선 발설자 자신의 뒷날의 자괴감으로 그치고 말 것이다. 본래 시인을 낳게 한 것은 엘뤼아르의 시구를 빌리면 〈지속에 대한 다부진 욕망〉이었다. 지금에 있어서도 사정은 크게 다르지 않을 것이다.

부기 음률성에 관한 논의로 참고할 만한 책에 서우석의 『시와 리듬』(문학과지성사, 1981)이 있다. 또 시적인 것에 관해서 츠베탕 토도로프/郭光秀 옮김의 『구조시학』(문학과지성사, 1977)이 시사적이다.

말의 힘

우리를 만들어준 것은 알렉세이
아스타체프의 『폭력의 시학』이었다.
—— 최윤

고유성의 필연

「가장 아름다운 우리말 열 개」라는 글에서 김수영은 〈마수거리〉
〈에누리〉〈색주가〉〈은근짜〉〈군것질〉〈총채〉〈글방〉〈서산대〉〈벼
룻돌〉〈부싯돌〉 등의 열 개를 들고 있다. 김수영은 이어서 〈내가
아름답다고 생각하는 말들은 아무래도 내가 어렸을 때에 들은 말
이다〉라고 부연하고 나서 그 낱말들에는 〈하나하나 어린 시절의
역사가 스며 있고 신화가 담겨 있다〉고도 말하고 있다. 미의식이
나 미적 대상은 사람마다 다르게 마련이다. 따라서 〈가장 좋아하
는 우리말 열 개〉라고 하는 것이 보다 적절한 표제가 될 것이다.
이 글의 핵심적인 부분에서 김수영은 〈그런 것을 아무리 열거해
보았대야, 개인적 취미나 감상밖에는 되지 않고, 보편적인 언어미
가 아닌 회고미학에 떨어지고 마는 것이 고작이다〉라고 말하고 있
다. 따라서 당대의 회고미학적 시풍에 대한 비판적 거리의 소산이
기도 한 이 글에서 김수영이 열거한 〈열 개〉에는 자조적 혹은 장

난기로 선택한 낱말들도 없지 않을 것이다.

사람마다 좋아하는 꽃이 다르듯이 좋아하는 제1언어의 낱말들도 다를 것이다. 김수영과 성장배경이나 세대를 달리하는 나는 그가 열거한 열 개 가운데서 〈벼룻돌〉 정도가 애착이 갈 뿐 나머지에는 무감한 편이다. 또 열 개를 골라본다 하더라도 그것이 모두 어린 시절의 역사와 관련될 성부르지도 않다. 가령 예감이라는 말에 기묘한 매력을 느끼는 터이지만 분명 그것은 유년체험과 관련된 말은 아니다.

실제로 좋아하는 꽃을 대라 하면 사람마다 다르면서 선호의 계기도 다르다. 장미처럼 꽃 자체가 화려해서 좋아하는 경우가 있는가 하면 백합처럼 꽃 자체와 함께 그 꽃말에 끌리는 경우도 있다. 요즘 도회지 거주 젊은이들이 살구꽃이나 복사꽃처럼 나무꽃을 좋아하는 경우는 아주 드문데 그것은 자연과 접하는 기회가 적기 때문일 것이다. 안개꽃처럼 선물용을 좋아하는 경우가 흔하고 무궁화를 가장 좋아하는 꽃이라고 대는 젊은이는 아주 없다시피 할 것이다.

특정 단어에 대한 애착의 경우도 마찬가지이다. 유년기에 익힌 제1언어의 기본단어는 특유의 정서적 충전력을 가지고 있다. 유년체험의 두려움과 희열과 호기심과 인지의 즐거움 등이 얽혀 있는 개인사에 있어서의 기층언어이겠기 때문이다. 그렇지만 김수영이 시사만 하고 강조하지 않은 것은 그것이 눈으로 익힌 말이 아니라 귀로 익힌 말이라는 국면이다. 〈마수걸이〉건 〈글방〉이건 그것은 정식 교육현장에서 글자를 통해 익힌 말이 아니라 생활현장에서 귀와 입을 통해 익힌 말이다. 이러한 생활현장의 말들이 독특한 정서적 호소력을 갖는 것도 당연하다. 한편 우리가 어떤 대상에 끌린다는 것은 그 자체의 매력 때문이기도 하지만 싫어하고 기피

하는 것의 반대물이기 때문이기도 하다. 대체로 즐거움과는 거리가 먼 교육현장에서 익히는 말들에 대한 저항감이 속어나 쉬운 일상어에 대한 선호로 굳어질 수 있다. 또 경의를 품고 있지 않은 인사들의 현학적인 희귀어나 위선적인 상투어에 대한 억압된 반감이 생활 속의 풀뿌리말에 대한 선호로 나타날 수도 있을 것이다.

낱말이 낱말 자체로 의미있는 것은 아니다. 일정한 맥락 속에서 다른 낱말과 통사적syntagmatic 관계를 가짐으로써 뜻있는 의미의 단위가 된다. 그렇지만 시에 있어서 특히 긴장과 압축을 요하는 짤막한 근대시에 있어서 낱낱의 단어가 갖는 무게는 특별하다. 일상적 의사소통에 있어서는 기호의 촉지성이 높다는 것은 장애적인 소음을 야기하기가 쉽다. 그렇지만 문학언어에 있어서는 이 기호의 촉지성이 특성이 되어 있다. 어떤 의미에서는 생소화 혹은 낯설게 하기도 기호촉지성의 일환이기도 하다. 가령 시인이 〈나를 키운건 八割이 바람이다〉라고 할 때 팔할이라는 언뜻 비시적(非詩的)인 말이 이례적인 참신성과 의외성과 박력을 획득하고 있음을 본다. 사실 고리대금이나 지대(地代) 납부 혹은 상품 거래의 맥락에서나 흔히 쓰이던 십분지일(十分之一)이란 뜻의 할(割)은 본시 일어이다. 이러한 비시적인 단어의 대담한 구사가 출처 원전의 리얼리즘에 크게 기여한다. 따라서 〈나의 대부분은 바람이 키웠다〉고 된 영어 번역에서 원시의 충격성은 행방불명이 되어버린다. 시인은 또 〈그뒤 나는 年年히 抒情詩를 썼습니다만 그것은 모두가 그때 그 꽃들을 주서다가 드리던——그 마음과 별로 다름이 없었습니다〉고 시에서 적고 있다. 여기서 〈年年히〉는 다른 말로 대체할 수 없는 고유성을 취득하고 있다. 〈해마다〉란 말로는 〈年年히〉의 촉지성을 대체할 수도 범접할 수도 없다. 〈연년히〉가 갖는 의외로운 친숙성은 아마도 우리 사이에서 많이 쓰이던 〈연년생(年年

生)〉이란 말과 유관할 듯싶지만 어쨌건 절묘한 범렬적 paradigmatic
선택의 소산이다.

> 나의 고향은
> 저 산너머 또 저 구름밖
> 아라사의 소문이 자주 들리는 곳
>
> 나는 문득
> 가로수 스치는 저녁 바람 소리 속에서
> 여엄―염 송아지 부르는 소리를 듣고 멈춰선다.
>
> ―― 김기림, 「향수」 전문

〈아라사〉는 고유명사이지만 〈러시아〉나 〈노서아(露西亞)〉로 대체
될 수 없다. 러시아는 너무 가깝게 느껴지고 또 입을 크게 벌리는
〈아〉 소리가 세 번 연거푸 나는 〈아라사〉와 대적이 되지 않는다.
〈아라사〉는 또 문학적 연상의 우수리와 메아리를 가지고 있다.

> 우물가에서도 그는 말이 적었다
> 아라사 어디메로 갔다는 소문을 들은채
> 올해도 수수밭 깜부기가 패어버렸다
> 샛노란 강냉이를 보고 목이 메일제
> 울안의 박꽃도 번잡한 우슴을 삼갔다
> 수국 꽃이 향기롭던 저녁――
> 처녀는 별처럼 머언 얘기를 삼켰드란다
>
> ―― 노천명, 「玉蜀黍」

청년들이 마음해 두었다가 고향을 등졌던 아라사는 이효석의 「노령근해(露領近海)」의 그 아라사다. 「낙동강」을 쓴 조명희가 당도했던 곳이요 이용악이 자주 노래했던 고장이다.

> 드나드는 배 하나 없는 지금
> 부두에 호젓 선 나는 멧비둘기 아니건만
> 날고 싶어 날고 싶어
>
> 머리에 어슴푸레 그리어진 그곳
> 우라지오의 바다는 얼음이 두텁다
>
> 등대와 나와
> 서로 속삭일 수 없는 생각에 잠기고
> 밤은 얄팍한 꿈을 끝없이 꾀인다
> 가도오도 못할 우라지오
>
> ——이용악, 「우라지오 가까운 항구에서」

이러한 문학적·사회적 연상의 우수리와 그 예스러움은 아라사란 말에 대체될 수 없는 고유성을 부여한다. 그리하여 소음 없는 일상어의 맥락에서 〈함경도〉를 뜻하는 〈아라사의 소문이 자주 들리는 곳〉이란 대목은 화자의 향수를 참으로 공감하게 하는 서정적 자장을 마련한다. 위에 열거한 사례에서 우리는 보이지 않는 낱말의 범렬적 선택을 통해서 성취된 고유성의 필연을 본다. 훌륭한 시가, 특히 고전적 성취의 시가 보여주는 것의 하나는 고유성의 필연의 조직이다. 그리고 시 읽는 즐거움의 하나는 이러한 대체될 수 없는 고유성의 이모저모를 음미하는 일이다. 그러한 뜻에서 시읽기는 작품과 독자의 대화인 이상으로 작품과 다른 작품과의 대화이기도 하다. 짤막한 서정시 「향수」를 읽으면서 우리는 다른 텍스트를 읽고 동시에 한 시대를 읽는 것이다.

이러한 고유성의 필연을 이해하기 위해서는 낱말 하나하나에 대해서도 「가장 아름다운 우리말 열 개」에서 시인이 보여준 것과 같은 애착과 반성적 음미를 경험해야 한다. 모국어 어휘 모두가 〈가장 아름다운 우리말〉이 되어버린 사람이 곧 시인이다. 〈부족 방언의 순화〉를 얘기한 사람은 동시에 지칠 줄 모르는 사전 탐독자이기도 하였다. 그 자체로 아름다운 말이 있는 것은 아니다. 가령 내게 있어 〈노고지리〉란 말은 정서적 충전력이 있는 우리말의 하나다. 사전은 종다리의 옛말이라고 정의하고 있지만 지방에 따라서는 종달새보다도 더 널리 쓰인다. 늘 말이 많은 사람의 일반적인 별명이기도 하였다. 정지용이 종달새의 의성음으로 〈지리 지리 지리리〉 한 것도 노고지리에서 파생한 것이라 생각된다. 보리밭에 떠서 지줄대는 새의 기표로서 어떤 필연성을 가지고 있다는 착각마저 가지고 있다. 그러나 그것은 개인적·경험적 우연의 소산이고 많은 사람들의 공감으로 뒷받침될 수 있는 것이 아니다. 그 자체가 아름다운 말은 없고 통사적 연계에 의해서 독특한 기능을 담당함으로써 고유성을 획득한다. 그리고 그 고유성에 대하여 기능미(機能美)란 관점에서 아름다움을 비유적으로 말할 수 있을 것이다. 〈八割〉〈年年히〉〈아라사〉라는 저잣거리의 〈비시적〉이고 평범하고 예스러운 낱말들은 위의 시행에서 대체 불가능한 고유성을 획득하여 이를테면 아름다움을 자랑하고 있는 것이다.

창조적 오용

　규범문법의 입장에 서는 사람들은 흔히 규칙과 바른 어법이라는 관점에서 말 자체의 생명력 있는 전개를 의구의 눈으로 바라본다. 그렇지만 말을 아끼고 그러면서도 부리는 시인의 입장에서 보면 바른 어법이라는 것이 인위의 장애라고 느끼게 된다. 일상대화에서는 소음이 될지도 모르는 말의 쓰임이 문학성의 중요한 원천이 되는 수가 있다. 이르는바 오용(誤用)이라는 것은 언어의 자연의 일부이기도 하고, 생소화 혹은 낯설게 하기의 일환이기도 하다. 실용언어에서 악덕이 되는 모호성이 시에서는 당당한 미덕이 된다. 적정한 수준의 모호성은 실상 시적 자산의 일부이다.

　　모름지기 滅하여가는 것에 눈물을 기울임은
　　분명, 滅하여가는 나를 위로함이라.
　　분명 나 자신을 위로함이라.

── 오장환, 「咏懷」

　〈모름지기〉는 〈滅하여가는〉에 걸리는 것인가, 그렇지 않으면 〈눈물을 기울임〉에 걸리는 것인가? 분명치가 않다. 전체적으로 보아 〈눈물을 기울임〉에 걸리는 것 같은데 그렇다면 모름지기란 말은 얼마쯤 뒤틀려 있다. 그렇지만 이러한 모호성이 극히 감상적인 이 대목에서 우리를 주춤하게 한다. 감상에의 탐닉을 중지시키면서 우리의 주의가 말 자체로 향하게 한다. 〈모름지기〉란 말이 그나마 이 대목을 시로 남아 있게 하는 것이다. 얼마쯤 일탈적인 어법이 돋보인다.

한없이 풀어지는 피곤한 마음에도
너는 결코 서둘지 말라
너의 꿈이 달의 行路와 비슷한 廻轉을 하더라도
개가 울고 종이 들리고
기적소리가 과연 슬프다 하더라도
너는 결코 서둘지 말라
서둘지 말라 나의 빛이여
오오 人生이여

——김수영, 「봄밤」

　위의 시행에서 〈과연〉은 결코 잘못 씌어져 있지는 않다. 그렇지만 그 자리에서는 독자들의 의표를 찌른다. 그리하여 〈기적소리가 과연 슬프다 하더라도〉란 대목을 우리의 기억 속에 입력시켜 준다. 그 순간 〈과연〉은 가장 아름다운 우리말이 되어버린다. 시인이 이 말을 쓰기 전에도 〈과연〉이란 말은 무한한 변주로 쓰여왔다. 시인이 이 대목에서 그것을 가장 아름다운 우리말로 정착시켰을 때 시인은 이 말을 창조한 것이다. 말의 창조적 구사란 이런 것이다.

黃土 담 넘어 돌개울이 타
罪 있을듯 보리 누른 더위——
날카론 왜낫〔鎌〕 시렁우에 거러노코
오매는 몰래 어듸로 갔나

바윗속 山되야지 식 식 어리며
피 흘리고 간 두럭길 두럭길에

붉은옷 닙은 문둥이가 우러

땅에 누어서 배암같은 게집은
땀흘려 땀흘려
어지러운 나―ㄹ 업드리었다.

――서정주, 「麥夏」 전문

미당 초기 작품에는 강렬한 개성을 돋보이기 위한 얼마쯤 부자연스러운 요소가 없지 않다. 〈罪 있을듯 보리 누른 더위〉도 모호하고 아리숭하다. 〈보리 누른 더위〉는 보리누름 때의 더위란 말인가? 혹 부정을 타서 보리누름 때의 더위가 유난하다는 뜻인가? 다만 〈黃土 담〉, 〈날카론 왜낫〉, 〈집에 없는 오매〉, 〈피 흘리는 山되야지〉, 〈붉은 옷 입은 문둥이〉 등이 보리누름 때의 정경을 원색적으로 보여준다. 그리고 보리밭골의 정사를 시사하는 마지막 대목에서 이 원색의 시골 정경은 완성된다. 〈땀흘려 땀흘려〉는 누구에게 걸리는 것인가, 계집인가, 나인가, 아니면 모두에게 걸리는 것인가? 우리는 주춤하고 주저한다. 〈어지러운 나―ㄹ 업드리었다〉에서는 능동태의 동사를 사역동사처럼 써서 〈배암같은 게집〉을 일면 강조하고 있다. 문법적인 파격이지만 유혹의 불가항성을 시사하는 말의 묘기이다. 여기서 그것이 절묘한 자연스러움에 이르지는 못했지만 이러한 오용의 실험을 거쳐 미당의 절정으로의 길은 뚫린 것일 터이다. 어쨌건 〈날 업드리었다〉는 창조적인 오용의 한 사례가 될 것이다.

내가 이렇게 외면하고 거리를 걸어가는 것은 잠풍 날씨가 너무나 좋은 탓이고

　가난한 동무가 새 구두를 신고 지나간 탓이고 언제나 꼭같은 넥타
이를 매고 고혼 사람을 사랑하는 탓이다

　내가 이렇게 외면하고 거리를 걸어가는 것은 또 내 많지 못한 월급
이 얼마나 고마운 탓이고
　이렇게 젊은 나이로 코밑수염도 길러보는 탓이고 그리고 어느 가난
한 집 부엌으로 달재 생선을 진장에 꼿꼿이 지진 것은 맛도 있다는 말
이 자꾸 들려오는 탓이다
——백석, 「내가 이렇게 외면하고」 전문

아무런 꾸밈 없이 써내려간 것 같은 이 중기 시편도 백석의 몇
몇 절창을 위한 통과의례 시편이라 생각하면 된다. 바람이 잔잔하
게 부는 날씨를 뜻하는 잠풍 날씨, 바닷고기 이름인 달재, 진간장
을 가리키는 진장 등의 방언이 듬성듬성 섞여서 언제나처럼 우리
를 멈칫거리게 한다. 그리고 그것은 시에 어울리는 장치요 정취이
다. 〈내 많지 못한 월급이 얼마나 고마운 탓이고〉에서 〈얼마나〉는
변칙적으로 쓰였다. 제1외국어에서 쓰이는 how의 어법을 연상케
한다. 이 변칙적인 어법이 앞에 열거한 방언과 함께 이 작품을 지
나친 무덤덤으로부터 구해 주고 있다. 역시 창조적인 오용이라 이
를 만하다. 〈부엌으로〉는 〈부엌을 통해서〉〈부엌에서〉의 뜻이지만
우리 어법으로는 자연스러운 것이다. 얼마쯤 생소한 어법으로 들
리는 것은 우리말이 〈씌어진 말〉의 영향을 받아 변화를 겪었기 때
문이다. 아니 우리의 어법 감각이 구체적인 생활현장이 아니라 생
활언어와는 거리가 있는 〈씌어진 말〉에 의해서 길러진 탓일 것이
다. 우리의 언문일치운동은 말하듯이 쓰는 것 이상으로 글처럼 말
하는 언어습관을 길러온 것이다. 그리고 우리의 통사법은 이루 말

할 수 없이 서구어 통사법의 충격에 유연하였다.

말의 창조적 구사는 의도적 오용이나 관행에의 불복종에서만 유래하는 것은 아니다. 관용적인 어법으로부터의 일탈이나 창의성 있는 통사적 배열로 새로운 의미를 마련해 낼 수 있다. 그것은 시인만의 특권이 아니다. 산문작가도 문체에 주력하는 한 창조적 구사를 수행하게 마련이다. 문체는 산문의 시라고도 할 수 있고, 언어예술가라는 점에서 모든 문인은 시인이라 할 수 있다.

> 그 시절 우리——왜 나는 우리라는 단어 앞에서 여전히 수줍고 불편함을 겪는가——는 모두 넷이었다. 물론 우리는 처음부터 우리가 아니었다. 그들을 알았던 많은 사람들은 나의 이 우리라는 단어의 사용에 반대할 수도 있다. 그러나 나는 감히, 그들의 견해와는 무관하게 이 단어를 쓰기로 한다.
> 우리를 만들어준 것은 알렉세이 아스타체프의 『폭력의 시학:무명 아나키스트의 전기』였다.
>
> ——최윤, 「회색 눈사람」

〈우리〉는 20년 전 함께 일했던 학생운동의 동료 혹은 동인을 뜻한다. 그렇지만 마지막 문장에서 〈우리를 만들어준 것은〉 하고 작가가 적을 때 〈우리〉는 단순히 옛 동인을 가리키는 대명사로 멈춰 있는 것은 아니다. 옛 동인들의 사회적 관계의 성격이나 정치적 성격도 가리킨다. 따라서 〈우리〉의 지시적 성격은 이중적이다. 작가의 경제적 언어 처리가 이 비근한 복수대명사에 유례없는 무게와 의미와 우수리를 부여하고 있다. 의미로 충만되어 있는 이 말은 적어도 위의 문맥에서 김수영이 말하는 〈가장 아름다운 우리말〉로 화한다. 말의 창조적인 구사이다.

나의 행복은 슬픈 얼굴을 하고 있다. 너무도 슬퍼서 다년간 나는
불행이라 오해하고 그것을 내몰았던 것이다.

——아이리스 머독, 「그물을 헤치고」[1]

닳고 닳아서 폭락한 언어 화폐의 가치를 높이고 되살리는 것이
시인의 과업이다. 작가가 다루고 있는 경험은 아주 평범하고 진부
하기까지 한 것이다. 행복은 평범한 데 있으며 큰 불행이 없는 데
있다고 흔히 말한다. 작가가 말하고자 하는 것도 그러한 진부한
지혜이다. 행복을 의인화하고 그것이 슬픈 얼굴을 갖고 있다는 대
목은 시적 대담성에 육박하고 있다. 행복을 행복이라 깨닫지 못하
고 불행해하는 사람들의 우행이 단순하고도 서정적인 말투로 간결
하게 처리되어 있다. 자주 생각들은 하지만 절묘하게 표현된 바
없었던 것이야말로 기지라고 옛 시인은 말했지만 그 진수가 보인
다. 평범하고 진부하기까지 한 생각이 유례없는 참신성으로 다가
옴을 감득하게 된다.

미래의 북쪽 강에서
나는 그물을 내던진다.
네가 머뭇거리며
돌로 쓴
그림자를 닮은 그물을.

——파울 첼란/고위공 옮김, 「강에서」 전문

비평가 조지 슈타이너는 첼란과의 문학적 상봉을 간략하나 인

---

1) Iris Murdoch, *Under the Net*(Penguin Books, 1960), 제12장.

상적으로 전하고 있다. 환승(換乘)을 위해 내린 프랑크푸르트 역의 서점에서 기차를 기다리며 낯선 저자 이름 때문에 얄팍한 시집을 펴들었다. 별 신경 쓰지 않으며 책장을 뒤적이다 〈미래의 북쪽〉이란 첫줄을 대하였고 그 후 첼란은 그의 곁을 떠나지 않았다고 한다. 기차를 잡아탔는지 놓쳤는지는 기억하지 못한다고 적고 있다.[2] 난해한 초현실주의 시인으로 알려져 있는 첼란의 「강에서」는 그의 다른 시편들이 그렇듯이 극히 어려운 작품이다. 〈미래의 북쪽〉이 현재의 시점에서 멀리 떨어진 차가운 곳을 뜻하는 것인지도 모른다. 분명한 것은 그 구체적 지칭이 무엇이든 간에 〈미래의 북쪽〉이란 말이 우리의 의표를 찌르면서 참신하게 다가온다는 점이다. 생각건대 그것은 미메시스적인 시구가 아니다. 언어 구사를 통해서 비로소 실현된 시간과 공간이다. 그런 점에서 문자 그대로 시인의 창조이다. 현실의 대안으로서의 별세계에 대한 일별의 권유인 것이다.

우리가 위에서 살펴본 시적 언어의 국면은 매우 조그마하고 세세한 부분이다. 큰 것과 우렁찬 것에 관심하는 거시적 안목으로 본다면 사소한 미시적 성향으로 보일 것이다. 그렇지만 중요한 것은 큰것과 작은것의 차등 설정이 아니다. 사람은 큰것과 큰소리로만 살지 않는다. 하찮고 조그마한 것이 사람의 목숨을 좌우하기도 한다. 사람의 목숨처럼 크고 소중한 것이 어디 있는가? 그렇다면 사람의 목숨을 좌지우지하는 하찮고 조그마한 것은 실에 있어 참으로 큰 것이 아닌가? 우리의 나날의 삶은 조그마한 것으로 가득 차 있다. 조그마한 것의 존중은 그대로 삶의 존중으로 통하는 것이다. 우리 사이에서는 세밀하고 조그마한 것에 대한 정성과 배려

---

2) George Steiner, *Real Presences*(Faber & Faber, 1989), 제3부 제4장.

가 부족하다. 대개 건성건성 넘어간다. 토씨 하나 구두점 하나로 시행이 살기도 하고 결딴나기도 한다. 이러한 세세한 차이에 대한 감각과 지각을 기르는 것은 그대로 우리에겐 막중한 기율 훈련이 된다. 문명의 발달은 결국 차이를 가리는 눈금이 더 미세해지고 섬세해진다는 것을 뜻한다. 언어를 숭상하고 문학작품을 읽으며 근소하고 미세한 차이를 읽어낸다는 것은 문명되고 교화된 인간 자질을 훈련하는 것이며 그만큼 문명의 가치를 내면화하는 것이 된다. 동서의 인문주의가 시를 숭상한 것은 이러한 견지에서도 자 연스럽고 당연한 일이었다. 사람됨의 영광은 언어동물됨에 있는 것이다. 즐거움을 통한 기율 훈련이라는 점에서 모든 예술은 향수 자에게도 하나의 도(道)인 것이다.

텍스트의 안팎

  미적 경험의 핵심은 아직도 수수께끼이다. 그렇지만 인지의 충 격으로 다가오는 미적 경험이 〈재경험의 착각 déjà-vu〉을 안겨주는 경향이 있는 것도 사실이다. 너무나 감동적인 아름다움은 처음 대 하는 것임에도 불구하고 이왕에 본 것 같고 들은 것 같은 환각을 안겨주는 것이다. 시의 경험도 그와 같다. 적어도 첫 단계에서는 그러하다.

  시읽기에도 바둑에서처럼 정석(定石)의 과정이 있는 것은 아니 다. 좋은 영화는 중간부터 보아도 끌리듯이 좋은 시도 아무데서나 손짓한다. 좋은 시집은 어디서부터 읽기 시작해도 우리 곁을 떠나 지 않는다. 그렇지만 아무래도 정평있는 고전에서 시작하는 것이 가장 확실하다. 옛것이란 뜻의 고전이 아니라 어휘 구사와 작품

경지가 모범적이란 뜻의 고전 말이다. 기성적인 가치에 대한 불신 풍조가 일반화되어 있는 지적·심정적 풍토에서 거부적이고 반항적이며 노출적이고 냉소적인 것을 추종하는 것도 이해 못할 바는 아니다. 그러나 그것은 어디까지나 일시적이고 지엽적인 현상일 따름이다. 또 툭하면 현대시는 난해하다는 상투어구를 복창하면서 정작 널리 알려진 명편의 초보적 이해조차도 감당하지 못하는 경우가 허다하다. 한 편의 시를 놓고 우리는 무엇무엇을 고려하고 음미하고 공감해야 할 것인가? 가곡으로 널리 알려져 속화되어 있다는 혐의마저 있는 정지용의 「향수」를 놓고 검토해 보기로 한다.

넓은 벌 동쪽 끝으로
옛이야기 지줄대는 실개천이 휘돌아 나가고,
얼룩백이 황소가
해설피 금빛 게으른 울음을 우는 곳,

──그 곳이 참하 꿈엔들 잊힐리야.

질화로에 재가 식어지면
비인 밭에 밤바람 소리 말을 달리고
엷은 졸음에 겨운 늙으신 아버지가
짚벼개를 돋아 고이시는 곳,

──그 곳이 참하 꿈엔들 잊힐리야.

흙에서 자란 내 마음
파아란 하늘 빛이 그리워

함부로 쏜 화살을 찾으려
풀섶 이슬에 한추름 휘적시든 곳,

──그 곳이 참하 꿈엔들 잊힐리야.

傳說바다에 춤추는 밤물결 같은
검은 귀밑머리 날리는 어린 누이와
아무렇지도 않고 예쁠 것도 없는
사철 발벗은 안해가
따가운 햇살을 등에 지고 이삭 줍던 곳,

──그 곳이 참하 꿈엔들 잊힐리야.

하늘에는 석근 별
알수도 없는 모래성으로 발을 옮기고
서리 까마귀 우지짖고 지나가는 초라한 지붕
흐릿한 불빛에 돌아 앉아 도란도란거리는 곳,

──그 곳이 참하 꿈엔들 잊힐리야.

우선 명백히 드러나 있는 의미를 확인하는 과정이 필요한 것이다. 5연 25행으로 되어 있는 이 작품의 주제는 표제로 명백히 제시되어 있듯이 향수이다. 고향을 그리워하는 정감을 노래한 것이다. 〈고개를 쳐들어 山엣달을 바라보고/고개를 떨구어 고향을 생각한다(擧頭望山月 低頭思故鄉)〉는 이백의 오언절구 「정야사(靜夜思)」를 비롯해서 백낙천의 「풍경촉향수(風景觸鄉愁)」에 이르기까지 동양의 시전통에서 가장 보편적인 모티프의 하나이다. 저쪽에서도 사정은 같다. 향수는 가장 흔한 가곡의 모티프이기도 하다. 그렇지만 정지용 시편은 그리워하는 고향의 구체를 그리고 있다는 점에서 옛 망향(望鄕) 시편과 크게 다르다. 작품에는, 고향이라는 말이 한 번도 나오지 않는다. 말만 들어도 눈물짓는 추상적인 고향이 아니다.

각 연의 끝머리마다 후렴이 나와 다섯 번 되풀이됨으로써 간곡함을 나타내는 동시에 음률적 효과를 기약하고 있다. 제1연의 〈옛 이야기 지줄대는 실개천〉이나 〈금빛 게으른 울음〉과 같은 은유는 분방하고 분망한 근대생활과는 거리가 먼 예스러운 농촌을 떠오르게 한다. 그곳에서 삶은 악착같지 않으며 유장한 리듬을 가지고 있을 것이다. 〈해설피〉는 여러 가지로 추측되고 있으나 〈해가 설핏할 무렵에〉의 뜻이라 할 수 있을 것이다. 해질녘의 소울음이다. 정지용은 「태극선(太極扇)」에서, 〈나도 일즉이, 점두룩 흐르는 강가에 이 아이를 뜻도 아니한 시름에 겨워 풀피리만 찢은 일이 있다〉고 적고 있는데 이때의 〈점두룩〉은 해가 질 때까지 강가에 있었다는 뜻이 된다. 〈해설피〉와 〈점두룩〉의 부사 쓰임새에는 어떤 공통성이 보인다. 〈금빛 게으른 울음〉의 뛰어난 공감각 표현은 이미 얘기가 충분히 되었다. 단 몇 줄로 고향 마을의 정경을 인상적으로 떠올리는 서경(敍景)의 솜씨는 놀랄 만하다.

제2연은 대뜸 고향집 건넌방이나 사랑방으로 옮겨간다. 질화로나 짚베개는 구차한 옛 집이 갖추고 있던 필수 소도구이다. 베개를 돋아 고이는 것은 지금에도 변하지 않은 노인들의 습성이다. 초겨울이거나 한겨울의 밤을 그리고 있는 이 대목에서도 〈비인 밭에 밤바람 소리 말을 달리고〉라는 은유는 뛰어난 감각을 핀잔받기도 했던 시인의 면목이 잘 드러나 있다. 〈비인 밭에 밤바람 소리〉

에 보이는 두운(頭韻)현상도 주목할 만하다. 두운현상이 발견된다 하더라도 그것이 시의 효과에 크게 기여하는 것이 아니라는 것도 동시에 유의해 두어야 할 것이다.

제3연은 어린 시절의 경험을 다루고 있다. 현실의 실제 경험이 내면경험의 객관적 상관물로 올라가 있는 대목이다. 함부로 쏜 화살은 동경이요 이상이요 꿈이요 의욕이다. 이때의 화살은 요즘 한량들이 활터에서 쏘는 궁술(弓術) 화살이 아니라 싸리나무 같은 것을 휘어서 만든 장난감 활의 화살일 것이다. 완구상품이 없던 순결시대에는 Y자형 나뭇가지에 고무줄을 매어 만든 미사일 소품인 〈새총〉이나 장난감 활은 어엿한 가내수공 완구였다. 대개 생산자와 소비자가 동일한 자족적 노리개였다.

제4연은 한 시절의 아내와 누이상을 보여준다. 〈아무렇지도 않고 예쁠것도 없는/사철 발벗은 안해〉는 과중한 노동시간으로 시달렸던 농촌여성의 전형적인 모습이다. 어린 누이의 모습을 보여주는 첫 대목은 휘황하기 대낮과 같은 도회의 밤을 살고 있는 현대인에게 작위적이고 과장된 것으로 비칠지도 모른다. 그렇지만 전기가 들어오기 이전의 희미한 호롱불 불빛이나 어둠이라는 맥락을 고려할 때 그 시각적 선명성은 감탄에 값하는 것이다. 〈귀밑머리〉를 문자 그대로 〈귀 밑에 난 머리〉로 이해하고 의아해하는 젊은 독자들이 의외로 많다. 귀밑머리란 앞쪽 머리를 양쪽으로 갈라 땋은 뒤 귀 뒤로 넘긴 치렁치렁한 귓머리를 말한다. 치장이라는 것을 별로 모르던 시절 처녀들의 징표였다.

제5연은 구차한 대로 옛 집의 단란을 말하고 있다. 첫 두 줄은 검토를 요구하는 대목이다. 〈석근 별〉은 〈성긴 별〉로 읽는 것이 옳을 듯하다. 정지용은 요즘의 시인들이 자행하는 일탈적 언어 구사의 남용에 의한 모호성 조작과는 무연한 시인이다. 한 획 한 글자를 소홀히 하지 않고 고전적 명징성을 지향하였다. 〈알 수도 없는 모래성〉이란 은하수의 별을 가리키는 것이 아닌가 추측된다. 한밤중에 일어나 보면 큰 별의 위치가 바뀌어 있다. 〈大態星座가/기웃이 도는데〉라는 후기 시행의 변주라고 추측할 수 있다(이용악의 「연못」이라는 시에 〈밤이라면 별모래 골고루 숨쉴 하늘〉이라는 대목이 보이는 것도 참고할 만하다. 은하수는 시각적으로 은모래를 상기시키는 바 있다. 또 강과 모래톱은 근친관계에 있다. 이 작품 속의 몇몇 낱말은 시인의 후기 시편에 보이는 몇몇 단어와 함께 좀더 검토하고 확인해 볼 필요가 있다. 이때 단순한 추측보다는 다른 작품에서 볼 수 있는 어휘 구사와의 연관 속에서 시인의 〈말버릇〉을 검토하는 것이 유효하리라 생각된다).

우리는 이 작품을 구성하고 있는 비유나 이미지가 언어의 독창적 구사와 어울려서 발명과 창조의 모습을 띠고 있음을 유의해야 할 것이다. 그리고 그것을 확인하기 위해서는 작품 바깥으로 나갈 필요가 있을 것이다. 이 작품의 참으로 놀라운 점은 1920년대 초반에 씌어졌다는 사실이다. 이러한 역사성과 과거성이 작품 가치의 일부를 이루고 있다는 것을 간과해서는 안 된다. 이상화의 두 편과 「진달래꽃」 「님의 침묵」밖에 없었던 1920년대를 떠올리기 위해서는 다음과 같은 동시대 시행을 읽어보는 것이 좋다.

이 나라 사람은
마음이 그의 옷보다 희고
술과 노래를
그의 아내와 같이 사랑합니다.
  나는 이 나라 사람의 자손이외다.
    —— 양주동, 「나는 이 나라 사람의 자손이외다」(1925년)

백설로 삼천리 월광으로 오백리

두만강의 겨울밤은 춥고도 고요하더라.

──김동환, 「국경의 밤」(1925년)

아 강낭콩꽃 보다도 더 푸른

그 물결위에

양귀비꽃 보다도 더 푸른

그 〈마음〉 홀려라

──변영로, 「논개」(1924년)

정지용의 「향수」가 「석류」와 함께 《조선지광》에 발표된 것은 1927년 3월의 일이다. 제작 연대는 그보다 앞선 1923년의 일이다. 정지용 자신도 이 작품을 자신의 처녀작이라고 내세우고 있다. 이러한 시편 바깥쪽의 검토는 작품의 절창됨을 밝혀주면서 그 시사적(詩史的) 충격에도 우리의 주의를 돌려준다. 20세기 우리 시는 하나의 전기를 맞은 셈이다. 정치적 위기 속에서의 민족의 발견은 민족어와 그 풀뿌리말의 발견으로 이어지는 것이다. 민족현실에 대한 접근이 무성영화 변사 흐름의 시행으로 드러나는 것만은 아니다. 정치청년의 행보가 유일 정당한 행보인 것도 아니다. 김소월의 표제대로 〈옷과 밥과 자유〉와 그것을 조달하는 정치는 중요하지만 사람은 정치만으로 살지 않는다. 20세기 초반 식민지시대의 민족적 노력 가운데서 가장 뚜렷한 성과를 남긴 것은 민족어 수호와 세련의 노력이었다. 시를 읽는 것은 이렇게 세계와 역사를 읽는 것이기도 하다.

시 바깥으로 나온 우리는 시인 자신에 대해 관심할 수도 있다. 가령 가부장적 구질서의 옛 마을과 옛 집을 노래한 「향수」에 어머니는 등장하지 않는다. 아내와 누이로 여성 표상은 충분하다고 할 수 있다. 그렇지만 어머니를 노래한 시가 많고 열렬한 혁명적 정치 시인조차 어머니 앞에서 감상적 소년이 되어버리는 우리의 감성 풍토에서 이것은 얼마쯤 기이하게 느껴진다. 「갈매기」에서 시인은 〈내사 어머니도 있다, 아버지도 있다, 그이들은 머리가 히시다〉고 적고 있다. 그렇지만 「말」「말 2」「종달새」「백록담」에 육친 사별이나 생별의 모티프가 되풀이 노래되고 있는 것은 주목할 만하다. 「슬픈 기차」에 나오는 마담 R도 그러고 보면 연상의 여인이다. 시인의 연보는 생모 정미하(鄭美河) 여사가 1946년에 사망했다고 적고 있다.[3] 누가 낳은 줄도 모르고 달을 쳐다보는 말에 대한 연민의 정은 상상 공포에 의해서 유발된 다정다감의 소산인가? 그렇지 않으면 전기적 사실과 관련된 체험적 발상일 것인가? 그렇다면 시인에게는 숨겨진 가족사 세목이 있는 것이 아닌가? 이러한 호기심이 작품 외적 호사벽이라는 것은 사실일 것이다. 그렇지만 문학의 핵심에는 인간에 대한 관심이 자리잡고 있다. 시인이 얼마만큼 작품 속에 투영되고 있는가? 시적 화자와 전기적 자아는 과연 별개의 것인가? 정지용의 경우도 그러한가? 물론 우리는 서정시의 화자와 삶 속의 시인을 동일시해서는 안 된다. 실상 정지용의 몇몇 시편은 그러한 동일시에 대한 구체적인 경고가 되어준다. 어쨌거나 이러한 문제의 맥락에서 옛 마을 옛 집에서의 어머니의 부재는 작품의 〈잠재 텍스트〉에 대해 많은 것을 시사해 주고 있다. 시를 읽는 것은 세상과 사람을 읽는 것이기도 하다.

　『정지용시집』이 출간되었을 당시 「향수」는 별로 언급되지 않았다. 모더니즘 취향이 지배적이어서 지용 작품 중에서도 「비로봉」

---

3) 김학동, 『정지용 연구』 연보.

「카페 프란스」 「바다 2」를 위시하여 이미지즘 흐름의 시편이 상찬받았다. 「향수」의 세계는 당대의 지식인이나 청년들이 떠나며 벗어나고 싶어했던 가난과 궁상의 전근대적 세계였는지도 모른다. 양복쟁이와 월급쟁이를 만드는 것이 자식을 학교로 보내는 농촌 학부형의 일반적인 소원이었다. 도시화와 산업화가 유례없는 속도로 진척된 오늘 많은 사람들은 도시생활의 신고 끝에 다시 있지도 않은 고향을 그리워하게 된 것 같다. 정지용을 대수롭지 않은 범상한 시인이라고 간주하는 젊은이들도 「향수」만은 읽을 만하다고 생각하는 것 같다. 사회 변화는 지난날의 작품을 새로 바라보게 한다. 시를 읽는 것은 취향의 역사와 함께 문학사를 읽는 것이기도 하다. 작품에 대한 마지막 단언은 있을 수가 없다.

한 비평가의 문학적 영웅이 시인이냐 혹은 소설가냐 하는 것은 그 비평가의 문학적 성향에 대한 지표가 되어준다. 근대의 단시들이 〈잘 빚은 항아리〉의 모형이 되어주는 비평가에게 있어선 작품의 심미적 완성도나 세세한 결에 대한 관심이 남다르다. 이에 반해서 근대소설가를 문학적 영웅으로 설정한 비평가는 대체로 작품의 심미적 국면이나 형식적 완결성보다 작품 속에 드러나 있는 사회역사적 동향이나 함의에 대해서 주로 관심한다. 그의 눈길은 작품 자체보다 작품이 지시하고 반영하는 사회 현실의 한복판으로 나아가려 한다. 시인을 영웅으로 하는 비평적 관점을 자폐적 세목주의라고 비판한다. 한편 그는 건너편으로부터 투박하고 소루한 소재주의라는 비판을 받는다. 우리가 택할 것은 2항대립의 상호배제적 선택이 아니라 양자를 아우르는 균형의 논리이다. 그 동안 우리의 비평담론은 너무 큰 것에만 몰두해 온 혐의가 짙다. 그러는 그만큼 세세한 결에 대한 섬세한 관심을 상실하였다. 언어예술이란 이름에 값하는 문학이 솜씨가 따라붙지 않은 채 뜻만 가지고 홀로서기는 불가능하다. 조그마하고 세세한 결에 대한 박대와 무관심은 소루하고 정성없는 졸속주의 바람을 문학 속에서 거세게 하였다. 그 결과 기운 센 장사들이 줄줄이 나서게 된 것도 사실이지만 문학 고유의 힘과 매력을 상실하여 대중문학 쪽으로 중심 이동해 간 국면도 없지 않다. 그러한 추세는 가속적으로 사나워질 공산이 크다. 문학과 비평담론은 저잣거리의 맥빠지게 하는 상업언어로부터 언어 고유의 힘을 회복시켜 주어야 할 것이다. 그것을 이행하지 못할 때 언어예술의 존립기반은 취약해져 가게 마련이다. 〈우리를 만들어준 것은 『폭력의 시학』이었다〉는 작가 최윤의 대목을 문맥에서 떼내어 음미해 볼 필요가 있다. 우리에게는 다정하고 세심한 반폭력의 시학이 필요하다. 언제나 그랬듯이 우리의 길은 멀다.

부록

우리의 터주시인, 김소월의 시

　의무교육을 받은 사람치고 「고향의 봄」을 노래하지 못하는 사람
은 없다. 중등교육을 받은 사람치고 소월(素月)의 시 한두 편을
알아보지 못하는 사람은 없다. 20세기로 들어선 이후 8·15 이전
까지의 문화생산 가운데 가장 넓게 또 가장 깊숙이 생활 속에 뿌
리박은 것이 김소월의 시와 홍난파의 가곡이다. 언제 읽고 언제
들어도 정다운 것이 이들의 시요 가곡이다.

　홍난파의 가곡은 우리 쪽의 토박이가 아니다. 바깥 피가 많이
섞여 있다. 그런데 소월의 시는 순도 높은 토박이이다. 운율도 그
렇고 말버릇도 그렇다. 외래어 쓰기가 돌림병처럼 퍼져가던 시절
에 그는 단 한 번도 외래어를 쓰지 않았다. 그것이 서양 쪽 것이
든 일본 것이든 간에 그는 외래어를 쓰지 않았다. 적어도 시집
『진달래꽃』에 있어서는 그러했다. 뒷날 몇 군데서 부정(不貞)을 저
질렀지만 그때 그는 시를 쓰고 있다고 생각하지 않았을 것이다.
잡문처럼 쉽게 씌어진 글에서의 일이기 때문이다.

　왜 외래어를 쓰지 않았는가? 흔히 말하는 민족의식이나 민족감

정보다 더 깊은 차원의 문제이다. 모국어의 어휘가 예뻐 죽겠는데 무엇하러 못생긴 바깥 잡것들을 끌어들일 것인가? 시인이란 무엇인가? 모국어 혹은 제1언어와 평생 고질로 사랑놀이를 계속하는 사람이다. 잘못 씌어진 제 글귀가 마음에 걸려 사흘 동안 잠을 설치는 사람이다. 시인이란 독주를 퍼마시며 청승이나 떠는 파락호가 아니다.

어느 나라나 제 나라의 민족시인이나 국민시인을 가지고 있다. 국가(國歌)나 나라꽃이 필요하듯이 〈나라시인〉 혹은 〈터주시인〉이 필요하기 때문이다. 우리들의 터주시인을 뽑는다면 어떻게 될까? 중국 고전시 흐름의 한시(漢詩) 짓기에 골몰했던 옛 사대부를 뽑을 수는 없다. 가사나 시조로 기여했다 하더라도 조선 왕조의 관료 출신 준어용 시인을 앉힐 수는 없다. 황진이(黃眞伊)도 안 된다. 출신성분이 문제가 아니라 작품량이 너무 적기 때문이다. 만해선사(萬海禪師)의 시편은 깊이와 기품을 아울러 가지고 있지만 일반 독자에겐 붙임성이 없는 편이다. 또 시행이 길어서 쉽게 외워지지 않는다. 정지용은 근대적 세련을 거친 우수한 시인이지만 바로 그러하기 때문에 터주시인으로 앉히기엔 적절하지 못하다. 미우나 고우나 소월밖에 없다.

소월이 쉬운 기층어휘에 의존하여 우리의 귀와 감성에 호소했다고는 하나 그의 시가 많은 사람들에게 이해의 대상이 되어 있다고는 할 수 없다. 쉽게 친해질 수 있고 또 시읽기를 평생 추구의 대상으로 삼지 않는 사람들에게일수록 사랑받고 있는 것은 사실이다. 그러나 그의 이름은 가령 「예전엔 미처 몰랐어요」「먼 후일」과 같은 시의 몇 개의 구절과 연결되어 이해되기가 고작이고 그의 작품들이 하나의 전체로서 음미의 대상이 되는 경우는 드물다. 이러한 사정은 일반 독자의 경우에만 한정되어 있지 않다. 한동안

난해시라는 것이 돌림병처럼 돌아다닐 때 소월은 가장 쉬운 시인
으로 거의 타박의 대상이 되다시피하였다. 소월시에 관한 한 거칠
것이 없다는 안이한 생각이 널리 퍼져 있었다. 그러나 그의 시에
동원된 단어 풀이에서조차 아직도 분명하지 않은 것이 많다는 사
정을 참작할 때 안이한 소월관이 피상적인 시읽기에서 연유한 것
임은 의심할 여지가 없다. 뿐만 아니라「진달래꽃」「산유화」「왕십
리」같은 대표적인 작품의 경우에서조차 바로 읽기는 쉬운 일이
아니다. 소월론은 무수히 나왔으나 꼼꼼한 읽기를 위한 노력이 수
반된 것만도 아니다. 그런 의미에서 소월은 아직도 되풀이해서 꼼
꼼히 읽어야 할 시인인 것이다. 그의 작품 속에서 빼어난 것과 허
술한 것을 가려낼 수 있는 안목을 갖지 못하는 한 그의 시를 쉬운
시라고 치부하는 것은 당치 않은 일이다.

　소월의 젊은 시절 시단에서는 이른바 〈조선주의〉가 한창이었다.
변영로의 『조선의 마음』이나 양주동의 『조선의 맥박』 같은 시집
이름이 조선주의의 실상을 말해 주고 있다. 소월의 터주시인됨은
시집 『진달래꽃』이 그 이름을 통해 잘 드러내주고 있다. 소월은
조선이라는 말을 쓰지 않은 채 조국의 산하에 지천으로 피고 지는
진달래라는 표상을 선택함으로써 겨레 감정에 호소한다. 그는 추
상적인 관념에서 출발하지 않고 구체에서 출발하는 것이다. 이 하
나만 가지고서도 그는 당대의 누구보다도 시인이요 터주시인인 것
이다.

　터주시인 소월은 나랏말의 기층어휘로 시를 썼다. 가령 〈산유화〉
나 〈초혼〉이라는 시 표제는 반드시 기층어휘에 속하는 것은 아니
다. 그러나 시 본문은 기초 단어 몇백 개 안에 들어갈 정도의 기
층어휘로 이루어져 있다. 대개 기층어휘는 정서적 충전에 있어서

강력하다. 개인사의 원시시대를 이루고 있는 유아기로부터 익혀온 말들이어서 삶이 주는 최초의 충격적인 감정경험과 진하게 얽혀 있기 때문이다. 또 기억의 가장 오래된 부분과 맞닿아 있어 오래 된 것 특유의 호소력을 가지고 있기 때문이다. 뒷날의 교양 체험 과정에서 익히게 된 상층어휘는 이에 반해서 정서적 충전력이 허 약하다. 개인사 속에서의 그 역사도 짧거니와 전인적 체험과는 거 리가 있는 말들이기 때문이다. 기층어휘는 이를테면 무의식의 언 어로서 우리의 감정과 의식을 영혼의 깊은 곳에서 조정하고 지배 한다. 그것은 존재의 깊이와 닿아 있는 말들이다.

산에는 꽃피네
꽃이 피네
갈 봄 여름 없이
꽃이 피네

———「산유화」

붉은 해는 서산 마루에 걸리었다.
사슴이의 무리도 슬피 운다.
떨어져나가 앉은 산 위에서
나는 그대의 이름을 부르노라.

설움에 겹도록 부르노라.
설움에 겹도록 부르노라.
부르는 소리는 비껴가지만
하늘과 땅 사이가 너무 넓구나.

———「초혼」

　　인용된 시행에 동원된 낱말은 거의 모두 기본단어 5백 안에 들
어 있는 말들이다. 예사로우면서도 간결한 이러한 구절의 각별한
호소력은 그 운율적 호음조(好音調)와 함께 기층어휘 특유의 정서
적 충전력과 관련되어 있다. 물론 여기서 우리는 구비문학의 청각
적 전통에 대한 소월 시의 충실성을 간과해서는 안 된다.

　　밤마다 밤마다
　　온 하룻밤!
　　쌓았다 헐었다
　　긴 만리성!

——「만리성」 전문

　　집 뒷산 솔밭에
　　버섯 따던 동무야
　　어느 뉘 집 가문에
　　시집가서 사느냐

　　두루두루 살펴도
　　금강 단발령
　　고갯길도 없는 몸
　　나는 어찌하라우

——「팔베개 노래」

　　이러한 짧은 시행의 작품에서 우리는 간결하면서 막힘 없는 유
창성을 발견하게 되는데 이러한 특징은 그대로 우리 민요의 것이
기도 하다. 시인이 〈항전애창(巷傳哀唱)〉이란 큰 제목 아래 포함시

켜 틈틈이 발표했던 작품들 속에서 전래적 구비문학에 대한 청각
적 충실이 소월 시의 기초임을 확인할 수 있다.

> 딸기 딸기 명주딸기
> 집집이 다 자란 맏딸 아기
> 딸기 딸기는 다 익었네
> 내일은 열하루 시집갈 날.
>
> ——「명주딸기」

소월 시에 가장 많이 쓰인 낱말은 임과 집과 길이다. 임 없음과
집 없음과 길 막혔음을 그는 지칠 줄 모르고 노래했다. 임과 집과
길에 대한 낭만적 동경, 그리고 그 그리움의 좌절이 소월 시의 줏
대되는 가락이다. 많은 애송시편 속에서 드러나 있듯이 소월의 임
은 어디까지나 손 닿지 않는 곳에 있는 그리움의 대상이다. 그가
노래한 사랑은 따라서 호응과 완성의 환희를 알지 못하며 충족 속
에서 여물어보지 못한 사랑이다. 그것은 이성 사이의 사랑을 땅
위의 삶의 최상가치라고 생각하는 낭만적 사랑이다. 헤어진 임, 잃
어버린 임, 없음으로써 부재(不在) 저편에 간절히 드러나는 임이
소월 시의 줏대되는 주제인 것이다.

「진달래꽃」에서는 헤어짐과 사랑의 상실이 상정되어 있고 또 다
른 수작인 「초혼」 속에서 임은 〈부르다가 내가 죽을 이름〉으로 되
어 있다. 떨어져 있는 임에 대한 그리움, 가고 없는 사랑, 미구에
닥쳐올 상실의 예감에 연유한 슬픔이 많은 작품의 주제가 되어 있
다. 즉 이루어지지 않은 사랑이나 설사 충족의 기쁨이 있다 하더
라도 상실이 예상되는 사랑이 노래되어 있는 것이다. 그런데 이
사랑이 헤어짐과 떨어져 있음과 이루어지지 않음을 특성으로 하고

있을 뿐 아니라 대상이 없는 경우조차 있다.

> 그 누가 온다고 한 언약도 없건마는!
> 기다려볼 사람도 없건마는!
> 나는 오히려 못물가를 싸고 떠돈다.
> 그 못물로는 놀이 잦을 때.

——「가을 저녁에」

충족의 가능성에서 멀면 멀수록 간절한 그리움의 대상으로 되어 있는 것은 낭만적 사랑이나 혹은 낭만적 상상력의 중요한 특징이다. 무한하며 뚜렷한 대상이 없는 욕구는 낭만적 상상력의 한 동력으로서 이를테면 낭만적 동경의 특징이 되기도 한다. 구체적 대상이 없이 주관만이 움직이고 있으며 감정적 도취를 고양하기 위한 상상력의 구사는 낭만주의 문학에서 흔히 볼 수 있다. 구체적인 대상에 의해서 현실 속에서 뒷받침되지 않은 〈사랑과의 사랑〉, 꿈 속에서의 상상력의 놀이로서의 사랑과 그것이 촉발하는 그리움, 이것은 삶에 있어서의 낭만적 시기인 청년기에 흔히 있는 일이다. 서정시 속의 〈나〉나 화자를 반드시 시인과 동일시할 수 없는 것은 사실이다. 그러나 줄기차게 사랑과 그리움을 노래한 소월의 경우 시인과 화자를 정직하게 구별하기 어려운 것 또한 사실이다.

충족되지 않은 사랑, 즉 임 없음과 함께 되풀이되는 소월 시의 모티프는 집 없음과 길 막힘이다. 「가는 길」에서 떠나는 사람의 회포를 노래한 그는 되풀이 집 없음과 길 막힘을 말한다. 「길」에서는 집이 있으면서 집에 이르는 길은 막혀 있다.

말 마소 내 집도

우리의 터주시인, 김소월의 시 285

정주 곽산(定州 郭山)
차 가고 배 가는 곳이라오……

(중략)

갈래갈래 갈린 길
길이라도
내게 바이 갈 길은 하나 없소.

「삭주구성」「삼수갑산」「산」「무심」「집 생각」「제비」「우리집」
「바라건대는 우리에게 우리의 보습대일 땅이 있었다면」 등은 직접
간접으로 집 없음과 고향 상실을 노래한 것이다. 그의 집은 고향
이기도 하고 또 임이 있는 곳일 때도 있다.
　임 없음과 집 없음의 되풀이되는 모티프가 겹쳐 있어서 소월 시
의 경향이 잘 드러나 있는 것에 「나의 집」이 있다.

들가에 떨어져나가 앉은 멧기슭의
넓은 바다의 물가 뒤에.
나는 지으리, 나의 집을,
다시금 큰길을 앞에다 두고.
길로 지나가는 그 사람들은
제가끔 떨어져서 혼가 가는 길
하이얀 여울턱에 날은 저물 때.
나는 문간에 서서 기다리리
새벽 새가 울며 지새는 그늘로
세상은 희게, 또는 고요하게,

번쩍이며 오는 아침부터,

지나가는 길손을 눈여겨보며

그대인가고, 그대인가고.

　위의 시에서 분명하듯이 임과 집은 소월 시에 나타나는 낭만적 동경의 대상이며, 그의 시에 토로되어 있는 설움은 결국 임 없음과 집 없음에서 비롯된다. 흔히 애기하는 소월 시에 있어서의 한의 계기도 바로 이것이다. 그리고 소월 시에 있어서 없음으로써 혹은 떠남으로써 분명히 드러나는 임과 집은 현실적·구체적인 임과 집이면서 동시에 낭만적 동경, 즉 〈벌을 그리는 불나비의 꿈〉으로서의 임과 집일 수도 있을 것이다. 사람의 비밀이 우연히 튀어나온 실없는 소리로 드러날 수 있듯이 실없이 적은 듯한 「꿈」이란 2행시는 소월 시에 의외로 많은 빛을 던져주는 것인지도 모른다. 〈꿈? 영(靈)의 헤적임. 설움의 고향〉이라고 한 것은 소월 시의 한이 낭만적 상상의 현실과의 갈등에서 온 것임을 강력히 시사해 준다고 할 수 있다. 소월 시는 결국 〈밤마다 밤마다 온 하룻밤! 쌓았다 헐었다 긴 만리성〉이라고 인상적으로 노래한 만리성의 잔상일 것이다. 이 점 23세란 아주 젊은 나이에 『진달래꽃』을 상재한 소월의 후기 작품이 낭만적 상상보다도 일상생활에 관심을 현저히 나타내고 있다는 것은 주목할 만한 사실이다. 임 없음과 집 없음과 길 없음을 노래한 그의 시가 특히 임과 집을 갖게 되기 이전의 청춘남녀들에게 사랑을 받는다는 것도 우연은 아니다.

　임과 집과 길에 대한 간구를 되풀이 노래한 김소월은 완고한 낭만주의자이다. 철들기를 마다하는 성숙의 거절은 낭만적 경향의 한 징후이기도 하지만 소월에게도 그것이 엿보인다. 그러나 우리는 그의 『진달래꽃』이 스물여섯이 되기 이전의 소작이라는 것을 잊어서는 안 된다. 그는 젊음이 과도하게 또 불필요하게 억압되던 시절에 젊은 영혼의 실상을 터놓고 노래하여 그것을 문학적으로 또 도덕적으로 정당화하였다. 그렇다면 그의 성숙의 거절은 우리 문학과 사회의 수요나 요구와 연관된 것이라고 말할 수도 있다. 유교의 청교주의가 강요했던 젊음의 억압——그것은 점잖다는 말이 썩 잘 시사해 주고 있다——에서 벗어난 젊은이의 내면풍경을 직설적으로 보여주었다는 점에서 중요한 뜻을 갖는다.

그렇다고 그가 세상 모르는 먼산바라기 젊은이로 시종한 것은 아니다. 「나는 세상 모르고 살았노라」「바라건대는 우리에게 우리의 보습대일 땅이 있었다면」과 같은 시는 그가 생활의 마당으로 돌아갔음을 시사한다. 그러나 거의 동시에 그는 세상을 떴다. 그것은 애석한 일이지만 한편으로 낭만적 동경의 시인에게는 어울리는 일이기도 하고 또 터주시인으로서는 다행한 일이기도 하다. 조금 더 오래 살았더라면 그의 행적도 조금쯤 구차해졌을지 모르기 때문이다. 일제말기의 10년을 흠없이 보내기란 정말 어려운 일이었을 것이기 때문이다.

기록마다 약간의 차이가 있기는 하지만 스무서너 살 때 127편이 수록된 『진달래꽃』을 낸 그는 통틀어 200여 편의 작품을 남겨놓았으나, 시집 이후의 작품은 조잡한 것이 많다. 이것은 시작에 열중하였던 극히 짧은 〈세상 모르던〉 젊음을 끝낸 후 시작을 평생사업으로 여기지 못했기 때문일 것이다. 넉넉한 지주의 아들도 이미 아니었고 금의환향한 어엿한 동경유학생도 아니었던 그로서는 시를 쓴다는 무상의 행위가 요구하는 긴장을 감당하기가 힘들었을 것이다. 더구나 삶의 가능성의 조직적인 빈궁화가 진행되고 있던 식민지 상황을 참작할 때 우리는 그의 난감한 처지를 이해할 수 있다. 어떤 유보감을 갖게 되든 그는 옷과 밥과 자유 없는 고향

상실의 시대에 원초적인 그리움의 정서적인 합법화를 통해서 인간
회복과 민족 회복을 호소한 우리들의 귀한 터주시인의 한 사람이
다. 토착적 전통에 충실하면서 아울러 집 없고 길 막힌 자기 시대
에 충실했다는 점에 김소월의 각별한 진정성이 있다.

청순성의 시, 윤동주의 시

시인과 화자의 일치

　윤동주의 시를 단 한마디로 정의한다고 할 때 청순한 젊은이의 내면세계를 다룬 것이라고 하는 것도 가능한 것의 하나일 것이다. 서정시의 세계가 곧 서정시인 자신의 것이라고 생각하기 쉽지만 반드시 그렇기만 한 것도 아니다. 서정시의 화자와 현실 속의 사회적 자아로 살고 있는 서정시인은 분명 다른 것이고 그것을 동일시하는 것이 온당한 것도 아니다. 김소월의 「팔베개 노래」의 화자는 경남 진주 출신의 기생이요 서정주의 「추천사」의 화자는 우리의 문학적 상상력 속에서 낯익은 존재인 남원 기생의 딸 춘향이다. 물론 소월이나 미당이 실재하였던 혹은 허구 속의 여성인 기생 혹은 기녀의 딸에게 공감을 느꼈기 때문에 각기 「팔베개 노래」나 「추천사」와 같은 명편을 낳은 것일 터이다. 그렇지만 일단 우리가 시의 화자와 시인 자신을 구분하는 것이 사실에 근접하는 길일 것이다. 시인의 능력의 하나는 타자에 대한 공감능력이라 할 수 있다. 시인은 시 속에서 타자가 되어 타자를 표현한다. 이 말은 셰익스피어와 같은 극시인뿐 아니라 주관적인 감정이나 내면세계 표현에 전념하는 서정시인에게도 부분적으로 해당된다.

그렇지만 윤동주의 시를 읽을 때 우리는 의식적이든 무의식적이든 시의 화자와 시인이 동일한 인물이라고 믿어 의심치 않는다. 사실 그의 시편을 검토해 보면 거의 모든 작품이 윤동주 자신이라고 생각되는 젊은이가 화자로 되어 있거나 장본인으로 되어 있음을 곧 발견하게 되는 것이다.

여기저기서 단풍잎 같은 슬픈 가을이 뚝뚝 떨어진다. 단풍잎 떨어져나온 자리마다 봄을 마련해놓고 나뭇가지 위에 하늘이 펼쳐 있다. 가만히 하늘을 들여다보려면 눈썹에 파란 물감이 묻어난다. 다시 손바닥을 들여다본다. 손금에는 맑은 강물이 흐르고, 맑은 강물이 흐르고, 강물 속에는 사랑처럼 슬픈 얼굴——아름다운 順伊의 얼굴이 어린다. 소년은 황홀히 눈을 감아본다. 그래도 맑은 강물은 흘러 사랑처럼 슬픈 얼굴——아름다운 順伊의 얼굴은 어린다.

——「소년」

이 작품은 일단 객관적 묘사의 모습을 띄우고 있다. 늦가을의 정경을 집중적으로 보여주고 나서 아름다운 소녀의 모습을 그리워하는 소년을 보여준다. 따라서 객관적인 묘사로 일관한 듯이 보이지만 실에 있어 〈나〉라는 주어만 생략되어 있을 뿐 일인칭 화자가 전면에 나서고 있는 「자화상」과 구별된다. 〈소년은 황홀히 눈을 감아본다〉와 같은 서술이 「자화상」에는 보이지 않는다. 이러한 엄연한 차이에도 불구하고 독자들은 「자화상」에서 산골 우물을 찾아나서는 외로운 청년이나 「소년」 속의 인물이 사실은 동일인물일

것이며 시인 윤동주의 분신에 지나지 않는다고 생각하게 된다. 그
리고 이렇게 생각한다고 해서 독자들이 일인칭 화자와 소설가를
동일시하는 것과 같은 소박한 착오를 범하는 것은 아니다. 그만큼
윤동주 시편은 시인 자신의 내면을 그대로 드러내고 있는 것이다.
시인을 시의 원인이라 보고 시를 주관성이나 내면을 드러내는 것
이라 보는 이른바 〈표현〉이론은 서정시 일반에 들어맞는 것이긴
하지만 가장 잘 부합되는 시인이 우리의 경우 윤동주라 해서 틀림
은 없을 것이다.

　이러한 생각은 윤동주의 짤막하고 불행한 생애에 의해서 더욱
조장된다. 그러잖아도 순도 높은 윤동주 시의 청순성은 그의 무구
한 삶에 의해서 더욱 강조되고 두드러지게 된다. 그리하여 다음과
같은 동시 흐름의 작품에서도 화자가 곧 시인 자신이리라고 믿으
면서 그 미숙성조차 청순한 매력에 의해서 가려지게 되는 것이다.

　　내를 건너서 숲으로
　　고개를 넘어서 마을로

　　어제도 가고 오늘도 갈
　　나의 길 새로운 길

　　민들레가 피고 까치가 날고
　　아가씨가 지나고 바람이 일고

　　나의 길은 언제나 새로운 길
　　오늘도—— 내일도——

내를 건너서 숲으로
고개를 넘어서 마을로

──「새로운 길」

시의 화자와 시인의 동일성이 특별히 환기되는 윤동주 시편은 그 청순성이 시인의 불행한 삶에 의해 부각됨으로써 젊은이들 사이에서 더욱 애독되고 숭상되는 듯싶은데 이것은 자연스럽고도 다행한 일이다.

구도적 자세

젊은이들은 누구나 정체성의 위기나 그 획득을 향한 모색의 시기를 갖는다. 〈어떻게 살 것인가〉 하는 문제가 커다랗게 마음을 사로잡는 것은 그 때문이다. 위의 「새로운 길」 같은 소박한 작품에서도 엿볼 수 있듯이 길의 모색 혹은 구도적 자세는 윤동주 시편의 중요 특징이 되어 있다. 청년들의 애송을 받고 있는 「서시」의 전언도 매력도 거기에 있다.

죽는 날까지 하늘을 우러러
한 점 부끄럼이 없기를,
잎새에 이는 바람에도
나는 괴로워했다.
별을 노래하는 마음으로
모든 죽어가는 것을 사랑해야지
그리고 나한테 주어진 길을

청순성의 시, 윤동주의 시 293

걸어가야겠다.

오늘밤에도 별에 바람이 스치운다.

부끄러움 없는 삶을 살겠다는 윤리적 결의는 오늘날 상당히 낯설어 보이기까지 하지만 유가(儒家)적 전통의 핵심을 이루는 것이기도 하였다. 윤동주의 명운을 예고하고 있는 대목이기도 하다. 〈잎새에 이는 바람에도 괴로워했다〉는 것 역시 그의 섬세한 심성을 드러내 보여주는 구절로서 그의 앞날에 대한 예고지표가 되어주고 있다. 별은 윤동주가 가장 사랑한 자연현상의 하나로서 되풀이 노래되지만 〈머리 위의 성좌와 우리 내면의 도덕률〉이라는 칸트적 함의를 지니고 있음은 분명하다. 그의 도덕적 충동의 계기가 되어 있음은 여러 시편에서 엿볼 수 있다. 〈모든 죽어가는 것을 사랑해야지〉라고 할 때 그것은 살아 있는 지상의 모든 것을 반어적으로 말한 것이다. 살아 있는 모든 것이 실은 죽어가고 있는 것임을 의식할 때 우리의 연민감과 사랑은 커지게 마련이다. 인간존재를 죽음에의 존재로 파악한 실존철학자의 명제를 떠올릴 때 이 대목은 부가적인 깊이를 획득한다. 시인이 〈나한테 주어진 길을 걸어가야겠다〉고 할 때 그 길이 처음부터 자명한 것은 아니다. 주어진 길이라는 것도 사실은 스스로 모색하고 발견해야 할 어떤 것이다. 윤동주의 구도적 모색은 이 주어진 길을 찾는 과정이라고 말할 수 있다. 사람살이는 어떻게 보면 누구에게 있어서나 주어진 자신의 길을 찾는 것이기도 하다. 길찾기의 좌절이나 실패는 곧 삶의 실패로 나타난다.

잃어버렸습니다.

무얼 어디다 잃었는지 몰라
두 손이 주머니를 더듬어
길에 나아갑니다.

(중략)

돌담을 더듬어 눈물짓다
쳐다보면 하늘은 부끄럽게 푸릅니다.

풀 한 포기 없는 이 길을 걷는 것은
담 저쪽에 내가 남아 있는 까닭이고,

내가 사는 것은, 다만,
잃은 것을 찾는 까닭입니다.

──「길」

매우 시사적인 표제를 달고 있는 이 작품에서 화자는 사는 것이 잃은 것을 찾기 위함이라고 터놓고 말한다. 무엇을 잃어버렸는지 분명치 않은 상실감이지만 그것이 자기정체성 찾기와 관련되는 것은 〈담 저쪽에 내가 남아 있는 까닭〉이라는 대목에서도 엿볼 수 있다. 잃은 것 찾기가 실에 있어 자기 찾기라 한다면 사는 것은 결국 자기에게 주어진 길찾기이기도 하다. 윤동주 시편에 거리의 이미지가 많이 나오는 것도 이 길찾기와 연관되는 것이라 할 수 있으며 단순한 우연은 아니다. 길찾기에 나선 젊은 영혼들이 흔히 그렇듯이 그는 고독이 자기에게 주어진 조건임을 발견한다. 굳이 인용하지 않더라도 누구나 알고 있을 「자화상」은 고독한 청년의 자기혐오와 자기사랑의 양가적인 나르시시즘을 다루고 있는 절창이다. 미움과 그리움이 교차되는 이 고독한 자기응시는 자칫 감상으로 경사할 위험성을 극복하고 객관화에 성공하고 있다. 구체적인 것을 추상적인 것으로 정의하는 비유법은 윤동주 특유의 말버릇인데 이 작품에서도 〈추억처럼 사나이가 있다〉는 독자적인 수사로 언뜻 소박해 보이는 시행에 낯선 생기를 부여하고 있음도 주목된다. 〈별 하나에 추억과/별 하나에 사랑과/별 하나에 쓸쓸함과/별 하나에 동경과〉라는 대목이 「별 헤는 밤」에 보이지만 쓸쓸함을 고독으로 고친다면 그대로 윤동주 시편의 주제를 요약하는 셈이 된다. 어린 날에 대한 추억, 사랑, 고독, 동경은 그대로 청년의 문학인 낭만주의의 줏대되는 주제이기도 하다.

세계의 어둠

우리는 앞에서 윤동주 시와 삶의 청순성과 무구성을 애기했지만 그 청순성이 이 세상의 어둠에 대한 유아적 무지에 기초한 것은 아니다. 어린이의 천진성은 그것대로 값진 것이요, 구원에 값하는 삶은 그것을 배제하고 이루어지지 않는다. 그러나 유아적 단순성은 세계의 어둠을 접하고 쉽게 무너지거나 쉽게 타락할 위험성을 갖는다. 세상에 미만해 있는 어둠의 힘에도 불구하고 아니 어둠의 힘이 있기 때문에 더욱 맑음과 밝음을 지향하는 청순성은 세계의 어둠에 무심하거나 무지할 수가 없다. 윤동주의 청순성은 세계의 어둠과 그늘을 지각하고 있는 성숙하고 깨어 있는 청순성이다.

봄날 아침도 아니고
여름, 가을, 겨울,
그런 날 아침도 아닌 아침에

빠알간 꽃이 피어났네,
햇빛이 푸른데,

그 전날 밤에
그 전날 밤에
모든 것이 마련되었네,

사랑은 뱀과 함께
毒은 어린 꽃과 함께

——「태초의 아침」

교회를 다녔다는 개인사적 사실과 연관을 짓지 않더라도 기독교의 창조신화를 상기하게 하는 시편이다. 사랑과 뱀, 독과 꽃의 공존을 시인은 세계의 특성으로 파악하고 있다. 그 궁극적 화해가 사자와 어린 양의 공존으로 구현되는 것이 기독교적 낙원의 이상이라 하더라도 당장의 악의 존재를 부인할 수는 없다. 별 헤는 고독한 청년시인은 동시에 별빛을 있게 하는 밤의 어두움과 두려움도 절감하고 있다. 인간 및 세계의 이원성의 파악이 그의 윤리적 충동을 강화해 주었다고 말하는 것도 가능하다.

빨리
봄이 오면

죄를 짓고
눈이
밝아

이브가 해산하는 수고를 다하면

무화과 잎사귀로 부끄런 데를 가리고

나는 이마에 땀을 흘려야겠다.

——「또 태초의 아침」

　　명시적으로 구약의 대목이 언급되어 있는데 죄 지은 몸이라는 기독교적 인간이해가 땀 흘리며 살아야 한다는 원죄응보의 수락으로 이어져 있다. 시인 예이츠는 미국의 낙천적 국민시인인 휘트먼을 두고 그릇 큰 시인이기는 하나 세계의 악과 재앙에 대하여 무자각하다는 것이 취약점이라는 뜻의 말을 한 적이 있다. 아마도 윤동주에게 세계의 어둠을 절감하게 한 것은 기독교적 세계파악의 영향력 못지않게 그의 시대의 식민지 상황과 그 부정의였을 것이다. 그러기 때문에 그가 시대상황의 어둠을 노래할 때 그는 그의 최상의 시편의 하나를 완성하게 되는 것이다. 그것은 동시에 동시대 최상의 시편의 하나가 된다.

　　六疊房은 남의 나라
　　창 밖에 밤비가 속살거리는데,

　　등불을 밝혀 어둠을 조금 내몰고,

298

시대처럼 올 아침을 기다리는 최후의 나,

나는 나에게 작은 손을 내밀어
눈물과 위안으로 잡는 최초의 악수.

──「쉽게 씌어진 시」

그로 하여금 〈시대처럼 올 아침〉을 기다리게 하면서 한편으로 〈프로메테우스 불쌍한 프로메테우스/불 도적한 죄로 목에 맷돌을 달고/끝없이 침전하는 프로메테우스〉라고 한 「간」이나 〈나이보담 무수한 고생 끝에 때를 잃고 병을 얻은 이 사나이를 위로할 말이 ──거미줄을 헝클어버리는 것밖에 위로의 말이 없었다〉고 적고 있는 「위로」를 쓰게 한 것은 바로 이 시대의 어둠이었다. 제우스 신에게 불복종한 프로메테우스에 대한 공감이나 감정이입이 반드시 시대의식에 민감했던 사람에게나 가능한 것은 물론 아니다. 그렇지만 〈너는 살찌고/나는 여위어야지〉라고 적을 때 그것이 사사로운 마조히즘의 표출일 리는 없다. 프로메테우스 자신이 벌써 권위에 대한 거부로서 정치적 함의를 지닌다. 윤동주 시편 가운데서 비교적 모호한 구석이 많아 해석적 합의가 이루어지기 어려운 「또 다른 고향」 같은 작품도 시대 상황에 대한 참조 없이는 이해하기 어려울 것이다.

지조 높은 개는
밤을 새워 어둠을 짖는다.

어둠을 짖는 개는
나를 쫓는 것일 게다.

가자 가자
쫓기우는 사람처럼 가자

백골 몰래
아름다운 또 다른 고향에 가자.

——「또 다른 고향」

　대부분의 윤동주 시편과 달리 이 작품이 모호한 것은 정치적 암유이기 때문이라고 추측할 수 있다. 이 작품의 예외적 성격은 그렇게밖에 설명이 되지 않는다. 시인이 가장 많은 생산량을 보인 1941년에 씌어진 이 작품 전후해서 시인은 「서시」「눈오는 지도」「별 헤는 밤」 등을 썼다. 그 모호성이 기술적 미숙성이나 주제의 본질적 심오성에서 오는 것도 아니다. 그렇다면 정치적 사회적 통제가 가중되어 가는 사회조건 아래서 식민지 출신의 청년시인으로서는 자기보호적 자기검열이 불가피했고 거기서 모호성의 원인을 찾을 수 있다고 보아야 할 것이다. 〈백골〉이 일상적 자아에 대립되는 이상적 자아라고 할 때 이 작품은 시대의 어둠에 대하여 무기력한 상태로 남아 있는 일상적 자아의 자괴감이나 반성을 피력한 것이라 할 수 있을 것 같다. 〈아름다운 또 다른 고향〉이란 아무래도 정치적 언어로 설명이 가능한 어사라고 생각된다. 〈아름다운 혼〉이라는 독일 낭만주의 고유의 어사도 그런 맥락에서 파악하는 것이 옳다고 해야 할 것이다. 어쨌거나 시대의 어둠에 대한 시인의 의식은 조국상실의 난경 속에서 겨레에게 바치는 가장 간결하면서도 절절한 겨레의 자화상을 가능하게 하였다.

　흰 수건이 검은 머리를 두르고

흰 고무신이 거친 발에 걸리우다.

흰 저고리 치마가 슬픈 몸집을 가리고
흰 띠가 가는 허리를 질끈 동이다.
——「슬픈 족속」

더 보탤 것도 뺄 것도 없는 이 완벽한 4행시는 흔히 여인상으로 수용되고 있다. 크게 잘못된 것도 아니다. 여성을 통해서 겨레의 슬픔을 경제적으로 처리할 수 있기 때문이다. 그렇지만 두 줄씩 띄워 쓴 것이라든가 기타 부대상황으로 보아 백의민족 남녀를 그려놓은 것으로 읽는 것이 적절하리라 생각된다. 여인들은 수건을 〈썼지〉 〈두르지〉 않았다. 수건을 두른다는 것은 남성들의 행태라고 보아야 할 것이고 〈거친 발〉은 아무래도 남성의 것이라고 생각된다. 이 짤막한 소품만으로도 윤동주가 시인으로서 겨레에 대한 책무를 수행했다고 말하는 것도 가능할 것이다.

태양사모

〈잎새에 이는 바람에도 괴로워했던〉 감수성의 궤적이 고통과 시련에 찬 것이었음은 쉽게 추정할 수 있다. 〈나를 부르지 마오〉라고 호소하고 있는 「무서운 시간」은 죽음의 공포나 예감이었다고 읽을 수 있다. 또 그는 근대인의 소외와 단절감에 고전적 표현을 부여하기도 하였다.

나도 모를 아픔을 오래 참다 처음으로 이곳에 찾아왔다. 그러나 나의 늙은 의사는 젊은이의 병을 모른다. 나한테는 병이 없다고 한다.
이 지나친 시련. 이 지나친 피로. 나는 성내서는 안 된다.

──「병원」

위엣구절이 드러내고 있는 것은 단순히 늙은 의사의 몰이해가
아니다. 세대간의 단절로부터 인간 상호간의 교감상실에 이르기까
지 근대인의 소외경험이 고전적 단순성 속에 압축되어 나타나 있
다. 모든 것에도 불구하고 그러나 시인은 절망하지 않는다. 윤동
주의 평생성향은 그의 동시 흐름의 작품 속에 잘 드러나 있는데
「눈감고 간다」도 그 대표적 사례이다.

태양을 사모하는 아이들아
별을 사랑하는 아이들아

밤이 어두웠는데
눈감고 가거라.

가진바 씨앗을
뿌리면서 가거라.

발부리에 돌이 채이거든
감았던 눈을 와짝 떠라.

〈태양을 사모하는〉 향일성(向日性) 충동은 그의 모든 시에 관통
하고 있는 특성이다. 그렇기 때문에 어둠의 의식에도 불구하고 그
의 시편은 결코 캄캄하지 않다. 우리는 앞에서 「쉽게 씌어진 시」

의 사례를 보았다. 「새벽이 올 때까지」「산골물」 등에서 그의 향일성 충동은 다시 명시적으로 드러나지만 우리는 그 감동적인 표출을 가령 「별 헤는 밤」에서 다시 찾을 수 있다.

  딴은 밤을 새워 우는 벌레는
  부끄러운 이름을 슬퍼하는 까닭입니다.

  그러나 겨울이 지나고 나의 별에도 봄이 오면
  무덤 위에 파란 잔디가 피어나듯이
  내 이름자 묻힌 언덕위에도
  자랑처럼 풀이 무성할 게외다.

  〈일제 헌병은 쏫선달에도 꽃과 같은, 얼음 아래 다시 한마리 잉어와 같은, 조선 청년 시인을 죽이고 제 나라를 망치었다〉고 해방 뒤에 나온 유고시집 서문에서 정지용은 말했다. 윤동주가 죽고 나서 이내 〈시대처럼 올 아침〉이라고 했던 그 아침이 왔다. 그 사이를 참지 못한 일제는 윤동주를 희생시키고 말았지만 한편 그것은 시인이 예감했던 일이기조차 하였다.

  괴로웠던 사나이,
  행복한 예수 그리스도에게
  처럼
  십자가가 허락된다면

  모가지를 드리우고
  꽃처럼 피어나는 피를

어두워가는 하늘 밑에

조용히 흘리겠습니다.

——「십자가」

　현대 심층심리학의 중요 전언의 하나는 〈우리에게 일어나는 일은 사실은 우리가 저지르는 것〉이라는 말로 요약된다는 뜻의 말을 토마스 만이 한 바 있다. 우리는 위의 시가 윤동주에게 있어 자기 실현적 예언으로 귀결되고 말았다는 사실을 상도하고 애석한 마음을 금할 수가 없다. 그는 좀더 오래 살아서 그가 희망했던 〈나의 별에도 봄이 오〉는 날을 보았어야 했다. 그러나 시인이란 〈슬픈 천명〉은 그에게 그러한 행운을 허여하지 않았다. 그 대신 후속 세대들에게 그가 영원히 젊은 시인으로 남아 있는 것을 가능하게 하였다. 시의 청순성이 다시 청순한 삶에 의해서 순도 높게 보강된 것이다. 윤동주는 작품량의 몇십 배나 되는 2차적 문서를 낳게 하였고 그러한 추세는 앞으로도 가속적으로 지속될 것이다. 이러한 행운을 누리는 시인 가운데는 작품의 시적 성취보다는 개인사적 흥미나 작품 바깥의 사회역사적 의미로 말미암은 경우도 적지 않다. 윤동주의 경우 불행한 개인사도 민족수난을 상징하고 있지만 무엇보다도 작품의 내재적 성취가 2차문서 속출의 원인이 되어주고 있는데 이것은 특히 기억해 두어야 할 국면이다.

　사랑과 고독과 동경과 태양사모라는 인간의 내면성이 정면에서 다루어진 「하늘과 바람과 별과 시」는 우리 현대시의 고전이다. 그의 유고 가운데는 젊은 시절의 습작도 많이 섞여 있기 때문에 미숙하고 정돈되지 않은 것도 있다. 그러나 미숙한 작품이라 할지라도 비속성에 물들여진 작품은 없다. 글은 사람이라는 말을 다시 상도하게 된다. 깔끔하게 다듬어진 윤동주 최상의 시 서른 편은 젊은이들에게 가장 감동적인 시의 목소리로 호소하기를 계속할 것이다.

우리 사회의 혼탁을 반영하는 상소리와 욕지거리가 가득한 작품들을 우리는 요즘 자주 접한다. 그것은 그것 나름대로 해방적인 기능을 수행할 것이다. 그렇지만 예술의 중요 기능의 하나는 우리의 내면을 정화하고 고양시켜 준다는 것이다. 현실이 혼탁하고 추악하면 할수록 우리에게는 예술의 고양력이 필요하다. 윤동주의 청순 시편은 정신의 순화와 병리 치유에 유효하게 작용할 것이다. 생각해 보면 우리는 하늘과 바람과 별과 시를 잃어버린 삭막한 시대를 살고 있다. 푸른 하늘을 고마워할 줄 모르고 하늘 무서운 줄을 모르며 머리 위의 성좌와 가슴 속의 도덕률을 함께 절실하게 감지하지 못한다. 자연에 대한 외경감을 상실하고 자연 개발이며 자연 훼손에 열중하고 있을 뿐이다. 환경오염도 외경감 상실과 맥락을 같이하는 인간 방자의 연쇄현상이다. 이러한 시대에 윤동주의 청순 시편을 읽는다는 것은 잃어버린 하늘과 바람과 별과 시를 회복하고 탈환하는 일이기도 하다. 윤동주 시가 없다면 우리 현대시는 훨씬 가난해졌을 것이며 이 땅의 젊음도 한결 가난할 수밖에 없을 것이다. 윤동주 시편은 우리가 소중하게 향수함으로써 그 의미가 완성되는 우리한테 주어진 틀림없는 문학적 축복의 하나이다.

고향의 노래, 신경림의 시

처녀시집 『농무(農舞)』 이후 신경림은 적지 않은 수효의 시편과 시집을 보여주었다. 그러나 그는 일관되게 『농무』에서 보여준 시적 특징을 유지하고 있다. 한마디로 말해서 그는 고향노래만을 부르고 있는 고향의 터주노래꾼이다. 고향을 노래하지 않는 시인이 어디 있느냐고 되물을 수도 있다. 그러나 우리는 지금 노래를 잃어가고 있는 시대에 살고 있다. 상소리와 독설과 재담의 시는 재미있고 실감 나지만 벌써 노래는 아니다. 오늘의 도시적인 삶이 제기하는 여러 상황에 괴로워하고 속상해하고 그 아픔과 극복에 관해서 생각하는 시도 많고 그러한 시가 우리에게 호소하는 바도 크다. 그러나 그것은 노래라기보다 토막생각이나 사고의 비명인 경우가 많다. 외마디 아픔의 비명은 노래로 이어지지 않는 법이다.

우리가 살고 있는 시대는 이렇게 노래를 잃어가고 또 고향을 잃어가는 시대이다. 어쩌면 이 두 가지는 서로 연계되어 있는 것인지도 모른다. 근대화나 도시화라는 이름으로 부르는 근자의 사회변화 속에서 우리의 고향은 옛모습을 잃고 획일적인 주택단지로

변해 가고 있다. 신경림의 시에서는 잃어버리기 이전의 우리 고향
이 되풀이 노래된다. 그래서 그의 시는 한 시대 우리 고향의 풍물
시(風物詩)가 되어 있기도 하다. 지칠 줄 모르고 고향노래를 불러
온 터주노래꾼으로서의 신경림을 드러내는 시로 우리는 「제삿날
밤」을 읽어보는 것이 좋겠다.

> 나는 죽은 당숙의 이름을 모른다.
> 구죽죽이 겨울비가 내리는 제삿날 밤
> 할일 없는 집안 젊은이들은
> 초저녁부터 군불 지핀 건넌방에 모여
> 갑오를 떼고 장기를 두고.
> 남폿불을 단 툇마루에서는
> 녹두를 가는 맷돌 소리.
> 두루마기 자락에 풀 비린내를 묻힌
> 먼 마을에서 아저씨들이 오면
> 우리는 칸데라를 들고 나가
> 지붕을 뒤져 참새를 잡는다.
> 이 답답한 가슴에 구죽죽이
> 겨울비가 내리는 당숙의 제삿날 밤.
> 울분 속에서 짧은 젊음을 보낸
> 그 당숙의 이름을 나는 모르고.

——「제삿날 밤」 전문

이 15행의 시 속에는 신경림 시의 모든 특징이 드러나 있다. 우
선 우리가 잃어버린 또 잃어가고 있는 고향의 정경과 그 삶의 한
모서리가 선연하게 드러나 있다. 도시에서 태어나 도시에서 성장

한 젊은이들은 아마 이 작품의 환경적인 요소에 무심할지도 모른다. 어린 시절의 정경이 담겨 있는 것도 아니고 거기 담긴 얼마쯤 암울한 삶의 세목과도 무연하겠기 때문이다. 그러나 우리는 연장자의 쇠잔한 권위로써 이 시가 한 시절 우리 고향의 정확한 세목임을 보증할 수 있다.

그런데 이 시가 단순한 농촌 혹은 옛고향의 풍물시로 그치고 마는 것을 방지하고 있는 것은 무엇일까? 그것은 시의 화자가 그 이름을 모르고 있는 〈울분 속에서 짧은 젊음을 보낸〉 당숙이 제사의 주인공이 되어 있기 때문이다. 그의 불우한 짧은 생애는 암시만 되어 있지 세목은 드러나 있지 않다. 그렇기 때문에 이 불분명한 당숙의 세목이 더욱 이 작품을 뜻깊은 것으로 만들고 있는 것이다. 우리는 이 〈당숙〉의 삶이라는 x 속에 불행했던 우리의 이웃이나 고향사람의 삶을 대입해 넣을 수가 있다. 그러나 다른 신경림 시와의 관계를 통해서 우리는 이 당숙이 8·15와 한국전쟁을 전후한 겨레의 수난기에 희생당한 인물임을 상상할 수 있다. 따라서 그의 고향노래는 구체적인 사회역사적 차원을 지니고 있다. 그리고 늘 서사적(敍事的) 충동을 가지고 있다. 이 작품에서는 짧고 불우한 생애가 암시되어 있을 뿐이지만 다른 작품들 속에서 이 서사적 충동은 보다 확실한 시사를 얻는 것이 보통이다. 〈아우성 울부짖음 속에 세상 뜬 제 사내를〉 기다렸던 먼척 고모나 〈느티나무 아래/몰매로 묻힌〉 친구가 모두 겨레 수난기에 희생당한 인물들임은 분명하다. 신경림 단시가 내장하고 있는 이러한 서사적 충동이 정공으로 전개될 때 그것은 「새재」나 「남한강」과 같은 장시가 되어 나타난다.

위의 「제삿날 밤」의 특징이 되어 있는 것은 또 군더더기 없는 간결하고 정확한 정경 서술이다. 몇 줄로써 시골 제삿날의 이모저모가 선연하게 드러난다. 그리고 각각의 시행이 고도의 정서 환기력을 가지고 있다. 그러면서 걸림이 없는 매우 유창한 리듬을 가지고 있다. 그리고 첫줄과 막줄의 호응에 의해서 고조되는 은은한 한과 서정도 주목할 만하다.

신경림 시의 또 하나의 특징으로 우리는 진한 서정성을 들 수 있다. 서사적 충동도 이 진한 서정 속에 용해되어 있는 것이 보통이다. 초기작품에서 후기작품에 이르기까지 일관되게 흐르고 있는 서정성은 쓸쓸하다든가 슬프다든가 하는 감정을 바탕으로 하고 있다. 그것은 개체적인 삶에 대한 충실에서 나온 것이지만 울분과 노여움의 시에서마저 우리는 서정이 울분과 노여움을 감싸고 있음을 보게 된다. 우리가 그를 고향의 터주노래꾼이라 부르게 되는 것도 그 때문이다.

지난날 우리 고향의 특징은 뭐니뭐니해도 지극한 가난이었다. 오늘에 있어서도 가난이 완전히 해결되었다는 것은 아니다. 그러나 값싼 입성의 보급은 바깥 추위를 견딜 수 있게 하고, 한편으로 남아돌기도 한다는 먹새는 창자를 곯게 하지는 않는다. 그러나 지난날의 가난은 창자가 곯고 맨살을 두둑히 감싸지 못하는 지극히 궁상맞은 가난이었다. 신경림이 시 속에서 주로 다루는 것은 이렇게 가난한 고향 사람들의 설움이다. 그가 아니었다면 간결하면서도 절절한 목소리를 찾지 못했을 많은 사람들의 설움과 노여움과 정한에 목청을 틔워주었다는 점에 신경림 시의 자랑이 있다. 그것은 우리 현대시에서 가장 진실되고 호소적인 목청의 하나였다. 그리하여 힘없고 가난하고 외로운 사람들은 그 목소리가 제 목소리임을 확인하고 자기발견의 괴로운 즐거움을 느끼게 되는 것이다. 이때 얻어진 맺힘성 있는 단순성은 일종의 탈속한 단순성이다. 이 탈속한 단순성이 그의 시의 요체이다.

시력(詩歷) 30년에 이르는 그는 아직도 민요를 찾아다니면서 그 가락에 자기 목소리를 어울리려는 모색을 계속하고 있다. 이순(耳順)의 그가 아직도 동안을 유지하고 있는 비밀이 여기 있는지도 모른다.

문학작품이 의미를 갖게 되는 방식의 하나로 우리는 그 작품이 다른 작품과 맺게 되는 관계를 지적할 수 있다. 가령 우리 문학에서 지치는 법 없이 반복적으로 거론되는 이상의 「오감도」를 예를 들어보는 것도 도움이 된다. 하나의 커다란 의문부호 같은 이 작품은 독자의 의표를 찌름으로써 독자의 호기심에 호소하는 어떤 매력을 가지고 있다. 그것은 비밀을 알아낼 때까지 독자의 궁금증을 자아내는 궁금증의 충동질이다. 그런데 이 궁금증은 동시대의 많은 다른 시들이 「오감도」와 생판 다르다는 사실에서 온다. 독자들은 시라는 이름 아래 조직된 말모음에서 「오감도」에서와 같은 기묘한 궁금증의 촉발이나 커다란 의문부호를 전혀 예기하지 않았다. 막연한 기대와 그 기대감의 의표를 찌르는 당돌한 기대의 반전에서 「오감도」의 〈시적인 것〉이 충전되어 나오는 것이다. 가령 김소월이나 김영랑의 여성적인 섬세한 심정토로를 기대하면서 접근한 독자에게 안겨주는 턱없는 의외로움에서 「오감도」의 〈시〉가 발생하는 것이다. 그리하여 그때껏 있어온 감정이입에 의하여 쉽게 공감되는 단정한 시들을 하나의 추문(醜聞)으로 만듦으로써 「오감도」는 시로 버텨갈 수 있다. 따라서 「오감도」 이후 비슷한 기존 시의 추문화를 도모하는 작품들이 별로 성공하지 못하는 것은 이미 그 같은 기대감의 의표 찌르기가 신선한 충격일 수 없기 때문이다.

신경림의 「농무」가 던져준 신선한 충격도 비슷한 관점에서 접근할 수가 있다. 가난하고 힘없는 사람들의 생활의 세목과 생활감정의 무늬를 진솔하고 경제적으로 처리하여 보여줌으로써 기존의 시들을 부분적으로 추문화시켰던 것이다. 특히 모더니즘이란 이름으로 한때 창궐하던 시 경향을 복귀불능의 지경으로 추문화시켰다는 것은 기억해 두어야 할 사항이다.

우리는 앞에서 신경림 시의 탈속한 단순성을 지적하고 간결직절한 서술과 경제적인 감정처리를 지적하였다. 또 담담한 듯 배어 있는 생활실감으로서의 설움과 그의 시의 노래됨을 시사하였다. 이러한 긍정적인 특징은 그러나 대개의 경우 그렇듯이 역기능으로 떨어질 수도 있는 것이다. 긍정적인 특징들이 긴장을 잃고 느슨해지는 때가 바로 그러한 경우이다.

탈속한 단순성이 쉽게 얻어지는 것은 아니다. 그것은 많은 것을 거르고 자르고 일어서 어렵사리 얻은 귀한 품성이다. 그의 뛰어난 사생(寫生) 능력은 많은 조탁과 훈련의 산물이다. 그러나 이 단순성은 호소력이 그만큼 복잡한 오늘의 삶을 두루 휘어잡을 수가 없다. 그의 단순성은 적어도 후기작품에서는 민요적인 단순성을 닮아가고 있다. 그것은 그가 공들여 노린 것이기도 하다. 그러나 민요의 세계가 필경은 근대화되기 이전의 농촌공동체의 세계였다는 것은 의미심장하다. 그것은 얼마쯤 단조한 삶의 애환의 노래로서 노래되어 왔다. 나날이 복잡해지고 점점 좁아져 가는 세계에서 민요적 단순성은 삶의 온 영역을 두루 거머쥘 수 없다. 여기서 신경림 후기시의 되풀이가 나온다고 할 수 있다. 신경림 시의 위기는 이러한 단순성의 위기이다.

그가 서사적 충동을 정공으로 전개한 것은 이러한 단순성의 위기로부터 벗어나고자 하는 노력의 일환이었다. 그러나 서정적 호흡과 노래됨을 특징으로 하는 그의 시는 서사적 충동에 있어서도 되풀이의 유혹을 넉넉히 극복하지는 못하였다. 민요적 단순성은 가령 「목계장터」와 같은 떠돌이 길손의 정서에서 절창으로 터져나오는 것이다. 이 점 신경림의 본령은 어디까지나 서정시인의 목청이다. 그가 우의적인 것을 지향할 때 대체로 범박한 훈계조의 잔소리로 끝나는 것도 어쩔 수 없는 일이다. 시집 『농무』로써 기존 시들을 추문화시켰던 신경림에게 우리는 스스로의 시를 추문화할 전기를 기대해 본다. 그것은 삶과 죽음의 신비에 대한 지혜로운 성찰에서 가능하다고 생각한다. 우리는 오늘 70이 고희(古稀)가 될 수 없는 시대를 살고 있기 때문이다.

유종호

서울대 영문과를 졸업하고 뉴욕 주립대학원에서 수학했다. 이화여대 영문과 교수를
역임하고 현재 연세대 석좌 교수이다. 저서로『비순수의 선언』,『문학과 현실』,『동
시대의 시와 진실』,『사회역사적 상상력』,『문학이란 무엇인가』,『서정적 진실을 찾
아서』,『내가 본 영화』,『나의 해방 전후』등이 있고, 옮긴 책으로『그물을 헤치고』,
『제인 에어』,『이솝 우화집』,『파리대왕』등이 있다.

시란 무엇인가

1판 1쇄 펴냄 1995년 5월 20일
1판 30쇄 펴냄 2024년 5월 27일

지은이 유종호
발행인 박근섭, 박상준
펴낸곳 (주)민음사

출판등록 1966. 5. 19. 제16-490호
서울특별시 강남구 도산대로1길 62(신사동) 강남출판문화센터 5층(우편번호 06027)
대표전화 02-515-2000 팩시밀리 02-515-2007
www.minumsa.com

© 유종호, 1995. Printed in Seoul, Korea

ISBN 978-89-374-1085-7 93810

* 잘못 만들어진 책은 구입처에서 교환해 드립니다.